I0549743

HEX

SENTINEL SECURITY
BUCH 6

ANNA HACKETT

Hex

Copyright 2025 by Anna Hackett

Aus dem Englischen übersetzt von Nathalie Hopper Translation

Umschlaggestaltung: Mayhem Cover Creations

Bildquelle: Wander Aguiar

ISBN (ebook): 978-1-923134-52-2

ISBN (Printversion): 978-1-923134-53-9

Originaltitel: Hex

Dieses Buch ist ein Werk der Fiktion. Alle Namen, Personen, Orte und
Begebenheiten sind entweder der Fantasie der Autorin entsprungen
oder werden fiktiv verwendet. Jede Ähnlichkeit mit existierenden
Personen, Ereignissen oder Orten ist rein zufällig. Kein Teil dieses
Buches darf in gedruckter oder elektronischer Form vervielfältigt,
eingescannt oder verbreitet werden.

KAPITEL EINS

„**K**omm schon, Baby. Du hast es gleich –"
Jet *Hex* Adlers Finger flogen geübt über die Tastatur.

Sie grinste. „Hab dich! Ich bin einfach zu gut."

Es gab nichts Besseres, als sich in das Sicherheitssystem eines Verbrechers zu hacken. Dieses Mal musste sie allerdings zugeben, dass das System dieses Kerls gar nicht so schlecht war.

Auch wenn das vollkommen irrelevant war. Sie war einfach besser.

Während sie auf ihrer Unterlippe herumkaute, sah Hex konzentriert dabei zu, wie sich der Bildschirm mit Code-Zeilen füllte. *Mh-hm.* Genau, das dürfte funktionieren.

Fast geschafft.

Noch eine Tastenkombination, und es hieß „Sesam öffne dich" für das System.

„Jawoll!" Sie wirbelte triumphierend mit ihrem Stuhl

herum. „Ich bin die *Königin*." Sie tippte auf ihr Headset. „Killian, das System ist geknackt. Ihr könnt infiltrieren."

Als Nächstes bediente Hex die Steuerungsapp der Drohne, die über dem Lagerhaus in Brooklyn schwebte. Ihr Boss Killian *Steel* Hawke und sein Team würden jetzt ihre zahlreiche, firmeneigene Technologie, die von einem Klienten gestohlen worden waren, wieder sicherstellen.

Sentinel Security war *die* private Sicherheitsfirma in New York City. Ihre Klienten kamen nicht nur aus den USA, sondern aus der ganzen Welt. Killian hatte die Firma von Grund auf aufgebaut. Der ehemalige CIA-Agent war eine Legende. Hex liebte es, für einen so knallharten Typen zu arbeiten.

„Verstanden, Hex." Killians Stimme war tief und sexy und ein ganz klein wenig heiser. „Gute Arbeit."

Der riesige, interaktive Bildschirm, der eine ganze Wand in Hex' Büro einnahm, füllte sich mit Luftaufnahmen der Drohne. Das weitläufige, gedrungene Lagerhaus dominierte das Bild. Die Hackerin tippte auf ihrer Tastatur herum und wechselte zur Infrarotkamera.

„Killian. Es gibt sechs Wärmesignaturen im Lagerhaus. Seid vorsichtig."

Ein kurzes Prusten erklang durch die Leitung. „Nur sechs? Und ich dachte, wir hätten es hier mit einer Herausforderung zu tun."

Die weibliche Stimme gehörte zu Killians frisch angetrauter Ehefrau. Devyn *Hellfire* Hayden – neuerdings Hawke – war früher ebenfalls CIA-Agentin gewesen. Mit diesem Rotschopf wollte man es sich nicht verscherzen.

Killian war bis über beide Ohren verliebt. Hex seufzte. Sie hätte sich niemals träumen lassen, dass dieser gefährliche, distanzierte Mann eines Tages derart vernarrt in eine Frau sein würde.

Tatsächlich hatte sich das gesamte Alpha-Team von Sentinel Security – eine Truppe aus ehemaligen Militärs und Ex-Agenten internationaler Strafverfolgungsbehörden – in den letzten Monaten verliebt.

Auf dem Bildschirm verfolgte Hex nun die Wärmesignaturen ihres Teams, während es sich ans Lagerhaus anschlich.

Außer Killian und Devyn waren auch Nick *Wolf* Garrick und Matteo *Hades* Mancini bei dem Einsatz dabei. Hex hatte praktisch einen Logenplatz gehabt, als diese beiden knallharten Typen ihre Frauen erobert hatten. Und was für fantastische Frauen es waren! Hex liebte Lainie und Gabbi innigst, und die drei waren zu guten Freundinnen geworden.

Dann gab es natürlich auch noch Hadley *Striker* Lockwood, die sich Hals über Kopf in einen britischen Milliardär verschossen hatte. Hadley, eine stylishe, ehemalige MI6-Agentin, war Jets beste Freundin. Hadley und ihr Bennett waren das perfekte Paar. Die beiden wirkten ständig, als wären sie den Seiten eines Hochglanzmagazins entsprungen.

Das letzte Mitglied des Alpha-Teams war auf dieser Mission nicht dabei. Bram *Excalibur* O'Donovan war oben in seiner Wohnung, zusammen mit seiner schwangeren Verlobten. Erst vor Kurzem hatte das Team Addie aus den Fängen eines durchgeknallten Stalkers gerettet, der sie gekidnappt hatte. Bram ließ sie nun nicht aus den Augen.

Auf dem Bildschirm ging das Sentinel-Security-Team mittlerweile in Angriffsstellung über, und Hex verfolgte die Action, doch ihre Gedanken schweiften erneut ab.

Jup, alle waren verliebt.

Außer ihr.

Sie kräuselte die Nase. Nicht, dass sie etwas gegen Liebe hatte, sie traute diesem Gefühl nur einfach nicht. Ihre Finger schlugen heftiger in die Tasten. Oder vielleicht vertraute sie einfach nicht darauf, dass irgendein Mann sie überhaupt lieben könnte.

Gott, das war alles Brandons Schuld. Dieses Arschloch von Ex hatte ihr vielleicht nicht gerade das Herz gebrochen, aber er hatte es mit einem Virus infiziert, das es stottern und straucheln ließ.

Blinzelnd blickte sie auf den Bildschirm. Ihr Team schien die Gegenspieler bereits unter Kontrolle zu haben.

„Hex, wir laden jetzt die Technik ein", informierte Killians Stimme sie in ihrem Ohr. „Kannst du die Polizei verständigen und ihr Bescheid sagen, dass sie uns hier treffen soll? Dann kann sie sich weiter um unsere Diebe kümmern."

„Bin schon dabei, Boss." Hex lächelte. Es fühlte sich immer gut an, wenn eine Mission reibungslos über die Bühne ging.

In der Kommandozentrale festzusitzen und nichts tun zu können, außer abzuwarten und zuzusehen, wenn es zu einem Schusswechsel kam oder jemand aus ihrem Team verletzt wurde, war das Allerschlimmste.

Manchmal wünschte sie sich, auch da draußen zu sein – zu handeln, zu kämpfen, in Aktion zu treten.

Hex schnaubte. Sie war nicht für Einsätze im Außendienst ausgebildet. Sogar als sie früher bei der CIA gearbeitet hatte, hatte sie in einem hochmodernen Computerraum gehockt und Terroristen und Kriminelle gehackt.

Kurz telefonierte sie mit ihrem Sentinel-Kontakt beim NYPD. Als sie wieder aufgelegt hatte, starrte sie auf ihr Handy. Nach längerem inneren Hin und Her rief sie eine Nummer auf, die als *Nerventöter* abgespeichert war. Sie tippte eine Nachricht.

Ich habe gerade sechs Verbrecher geschnappt. Damit steigt mein Stand für diese Woche auf zehn. Ich ziehe dich so was von ab, Bond.

Cain – kein Nachname, Codename Shade – antwortete meist mehrere Stunden nicht auf Nachrichten, doch dieses Mal piepte ihr Handy praktisch umgehend.

Du meinst wohl, Steel hat diese Woche zehn geschnappt. Du hast nur zugesehen.

Hex prustete.

Ohne meine irren Fähigkeiten hätte er sie nie gefunden. Von daher stehen mir die Lorbeeren für diesen Erfolg genauso zu. Wie viele hast du denn diese Woche geschnappt, hm?

Einen, aber der war wirklich richtig übel, also zählt er für drei, Pixie.

Wie auch immer, ich bin trotzdem in Führung. Und Pixie ist immer noch ein dämlicher Spitzname, ich bin doch kein Kobold! Ich ziehe Göttin der Technik vor.

Ich glaube, Göttinnen sind in der Regel größer.

Hex schüttelte den Kopf. Shade war der beste Undercover-Agent, den die CIA vorweisen konnte. Die meisten Menschen hatten noch nie von ihm gehört, oder bestenfalls nur Gerüchte, die den mysteriösen Shade umwehten. Solche, die Kriminelle nervös werden ließen. Kein Zweifel, dass sein Gangster der Woche einer der schlimmsten der Schlimmen gewesen war.

Sie hoffte, Cain war nicht verletzt worden. Nicht, dass er ihr das jemals erzählen würde.

Ein seltsames Gefühl stieg in ihr auf. Shade verwirrte sie ungemein. Er war eine unfassbare Nervensäge. Der Kerl wusste einfach, wie er sie auf die Palme bringen und ihre verdammt kurz geratene Hutschnur platzen lassen konnte.

Dazu kam noch, dass er höllisch heiß war. Hex fingerte an ihren Haaren herum. Cain war groß, muskulös und hatte dunkelblonde Haare, die er oft in einen sexy Man Bun oder einen kurzen Pferdeschwanz zusammenband. Ganz zu schweigen von seinem breiten, sexy Grinsen. Seine Augen waren braun – ein tiefes, dunkles Braun, das unzählige Geheimnisse barg. Er wusste ganz genau, dass er die fleischgewordene Fantasie einer jeden Frau war. Zweifelsohne setzte er das in seinem Job oft zu seinem Vorteil ein.

Bei diesem Gedanken hatte sie einen bitteren

Geschmack auf der Zunge. Es fiel ihr nicht schwer, sich vorzustellen, wie Cain internationale Supermodels und atemberaubende ausländische Agentinnen verführte.

Hex war klein und niedlich. Sie wusste, wer sie war. Riesiger Verstand, winziger Körper. Sie schob sich die fast schulterlangen Haare aus dem Gesicht. Sie waren schwarz und hatten die üblichen, leuchtend pinken Spitzen, die sie erst kürzlich hatte nachfärben lassen. Sie fühlte sich wohl in ihrer Haut und vertraute auf ihre Fähigkeiten.

Sie wünschte nur, sie könnte endlich einen Mann finden, der genauso empfand.

Männer fühlten sich entweder durch ihre Fähigkeiten oder durch ihre Arbeit bedroht und eingeschüchtert. Oder sie ließen sie für glamourösere und schönere Frauen sitzen.

Kopfschüttelnd konzentrierte sie sich wieder auf ihr Handy. *Größer.* Dieser Blödmann.

Pass auf, was du sagst, Bond, oder ich hacke dein Telefon und installiere darauf einen nervigen Minions-Klingelton.

Klingt gar nicht so übel, Pixie. Mir gefallen die Minions. Und du bist genauso ein Zwerg wie die.

Jets Augen wurden schmal. Sie beugte sich über ihre Tastatur. „Mal sehen, wie dir das hier gefällt."

Ihre Finger tanzten über die Tasten. Sie liebte ihre Arbeit. Und sie fühlte sich wirklich wie eine Göttin, mit so viel Macht in ihren Händen. Die CIA hatte sie sehr gut ausgebildet, bevor Killian sie abgeworben hatte.

„Bitte sehr." Sie drückte auf *Enter* und grinste.
Eine Sekunde später zwitscherte ihr Handy.

Mach das wieder rückgängig. Sofort.

Nö.

Jet.

Sie konnte seine sonore Stimme beinahe hören.
Du wurdest gewarnt.

Das wirst du noch bereuen.

Du kannst mir viel erzählen. Ich weiß ja nicht, vielleicht bist du gerade in Timbuktu. Ich glaube, du bist ein Dummschwätzer, Bond.

Unartigen Mädchen wird der Hintern versohlt.

Hex schnappte nach Luft und ihre Finger zitterten. Sie spürte ein Kribbeln zwischen den Beinen. Cain konnte Spanking garantiert zu einem sehr lustvollen Erlebnis machen, da war sie sich sicher.

Nein. Sie presste ihre Oberschenkel zusammen. Nicht an Cain und Spanking in einem Satz denken. An seine großen Handflächen auf ihrem Hintern ...

Ihr Slip wurde feucht. *Scheiße. Reiß dich zusammen, Hex.*

Hat es dir die Sprache verschlagen, Pixie?

Okay, jetzt konnte sie sich sein selbstgefälliges Grinsen und seinen großspurigen Tonfall fast vorstellen.

Mir wurde noch nie – und wird auch nie – der Hintern versohlt.

Werden wir ja sehen. Ich könnte dich dazu bringen, dass du mich darum anflehst.

Gott. Hex presste sich eine Hand auf den Bauch. Cain und sie überschritten gerade so viele Grenzen.

Träum weiter, Bond. Und jetzt verschwinde, ich muss arbeiten.

Das Handy verstummte, aber Hex war bereits völlig aus dem Konzept gebracht. Sie versuchte, sich wieder auf den Computerbildschirm zu konzentrieren.

Es wäre sehr, sehr dumm, ihre Fantasien über Cain – alias Shade – weiter anzufachen.

Er war *nicht* der Richtige für sie. Dem Mann stand *Herzensbrecher* praktisch auf die Stirn geschrieben.

Cain war mit seinem Job verheiratet und diente einzig und allein seinem Land. Er *war* sein Job. Außerdem war er absolut umwerfend, purer Sex auf zwei Beinen. Er konnte jede Frau kriegen, die er haben wollte.

Nie im Leben würde er ihr geben, was sie brauchte. Wonach sie sich sehnte. Sie wäre nichts weiter als ein kleiner Zwischenstopp für ihn. Hex war es leid, immer nur ein kurzer Halt für einen Mann zu sein, bevor er jemand Besseren fand. Sie wollte endlich das Ziel eines Mannes sein.

CAIN *SHADE* CAVANAGH stellte den Flammenwerfer aus und stand auf. Er trat gegen den Metallring, den er gerade ausgeschnitten hatte, und öffnete damit ein ordentliches Loch. Dann schlüpfte er hindurch und trat in den Tresorraum.

Seine Stirnlampe erhellte die Kunstwerke und Goldbarren.

Eine hübsche, kleine Sammlung, aber nicht sein eigentliches Ziel. Er wusste genau, worauf er es abgesehen hatte.

Cain trat an eine Reihe von Aktenschränken an der hinteren Wand des Tresorraums und zog die dritte Schublade der zweiten Einheit auf. Er blätterte durch die Akten. Gott, Corozzo war wirklich ein Arschloch. Ein dreckiges Arschloch, das auf blutjunge Mädchen stand.

Als er die Akte gefunden hatte, nach der er suchte, zog er sie heraus und schob sie in seine schwarze Jacke.

Dann drehte er sich um und verließ den Tresorraum. Kurz hielt er inne, schoss ein Foto von der Vorderseite des Raums und rief die Nummer auf, die er unter *Pixie* abgespeichert hatte.

Schau mal, wo ich gerade eingebrochen bin.

Er verschickte das Foto.

Hex enttäuschte ihn nicht.

In einen Cerberus-Tresorraum? Nie im Leben hast du den geknackt. Du hast dir mit stumpfer Gewalt Zutritt verschafft, hab ich recht?

Verdammt, ihm gefiel der messerscharfe Verstand

dieser Frau wirklich sehr. Er mochte alles an Jet *Hex* Adler. Sie war anders als jede Frau, der er je begegnet war, was eine erfrischende Abwechslung war. Er mochte ihren Grips, ihre bewundernswerten Hacker-Fähigkeiten, ihre spitze Zunge und ihren zierlichen, perfekt geformten Körper.

Fuck. Konzentriere dich auf den Job, Cavanagh. Nichts durfte ihn jemals von seiner Arbeit ablenken. Nichts.

Ablenkungen waren tödlich.

Abgesehen davon hatte er kein verdammtes Recht, sich mit einer Frau wie Hex einzulassen. Sicher, sie verstand seine Welt und seine Arbeit. Zur Hölle, sie verstand sogar ihn, und das kam selten genug vor. Er war daran gewöhnt, zu lügen und zu manipulieren, um für die Sicherheit seines Landes zu sorgen. Er war daran gewöhnt, niemals innezuhalten oder stillzustehen und sich niemals um etwas oder jemanden zu kümmern, außer um seine Arbeit. Und vor allem war er daran gewöhnt, niemals er selbst zu sein.

Auf keinen Fall durfte Hex ihm jemals wirklich etwas bedeuten.

Er würde sich damit zufriedengeben müssen, sie aus der Ferne aufzuziehen.

Lautlos trat Cain aus dem Gebäude. Draußen schlug ihm die warme, milde Abendluft von New Orleans entgegen. Aus einer Bar in der Nähe drang Lachen. Er befand sich am Rand des trendigen Arts/Warehouse Districts.

Shade trat auf den Gehweg und schulterte seinen Rucksack. Dann schlenderte er entspannt die Straße hinunter. Ein gewöhnlicher Typ, der einen entspannten Abend vor sich hatte.

Er bog um eine Ecke. Einen Block entfernt befanden sich weitere Bars und Restaurants. Goldene Neonschrift lenkte seinen Blick auf sich. Das Schild hing über einer mit Blattgold verzierten Flügeltür. Es war das Ember, ein Nachtclub, vor dem bereits eine lange Schlange an Gästen stand, die darauf warteten, eingelassen zu werden. Der Pub neben dem Club war ebenfalls gut besucht.

Der Club, der Pub, die Restaurants, mehrere umliegende Lagerhäuser und Gebäude, verdammt, der gesamte Straßenblock gehörte den Fury Brüdern, das wusste Cain.

Er trat auf das Ember zu und ging direkt zur Spitze der Schlange. Die beiden massigen Türsteher erblickten ihn und spannten sich sichtlich an.

Jemand griff nach seinem Arm. Cain warf einen Blick zur Seite.

Eine Blondine in einem silbernen Glitzerkleid stand in der Schlange und lächelte ihn an. „Hey, kannst du mich mit reinnehmen?"

„Nein, sorry, Süße." Er zog seinen Arm aus ihrem Griff.

Ihr Blick wanderte von Kopf bis Fuß über seinen Körper. Sie klimperte mit ihren falschen Wimpern. „Du wirst es nicht bereuen, Hübscher."

„Ein anderes Mal." Er wandte sich wieder den beiden Türstehern zu. „Ich bin mit Dante verabredet."

Einer der beiden Muskelprotze sprach in das kleine

Mikro, das an seiner Schulter befestigt war, dann nickte er. „Gehen Sie durch."

Cain betrat den Club. Es war wie das Eintauchen in eine Welt verschwenderischer Sünde.

Die Einrichtung war in Schwarz und Gold gehalten. Er passierte den prunkvollen Eingang und betrat den Hauptbereich des Clubs. Hinter der riesigen, goldschimmernden Bar stand eine Armada von Barkeepern, die emsig dafür sorgten, dass die unzähligen Gäste nicht verdursteten. Die mit einem Meer aus goldenen Blüten bedeckte Decke schimmerte ebenfalls warm.

Kellnerinnen, die allesamt glänzende, goldene Tanktops und schwarze Hosen trugen, sausten mit Tabletts voller Getränke durch den Raum.

Cain schlängelte sich an der belebten Tanzfläche vorbei und näherte sich dem hinteren Ende des Clubs. Riesige, goldene Vasen dekorierten die gesamte Länge der hinteren Wand.

Vor ihm ging eine Tür auf und ein Mann trat heraus.

Er passte zur Inneneinrichtung des Clubs wie die Faust aufs Auge – schwarze, maßgeschneiderte Hose, schwarzes Hemd mit hochgekrempelten Ärmeln und schwarze Tattoos, die auf seinen Unterarmen sichtbar waren. Seine Haare waren ebenfalls pechschwarz und hätten längst schon einen Friseurtermin vertragen können. Ein dunkler Bart bedeckte seinen markanten Kiefer und die schwarzen Augen rundeten seine Erscheinung ab.

Dante Fury entdeckte Cain und hob kurz das Kinn, bevor er auf die Tür deutete. Cain folgte ihm durch den Backstagebereich des Clubs.

Hier, hinter den Kulissen, war der Glanz verblasst. Nur Mitarbeiter waren hier erlaubt, denn in diesem Bereich wurde die eigentliche Arbeit verrichtet. Die Musik war gedämpft, und ein langer Korridor führte zu Büros und Lagerräumen. Es war das Zentrum des beliebten Clubs. Cain passierte den Sicherheitsraum, in dem sich eine Wand aus Bildschirmen befand, vor der mehrere schwarz gekleidete Wachen saßen und das Treiben beobachteten. Es überraschte Cain nicht, dass Fury im Hinblick auf Sicherheit keinen Raum für Nachlässigkeit ließ.

Fury und seine Brüder standen nicht kategorisch auf der richtigen Seite des Gesetzes, aber sie befolgten ihren eigenen Ehrenkodex. Sie waren dafür bekannt, denjenigen zu helfen, die in Not waren. Alle fünf waren sie mehr als in der Lage, sich aus nächster Nähe mit der Unterwelt von New Orleans zu messen.

Dante führte Cain eine Treppe hinauf in ein geräumiges Büro.

Dort gab es einen großen, schwarzen Schreibtisch mit einem Laptop darauf, und an der gegenüberliegenden Wand stand eine schwarze Ledercouch. Hinter dem Schreibtisch hingen drei Gemälde – auf allen dreien schien goldene Farbe durch schwarze Tinte gezogen worden sein.

Aber es war das riesige Fenster, das Cains Aufmerksamkeit auf sich zog. Es war eindeutig ein Einwegspiegel, der Dante einen ungestörten Blick von oben auf den dicht gefüllten Club unter sich ermöglichte.

„Hast du sie?", fragte Dante und ließ sich in seinen Schreibtischstuhl fallen.

Cain zog die Akte hervor und ließ sie auf den Schreibtisch fallen. „Du sorgst dafür, dass er zu Fall gebracht wird?"

Die Augen des anderen Mannes blitzten auf. „Fuck, ja. Dieser Wichser hat die Tochter meines Freundes missbraucht. Hat sie geködert, seinen kranken Scheiß mit ihr angestellt und alles fotografiert."

„Konntest du sie befreien?"

Dante fuhr sich mit den Fingern durch die Haare. „Ja, aber sie hat sich drei Wochen später das Leben genommen. Sie war erst dreizehn."

Fuck. Cain spürte einen Anflug von Mitleid, aber die Wahrheit war, dass ihn solcher Mist schon längst nicht mehr wirklich berührte. Er hatte zu viele grausame Dinge gesehen, überall auf der Welt. Unzählige unschuldige Menschen, die gnadenlos zermalmt und dann wieder ausgespuckt worden waren. „Tut mir leid, das zu hören. Die Akte kann dir helfen, dafür zu sorgen, dass er keinem anderen jungen Mädchen mehr etwas antut." Und nicht immer weiter Menschenhandel betrieb.

Dante nickte. „Er wird untergehen."

„Uncle Sam dankt für deine Hilfe."

„Danke, Shade. Wenn du jemals etwas von mir brauchst, ruf einfach an."

Cain nickte, dann verließ er das Büro. Als er durch den Club zurück zum Eingang ging, ignorierte er den einladenden, interessierten Blick einer vollbusigen Brünette in einem knappen roten Kleid.

Draußen vor der Tür schlenderte er den Gehweg entlang und bog ein paarmal ab, bis er seinen Mietwagen gefunden hatte. Es war nur ein kurzer Weg bis zu seinem Hotel im French Quarter.

Er wohnte gern im Bourbon Orleans Hotel. Cain mochte den alten europäischen Charme des Hauses, der eine willkommene Abwechslung zu den sterilen Hotelzimmern bot, in denen er sonst meist abstieg. Er durchquerte die noble Lobby mit den Säulen und den antiken Möbeln.

Als er an seiner Suite angekommen war, kontrollierte er den kleinen, beinahe unsichtbaren Klebestreifen, den er angebracht hatte, um zu überprüfen, dass in seiner Abwesenheit niemand sein Zimmer betrat. Sobald er die Tür hinter sich geschlossen hatte, zog er sein Hemd aus und trat in die Dusche.

Sein Hotelzimmer war im französischen Stil eingerichtet und bot eine schicke Aussicht auf den grünen Innenhof des Hotels. Nicht, dass er jemals die Zeit haben würde, innezuhalten und den Ausblick oder den Hof zu genießen.

Er würde sich den Tag mit brütend heißem Wasser vom Körper waschen, aber er wusste bereits, dass er sich nie wirklich sauber fühlen würde. Er war dem Schutz seines Landes verpflichtet. Cain wusste, dass seine Arbeit wichtig war, Leben rettete und für den Schutz unzähliger unschuldiger Menschen sorgte.

Aber manchmal war sie das Letzte. Schwer und schrecklich und beschissen.

Es bewegte sich in der Dunkelheit und tat unendlich schwierige Dinge, damit andere Leute es nicht mussten. Damit sie sicher und unwissend bleiben konnten, ihre ungebildeten Meinungen in den sozialen Medien äußern und jeden Morgen aufstehen und mit ihren Kindern frühstücken konnten, um dann zu ihrem verhassten Job zu fahren.

Scheiße. Cain schüttelte den Kopf. Er war heute wirklich in einer miserablen Stimmung.

Nachdem er sich die lange, heiße Dusche gegönnt hatte, trocknete er sich ab. Nur mit einem Handtuch bekleidet setzte er sich am Schreibtisch an seinen Computer, der sich mithilfe eines Gesichtserkennungsprogramms entsperrte.

Ein Bild der Sentinel-Security-Zentrale erschien auf dem Bildschirm. Nicht die stylishen oberen Etagen des Lagerhauses, in dem sich die Abteilungen für Unternehmensführung und Cybersicherheit befanden. Nein, das hier waren die unteren Stockwerke, wo Killians Alpha-Team arbeitete. Die Kommandozentrale, über die eine Hackerin namens Hex regierte.

Sie saß an ihrem Computer, hatte ein Bein unter sich angewinkelt, während das andere unter dem Stuhl baumelte, und betrachtete eingehend den Bildschirm. Ihre Stirn war in angestrengter Konzentration gerunzelt.

Cain lächelte. Er mochte es, ihr beim Arbeiten zuzusehen. Klar, wenn sie wüsste, dass er eine winzige, geheime Kamera in ihrem Reich angebracht hatte, als er das letzte Mal dort gewesen war, würde sie ausrasten.

Plötzlich glitten die Aufzugtüren am Rand des Bildausschnittes auf, und eine Frau in einem schicken Rock betrat die Kommandozentrale, eine Vase mit Blumen in den Händen.

Cain runzelte die Stirn.

Hex fiel vor Überraschung der Mund auf und sie erhob sich.

Sie lächelte und berührte behutsam die Blumen. Dann griffen ihre Finger nach der Karte, die zwischen den Blüten steckte, und sie las sie.

Cain schaltete den Ton ein.

„Von wem sind die Blumen?", fragte die Rezeptionistin. „Einem heimlichen Verehrer?"

„Nein, von einem Typen, mit dem ich vor Kurzem zusammengearbeitet habe. Aus der Cybersicherheit."

„Ist er niedlich?"

Hex legte den Kopf zur Seite. „Schätze schon. Ja, doch, ist er."

Cains Blick verfinsterte sich. Irgendein Blödmann hatte ihr einen bunt gemischten Blumenstrauß geschickt. Konnte der Typ nicht wenigstens herausfinden, welche Jets Lieblingsblumen waren? Du glaubst es nicht, da steckten sogar Chrysanthemen im Strauß. Die waren doch viel zu gewöhnlich für sie.

Hex stellte die Vase auf ihrem Schreibtisch ab und setzte sich noch immer lächelnd hin.

Cain griff nach seinem Handy und tippte wie wild los.

Chrysanthemen? Wie schwach.

Er sah, wie sie die Nachricht las. Prompt trat eine tiefe Furche auf ihre Stirn.

Woher weißt du, dass ich Blumen bekommen habe?

Ich bin Spion, schon vergessen? Und das sind keine Blumen. Das ist ein Bouquet Tristesse.

Mit einem grimmigen Ausdruck auf dem Gesicht blickte Hex sich suchend um.

Wehe, du hast hier eine Kamera installiert, Bond! Und was soll das überhaupt heißen? Dass ich es nicht verdient habe, Blumen zu bekommen?

Im Gegenteil. Du hast es verdient, mehr als öde, gewöhnliche Blumen zu bekommen.

Scheiße, er wusste, dass er gerade ganz nah am Abgrund entlangbalancierte. Er sollte nicht mit ihr flirten.

Einen Augenblick lang wirkte sie auf dem Bildschirm wie eingefroren. Dann bewegten sich ihre Finger.

Das ist irgendwie ... nett.

Ich kann nett sein. Ich weiß, was eine intelligente, schöne Frau verdient hat.

Ehrlich gesagt war er sich ziemlich sicher, dass ihn niemand jemals bezichtigen würde, nett zu sein. Er sah, wie sie sich auf die Unterlippe biss und unterdrückte ein Stöhnen. Diese winzige Bewegung spürte er bis in seinen Schwanz. Sein Blick klebte weiterhin an ihren Lippen, und er stellte sich vor, wie sie sich um seinen Schwanz legten.

Was hat sie denn verdient?

Einen Moment lang starrte Cain auf die Nachricht, dann tippte er seine Antwort.

Nur das Beste. Wunderschöne rosa Lilien und farbenfrohe Dahlien.

Das sind meine Lieblingsblumen.
Als ob er das nicht wüsste.

Du hast Frühstück im Bett verdient und jemanden, der deinen zierlichen, sexy Körper anbetet.

Auf dem Bildschirm sah er, wie sich ihr Kiefer bewegte und ihre Lippen seinen Namen murmelten.

Fuck, was zur Hölle soll denn das, Cavanagh? Er sollte das nicht tun.

Er sah zu, wie Hex etwas tippte.

Dafür müsste dieser Jemand allerdings auch hier sein.

Cain seufzte und starrte auf ihre Nachricht. Er wünschte, er könnte bei ihr sein, aber es gab so viele Gründe, die dagegen sprachen. Allem voran, weil er nicht in der Lage dazu war, sich auf eine Beziehung einzulassen.

Er antwortete nichts mehr und warf sein Handy auf den Tisch.

Keine flirty Nachrichten mehr. Er musste die Finger von dieser Versuchung lassen

KAPITEL ZWEI

„**D**rinks für die Frau der Stunde!", verkündete Hadley.

Hex grinste, als ihre elegante Freundin die pinken Cocktails abstellte. Sie wurden in ausgefallenen Gläsern serviert, die mit zarten Blüten verziert waren.

Neben ihr rümpfte Bram O'Donovan nur verächtlich die Nase. „Das da sind *keine* Drinks."

„Wenn es nach dir ginge, hätte nur Whiskey diese Bezeichnung verdient", bemerkte Killian.

Bram grunzte. „Das stimmt nicht. Nur *irischer* Whiskey."

Hex verdrehte die Augen und grinste. Brams Verlobte Addie saß auf seinem Schoß, schmiegte sich an ihn und streichelte mit einer Hand über ihren Babybauch. Es war so niedlich zu sehen, wie vernarrt der große, mürrische Ire in die süße, blonde Mutter seiner Kinder war.

Neben den beiden saß Killian, hatte die Beine lang ausgestreckt und einen Arm lässig über die Lehne des

Stuhls gelegt, auf dem seine Frau Devyn saß. Während Hex noch zu den beiden hinübersah, beugte sich Devyn zu Killian und biss ihm ins Ohr. Killian lächelte sie an.

Lächelte. Gott. Vor ein paar Monaten wäre sie noch lachend vom Stuhl gefallen, wenn ihr jemand gesagt hätte, dass der tödliche Killian Hawke schon bald Hals über Kopf verliebt, verlobt und verheiratet sein würde.

„Alles Gute zum Geburtstag, Hex!" Hadley hob ihren Cocktail.

Hadleys Verlobter, der britische Milliardär Bennett Knightley, saß neben ihr. Er zwinkerte Hex zu und hob ebenfalls sein Glas. Ein Chor aus Glückwünschen erschallte.

Hex prostete zurück. „Vielen Dank, Leute." Sie nippte an ihrem Drink und genoss seine süße Note. Einunddreißig war gar nicht mal so übel.

Um sie herum unterhielten sich ihre Freunde und lachten. Sie arbeitete mit der besten Truppe knallharter Jungs und Mädels von ganz New York City zusammen. Nein, verdammt, der ganzen Welt, wenn man sie fragte. Killian hatte seine Firma fest im Griff und stellte nur die Besten der Besten ein.

Ihr Blick wanderte den Tisch hinunter zu Nick und Lainie sowie Matteo und Gabbi. Die beiden Paare plauderten mit Maverick Rivera und seiner Frau Remi. Remi war ebenfalls Hackerin und hatte früher für Sentinel Security gearbeitet, bevor sie ihren eigenen stinkreichen Tech-Multimilliardär geheiratet hatte.

Gott, es waren einfach alle vergeben, nur sie selbst war deprimierter Single. Sie brauchte keinen Mann, der sie vervollständigte, aber sie hätte auch nichts dagegen, jemanden zu haben, mit dem sie gemeinsam kochen könnte oder der ihr ein paar Orgasmen schenkte, die sie sich nicht selbst besorgen konnte.

Jemand, mit dem sie am Ende eines langen Tages reden konnte. Der sie festhielt, wenn sie eine Umarmung brauchte.

Scheiße, sie wurde melancholisch, und das an ihrem Geburtstag. Sie trank einen großen Schluck ihres Gin-Cocktails. Ihr Blick fiel auf ihre beiden Freundinnen, die am Ende des Tisches saßen. Die beiden waren ebenfalls Singles und hatten sich genau wie sie für die Party herausgeputzt. Hex trug ihr Lieblingskleid – ein weißes, eng anliegendes Teil, das sich perfekt an ihren Körper schmiegte und nur bis zur Mitte ihres Oberschenkels reichte.

Auch Nina und Ellen arbeiteten in der Tech-Branche, und ihre Wege hatten sich schon oft – sowohl on- als auch offline – gekreuzt. Ihre beiden Freundinnen sorgten immer für gute Stimmung.

Nina ertappte Hex dabei, wie sie die beiden anstarrte, hob ihren Drink und prostete ihr zu. Hex hob erwidernd ihr eigenes Glas. Nina war eine glamouröse Afroamerikanerin mit langen Beinen, und Hex beneidete sie um ihre Größe. Ihre Freundin Ellen war der typische Nerd. Sie trug ein gepunktetes Vintage-Kleid, hatte milchweiße Haut und ihre braunen Haare waren kurz geschnitten. Außerdem trug sie eine überdimensionale Brille.

Die Unterhaltungen am Tisch flossen entspannt vor sich hin. Es dauerte nicht lange, bis Bram und Addie aufbrachen. Addie erwartete Zwillinge und wurde in letzter Zeit schnell müde. Nach und nach verabschiedeten sich auch die anderen Paare.

Remi stand auf. „Wer hat Lust zu tanzen?"

Maverick, der sich mit Killian unterhielt, runzelte die Stirn. „Ich tanze nicht."

„Ich bin dabei." Nina zog Ellen von der Bank. „Ellen auch."

Hex kippte den Rest ihres Drinks hinunter. Tanzen klang gut. Sie würde tanzen und vielleicht mit einem heißen Typen flirten.

Schon seit über einer Woche hatte sie nichts mehr von einem gewissen heißen Spion gehört.

Uff. Sie umrundete den Tisch. Sie würde jetzt *nicht* an ihn denken.

Sie zwang sich, ihren Freundinnen ein Lächeln zuzuwerfen. Ein Song mit einem wummernden Bass erklang aus den Lautsprechern, und Hex schritt mit schwingenden Hüften auf die Tanzfläche.

„Los gehts, Geburtstagskind!", rief Nina über die Musik.

Remi jubelte. Sie lehnte sich an Hex und zusammen schmetterten sie das Lied mit. Nina und Ellen tanzten zusammen und lachten unbefangen.

Ihre Geburtstagsfeier war großartig. Das Leben war gut. Strahlend tanzte Hex mit ihren Freundinnen. Ein Lied ging in ein nächstes über, dann in ein drittes.

Plötzlich vibrierte ihr Handy in ihrer silbernen, glitzernden Umhängetasche. Mist. Sie kämpfte gegen den Drang an, nachzusehen, wer es war.

„Ich hole mir noch was zu trinken", rief sie Remi zu.

Ihre Freundin nickte.

Hex eilte zur Bar und fischte ihr Handy aus der Tasche.

Herzlichen Glückwunsch zum Geburtstag, Pixie.

Wärme stieg in ihr auf, doch sie versuchte, sie wieder abzuschütteln.
Danke.

Feierst du?

Drinks mit der Gang. Wir sind tanzen.

Klingt gut.

Ich vermute, du bist irgendwo in der Weltgeschichte auf einer gefährlichen Mission unterwegs?

Kann sein.

Sie wusste, dass es so vieles gab, was er niemals über seine Missionen verraten durfte. Sprach er jemals mit einem anderen Menschen darüber? War er immer allein?

Sie schnaubte. Der große, gefährliche Shade brauchte niemanden.
Bist du in Sicherheit?
Gott, sie war wirklich ein Idiot.

Ja, Pixie.

Sie hasste diesen Spitznamen. Gut, okay, hassen war

ein zu starkes Wort. Sie seufzte. Na schön, sie mochte den Namen irgendwie. Aber sie würde niemals zugeben, dass er ein warmes Kribbeln in ihrem Bauch auslöste.

Hex ließ das Handy zurück in ihre Tasche gleiten und ging zurück auf die Tanzfläche. Es war ihr Geburtstag. Sie war entschlossen, sich ein bisschen zu entspannen und ordentlich Spaß zu haben.

Remi drehte mittlerweile richtig auf. Die Frau konnte wirklich tanzen. Mehrere Männer fingen an, sie anzuglotzen. *Oh-oh.* Hex kannte Mav gut genug, um zu wissen, dass er ausrasten würde, wenn einer von denen versuchen sollte, Remi anzutanzen.

Nina und Ellen kamen auf Hex zu und sie hob die Arme in die Luft und bewegte sich zum Rhythmus.

Einer der Männer probierte sein Glück bei Remi. Was auch immer er zu ihr gesagt hatte, Remi schüttelte nur stumm den Kopf. Hex tanzte in ihre Richtung.

Der Typ schien kein Nein akzeptieren zu wollen. Er deutete auf die Bar, lächelte und mimte einen Drink.

Eine Sekunde später tauchte Mav mit einem grimmigen Ausdruck auf seinem rauen Gesicht neben ihr auf. Er schlang seinen Arm um Remi und küsste ihren Nacken, ohne den Blick auch nur für eine Sekunde von dem Mann abzuwenden.

Der Kerl zögerte, musterte Mavs breiten Körper und verzog sich schließlich. Mav wirbelte Remi herum und küsste sie. Direkt dort, inmitten der tanzenden Menge, als ob sie die beiden einzigen Menschen auf der Erde wären.

Hex strauchelte beinahe. Das war es, was sie wollte.

So sehr. Diese Leidenschaft, dieses Verlangen, diesen Besitzanspruch.

Als sich das Paar wieder voneinander löste, drehte sich eine errötete und benommen aussehende Remi um, winkte ihr zu und wurde von Mav davongezerrt.

Hex sah sich um. Heute Abend würde sie sich amüsieren, und wenn es das Letzte war, was sie tat. Vielleicht würde sie sogar mit einem Kerl rumknutschen.

Sie tanzte zur Musik, drehte sich um und stieß mit einem Mann zusammen.

„Sorry", brüllte sie über die Musik hinweg.

Der Kerl lächelte sie an. Er war nicht gerade umwerfend, aber ansehnlich. Und er hatte ein nettes Lächeln. Er hielt ihr die Hand hin.

Warum nicht?

Sie legte ihre Hand in seine. Sie tanzten und bewegten sich zusammen zum Lied. Hex wollte wirklich ganz dringend einen Funken spüren. Irgendwas. Egal was.

Ihr Tanzpartner zog sie enger an sich und sie ließ sich ganz auf die Musik ein. Leider war weit und breit kein Funke zu finden.

„Du bist so sexy", sagte der Mann. „Ein winziges, kompaktes Päckchen." Seine Hand wanderte zu ihrer Hüfte.

Nein, immer noch keine Funken.

Seine Hand glitt tiefer und kam am Saum ihres Kleids an.

O nee. Sie griff nach seinem Handgelenk und schüttelte den Kopf.

„Komm schon, Süße", bettelte er.

Sie verdrehte die Augen. „Nein."

„Wir werden unseren Spaß haben."

Eine Sekunde später wurde der Mann von ihr fortgerissen.

Hex blinzelte. Die anderen Tanzenden wirbelten weiter um sie herum.

Ein größerer, heißerer Körper presste sich gegen ihren Rücken. Ihr Herz machte einen Satz und schlug wild in ihrer Brust. Ein Arm legte sich um ihre Taille und hinterließ ein prickelndes Gefühl.

Alles in ihr erwachte zum Leben. Dieser muskulöse Körper umhüllte sie und roch so gut. Hex spürte, wie Lippen über ihr Ohr streiften.

„Alles Gute zum Geburtstag, Pixie."

HEX WAR DIE PERFEKTE HANDVOLL.

Cain zog sie nah an sich und bewegte sich mit ihr zur Musik. Er hatte Tanzstunden genommen. Nur ein weiteres Werkzeug, das er für seine Arbeit brauchte.

Doch die Art und Weise, wie Hex und er sich zusammen bewegten, hatte absolut gar nichts mit Arbeit zu tun.

Ihr weißes Kleid war kurz und betonte jede süße Kurve ihres Körpers. *Fuck.* Dieses Arschloch, das mit ihr getanzt hatte, konnte von Glück reden, dass er nicht Cains Faust zu spüren bekommen hatte.

„Was machst du hier?"

Er konnte sie über die laute Musik kaum verstehen. Er beugte sich hinunter, bis sein Mund neben ihrem

Kiefer war, und spürte, wie sie erschauderte. „Musste dir doch zum Geburtstag gratulieren. Für wen trägst du dieses Kleid, Pixie?"

Sie drehte den Kopf ein wenig. „Für mich selbst."

Er stieß ein summendes Geräusch aus. Sie war so verdammt zierlich. Seine Hand streichelte sanft ihren Oberschenkel. Sie veränderte ihre Position und ihr Körper rieb gegen seinen.

Sein immer steifer werdender Schwanz würde jeden Augenblick gegen ihren Rücken stupsen. „Ich glaube, du trägst es, um die Männer hier im Club zu foltern."

Hex prustete.

Mit einem gekonnten Tanzschritt wirbelte Cain sie von sich fort, dann zog er sie wieder an sich, sodass sie sich nun gegenüberstanden. Mit einem Arm um ihre Taille hielt er sie fest, zog sie hoch und schob einen Oberschenkel zwischen ihre Beine. Mittlerweile berührten ihre Füße kaum noch das Parkett.

„Cain." Ihr Blick heftete sich auf seinen.

Er liebte ihre Augen. Eins war blau, das andere grün. Einzigartig. Genau wie Hex.

In seinem Leben war er bereits jeder Sorte Frau begegnet. Wunderschön, forsch, schüchtern, unscheinbar, atemberaubend, leise, laut. Ihm war nichts fremd. Mit einigen von ihnen war er sogar im Bett gelandet.

Und doch hatte er noch nie eine Frau wie Jet *Hex* Adler getroffen.

Er zog sie enger an sich. Das sollte er nicht tun. Cain wusste, dass sie nicht für ihn bestimmt war.

Max hatte ihm früh eingebläut, allein und ungebunden zu bleiben. Ein Mann wie er, ohne Familie oder enge Freunde, hatte nichts zu verlieren. Nur so konnte er seinen Job machen, konnte seinem Land und seinem Volk dienen.

Hex war zu gut für ihn. Sie mochte eine scharfzüngige Art haben, aber darunter war sie dennoch lieb und gut.

Logisch war ihm das alles klar, und doch konnte er einfach nicht die Finger von ihr lassen. Etwas in ihm konnte sich verdammt noch mal nicht von ihr fernhalten. Er zog sie noch enger an sich und vergrub sein Gesicht in ihren Haaren. „Verdammt, riechst du gut."

Ihre Finger klammerten sich an ihm fest. Für ein paar Minuten tanzten sie wortlos zur Musik und hielten einander eng umschlungen.

Cain konnte sein eigenes Herz pochen hören. *Scheiße*. Seine Hand glitt hinunter über ihren Hintern. Er fragte sich, wie sie wohl schmeckte.

Sie legte den Kopf in den Nacken und das Stroboskoplicht flackerte durch den Raum und erhellte ihr hübsches Gesicht. Er griff behutsam nach ihrem Kinn. So verdammt schön.

Er sollte sie loslassen. Er durfte sie nicht so anfassen.

Aber er ließ sie nicht los.

Ihr Blick war fest auf seinen gerichtet.

Cain drückte Hex' festen Hintern und fragte sich, was sie wohl unter dem Kleid trug. Er stellte sich diesen zierlichen Körper vor, wie er ausgestreckt für ihn auf dem Bett lag, stellte sich vor, wie er sie berührte, ihre süße Pussy leckte und sein Schwanz in ihrer feuchten Wärme versank. Er würde sich für sie hart ins Zeug legen.

Sein Schwanz war mittlerweile hart wie Stahl und er

wusste, dass Hex es ebenfalls spüren musste. Er konnte es in ihren Augen sehen.

„Du bist bewaffnet hergekommen." Sie rieb sich an ihm.

Scheiße, er wollte am liebsten laut auflachen. Niemand brachte ihn so zum Lachen wie Hex. Er beugte sich hinunter, bis seine Lippen nur wenige Zentimeter über ihren schwebten und sie den Atem des anderen spürten.

„Hey." Ein offensichtlich betrunkener Mann tauchte auf. „Jetzt will ich mal bei ihr ran. Die ist heiß."

„Verschwinde", knurrte Cain.

Der Mann plusterte sich auf. „Du kannst sie nicht den ganzen Abend in Beschlag nehmen –"

Cains Hand schoss vor und schlug gegen die Kehle des Mannes. Nicht hart genug, um ihn zu verletzen, aber fest genug, dass er es spürte. Der Typ würgte und beugte den Oberkörper vor.

Cain stellte sich schützend vor Hex. „Wirst du jetzt verschwinden?", forderte er den Kerl auf.

Doch der Idiot entschied sich dafür, anzugreifen. Er richtete sich auf und schwang unkontrolliert mit der Faust in Shades Richtung.

Mit einer blitzschnellen Bewegung hatte Cain den Arm des Mannes geschnappt und ihn auf seinen Rücken gedreht. Das schmerzverzerrte Heulen des Mannes war sogar über die laute Musik hinweg deutlich zu hören.

Cain blickte sich suchend um, erweckte die Aufmerksamkeit eines Sicherheitsmitarbeiters, der am Rande der Tanzfläche Wache stand, und winkte ihn herüber.

Der Trunkenbold atmete bebend ein, aber zum Glück zerrte ihn der Sicherheitsmitarbeiter einfach am Kragen von der Tanzfläche.

Cain drehte sich um. Hex beobachtete ihn mit einem glühenden Ausdruck in den Augen.

Scheiße. Er schlang seine Arme um sie. „Macht Gewalt dich etwa an, Pixie?"

„Normalerweise nicht." Sie presste die Hände gegen seine Brust und beugte sich vor. „Aber du hast kaum etwas gemacht und –"

Er konnte nicht anders. Er drückte seinen Mund auf ihren.

Alarmglocken schrillten in seinem Kopf, aber er ignorierte sie. Er küsste Hex. Er musste sie noch einmal schmecken. Nur eine kleine Kostprobe.

Vor ein paar Wochen hatte er sie im Sentinel-Security-Jet geküsst. Er hatte sie geneckt und sich einen Spaß damit gemacht, sie auf die Palme zu bringen, während sie versucht hatte, seine Wunden zu verarzten.

Vielleicht würde es mit diesem Mal genug sein.

Ihre Hände glitten in sein Haar und lösten seinen Man Bun. Hex stieß ein verlangendes Geräusch aus. Ihre forsche Zunge tanzte mit seiner.

Cain hob sie hoch. Hex wog so gut wie gar nichts. Sie schlang die Beine um seine Taille und drückte ihren heißen, kleinen Körper gegen seinen Bauch.

Fuck. *Fuck.* Er küsste sie heftiger und öffnete seinen Mund weiter. Er war völlig verloren in ihr.

Das Lied endete. Das nächste Lied begann. Sie küssten sich immer weiter. Hex stieß hungrige Seufzer aus und vertiefte den Kuss.

Doch als das zweite Lied endete und ein beliebter Hit losplärrte, begannen die Gäste zu klatschen und zu johlen. Der Zauber war gebrochen.

Was zur Hölle machte er hier?

Cain löste seinen Mund von ihrem.

Ihr Gesicht war gerötet und ihre Lippen standen einen Spaltbreit offen.

Hex war eine Versuchung, die er meiden musste. Er konnte ihr nicht geben, was sie brauchte und was sie verdiente.

Cain stellte sie auf dem Fußboden ab.

Er sah, wie ein Teil des Verlangens aus ihrem Gesicht wich. „Cain?"

„Sorry. Ich hätte das nicht tun sollen."

Jetzt wurde ihr Ausdruck hart. „Warum nicht?"

„Ich habe mich mitreißen lassen. Es war ein Fehler."

Sie zuckte zusammen. „Ein Fehler."

Er konnte den Schmerz in ihrer Stimme hören und das hasste er. „Jet –"

„Warum bist du hier?", verlangte sie von ihm zu erfahren.

„Ich brauche dich."

Ihre Lippen öffneten sich und ein unlesbarer Ausdruck blitzte in ihren Augen auf.

„Für einen Job", fügte er eilig hinzu.

In diesem Moment machte sie dicht. „Dann hättest du das gleich sagen sollen." Ihr Tonfall war schneidend. „Du hättest nicht mit mir tanzen oder mich küssen sollen."

„Wird nicht wieder vorkommen."

Jetzt blitzte ein vertrauter Funke in ihren Augen auf. Diesen angepissten Ausdruck kannte er nur zu gut.

„Gut." Sie wirbelte herum und marschierte zu ihrem Tisch zurück.

Innerlich verfluchte sich Cain, dann stopfte er die Hände in die Hosentaschen und folgte ihr.

Er hatte eine Mission.

Das war alles, was er je hatte.

Er musste seine Finger von Jet Adler lassen.

KAPITEL DREI

Als Hex in ihre Kommandozentrale marschierte, verspürte sie nicht das übliche Gefühl der Ruhe und Zufriedenheit. Normalerweise fühlte sie sich gut, wenn sie vor dem riesigen, interaktiven Bildschirm und ihren Computern saß.

Aber nicht heute Abend.

Das Licht ging automatisch an. Sie sah, dass die Suchanfragen, die sie gestartet hatte, bevor sie zu ihrer Geburtstagsfeier aufgebrochen war, noch immer liefen.

Gott. War ja klar, dass Shade ihren Geburtstag ruinieren musste.

Hinter sich hörte sie das Murmeln tiefer Stimmen. Killian und Cain ... Nein, Shade. Sie musste seinen Codenamen benutzen. Um sich genau daran zu erinnern, wer und was er wirklich war.

Ein Spieler. Ein Mann, der ganz genau wusste, wie man eine Rolle spielte.

Ein Mann, dem nur seine Mission wichtig war.

Devyn hatte sie gewarnt. Shade war ein Mann, der alles tun würde, um das Ziel seiner Mission zu erreichen.

Es gab keinen Grund für ihn, mit ihr zu flirten. So zu tun, als ob er sie mochte. Sie wollte.

Warum zur Hölle hatte er sich also so verhalten?

Genervt atmete Hex aus und trat sich die Schuhe von den Füßen. Diese dämlichen Absätze. Sie schmiss ihre Handtasche auf den Schreibtisch.

Er hätte nicht mit ihr flirten und sie anmachen müssen. Er hätte ihr nicht das Gefühl geben müssen, etwas Besonderes zu sein.

Sie ließ sich in einen Stuhl fallen.

Von jetzt an waren Fantasien über ihn tabu. Keine Nachrichten, keine Flirtereien und keine Neckereien mehr.

Mit ernsten Mienen betraten Killian, Shade und Devyn die Kommandozentrale.

Arbeit. Darauf würde sie sich jetzt konzentrieren und professionell bleiben.

Devyn setzte sich auf den Stuhl neben Hex und überschlug ihre langen Beine. In ihrem trägerlosen, grasgrünen Kleid sah sie wie immer atemberaubend aus. Wenn sie Devyn nicht schon lieben würde, würde sie sie hassen. Die Frau war das Yin zu Killians Yang. Hex war dankbar, dass Devyn den Mann so glücklich machte. Killian war ein knallharter Typ und passte permanent auf jeden auf. Er hatte ein wenig Freude in seinem Leben verdient.

Und Devyn schenkte ihm diese Freude.

Hex rieb sich mit der flachen Hand über das Brustbein, um den Schmerz in ihrem Herz wegzuwischen. Sie warf Killian einen Blick zu. Trotz des langen Tages und der späten Uhrzeit sah sein Anzug noch immer frisch gebügelt aus und seine Haare waren nicht einmal ansatzweise zerzaust.

Shade trat in die Mitte ihres Reiches, als ob er darüber herrschen würde. Sie kämpfte gegen ihren grimmigen Blick an. Shade sah wie jeder x-beliebige, gut aussehende Bad Boy aus, für den Teenagerinnen schwärmten und dem erwachsene Frauen ihre Höschen zuwarfen.

Er war ganz in Schwarz gekleidet. Ein schwarzes Hemd und eine schwarze Hose, die seine starken Oberschenkel umschmeichelten. Seine dunkelblonden Haare hatte er in einen Man Bun gebunden, der förmlich danach schrie, von Frauenhänden geöffnet zu werden. Hex musste daran denken, wie sie den Haarknoten auf der Tanzfläche gelöst hatte, während Shade und sie sich leidenschaftlich geküsst hatten. Ihre Wangen wurden heiß und sie schob diese Erinnerung schleunigst beiseite. Ganz offensichtlich hatte er sich den Knoten wieder zusammengebunden.

Shade war nicht gerade attraktiv. Zumindest nicht auf die klassische Hollywoodstar-Art. Er hatte zu viele Ecken und Kanten und besaß eine eher harsche, wenn auch sexy Stärke.

„So, raus mit der Sprache, was ist hier los?", verlangte Killian von Shade zu wissen.

„Ich habe eine Mission." Das Licht des großen Bildschirms flackerte über Shades Gesicht. Er runzelte die Stirn. „Wir verfolgen eine undichte Stelle, über die streng geheime Militärtechnologien nach außen gedrungen sind. Diese Informationen wurden an ausländische Interessenten verkauft."

„Scheiße", bemerkte Devyn.

Allerdings. Hex fingerte an ihrer langen Halskette herum, während sich ihre Gedanken überschlugen. So eine Aktion brachte die Sicherheit des gesamten amerikanischen Militärs in Gefahr.

„Wir konnten die undichte Stelle bis zu einem privaten Unternehmen zurückverfolgen", fuhr Shade fort. „Die Führungsriege der Firma ist durch die Bank weg sauber. Außerdem sind sie ausgesprochen interessiert daran, dieses Leck zu stopfen."

„Bevor sie noch profitable Regierungsaufträge verlieren", bemerkte Devyn trocken.

Er nickte.

„Um was für eine Technologie handelt es sich?", fragte Killian.

Shade hielt für eine Sekunde inne. „Drohnentechnologie der nächsten Generation. KI-gesteuerte Systeme, die Schwarmformationen ermöglichen."

Hex schnappte hörbar nach Luft. „Schwarmbildung. Ich habe Artikel über die Möglichkeiten dieser Technologie gelesen. Ganze Schwärme von Drohnen, die im Verband fliegen und zusammenarbeiten, und das alles mit minimalem menschlichem Eingriff. Wenn diese Informationen in feindliche Hände geraten ..."

„Wären unsere Feinde nicht nur in der Lage, diese Technologie selbst zu entwickeln, sondern könnten auch unsere Drohnen hacken." Shade verschränkte die Arme hinter dem Rücken. „Sie könnten die Kontrolle über unsere Drohnen übernehmen, Angriffe auf unserem Boden durchführen und Militärziele in Übersee angreifen – alles mit unseren eigenen Waffen."

Schweigen breitete sich aus, während sie sich der Konsequenzen bewusst wurden. Es sah übel aus. Richtig übel.

„Also, wer verkauft streng geheime Regierungstechnologien an skrupellose Kriminelle?", fragte Killian schließlich.

„Jemand, der einen Haufen Kohle scheffeln will." Shades Tonfall war harsch. „Wir wissen noch nicht, wer der Käufer ist, aber wir wissen, dass er zweihundert Millionen Dollar bietet."

Devyn stieß einen Pfiff aus.

Hex musterte Shades Gesicht. Sie bemerkte die tiefen Furchen um seinen Mund. Diese Sache machte ihn stinksauer. Er riskierte sein Leben, um Menschen zu schützen, und wer auch immer diese Wirtschaftsspionage beging, er oder sie brachte andere in Gefahr.

„Nach sorgfältiger Aufklärungsarbeit konnten wir die undichte Stelle bis zu dieser Frau zurückverfolgen." Shade zückte sein Handy und tippte darauf herum. Auf dem interaktiven Bildschirm hinter ihm tauchte das Foto einer kleinen Frau im Hosenanzug und mit einem dunklen Bob auf, die gerade ein Gebäude betrat, auf dessen Glasfassade der Name *Dynathon* prangte.

Dynathon war eine riesige Firma für Luft- und Raumfahrtabwehr, die oft für das Militär arbeitete.

Aber das war nicht das, was Hex' Aufmerksamkeit erregte. „Moment mal! Du hast mein System gehackt!"

Shade warf ihr ein Grinsen zu.

Killian hob entschieden die Hand, um alle weiteren Diskussionen zu unterbinden. „Wer ist diese Frau?"

„Sie heißt Sara Mardis. Leitende Wissenschaftlerin der Drohnenprojekte von Dynathon."

„Sie verkauft ihre eigenen Projekte?" Hex war völlig außer sich.

„Sie hat Schulden und eine kranke Mutter. Außerdem hat sie sich vor Kurzem scheiden lassen, was eine ziemlich hässliche Geschichte war. Wer auch immer der Käufer ist, er hatte es auf das schwächste Glied abgesehen."

Killian nickte. „Vermutlich hat er es bereits seit Monaten auf sie abgesehen und sie stark unter Druck gesetzt."

„Das macht keinen Unterschied", widersprach Hex. „Sie verkauft ihr eigenes Land. Das ist Verrat, der unschuldige Menschenleben kosten kann."

„Wir müssen verhindern, dass sie die Technologie weitergibt, und herausfinden, wer der Käufer ist." Shades Blick fiel auf Hex.

Sie hatte das Gefühl, als würde er tief in ihre Seele blicken und all ihre Schutzmauern einreißen. Sie kämpfte gegen das Bedürfnis an, nervös herumzuzappeln.

„Das ist der Punkt, an dem Hex ins Spiel kommt", erklärte Shade.

Sie zog eine Augenbraue hoch. „Ach ja?"

„Sara Mardis sitzt in diesem Moment in einer Arrestzelle der CIA. Und sie redet. Eigentlich sollte sie demnächst auf die Global-Tech-Summit-Konferenz nach Paris fahren."

Hex unterdrückte einen Aufschrei. Sie hatte diesen Kongress immer schon besuchen wollen. „Die Konferenz findet diese Woche statt."

Er nickte. „Ihr Plan war es, den Datenchip mit den Bauplänen der Drohnen und den Details zur Schwarmtechnologie dort an den Käufer weiterzugeben."

Sie runzelte die Stirn. „Okay. Hat sie auch gesagt, wer der Käufer ist?"

Shade schüttelte den Kopf. „Sämtliche Kommunikation zwischen ihnen lief per E-Mail und Textnachrichten. Keine Namen. Keine Stimmen. Sie hat keinen Schimmer, wer der Käufer ist."

Hex schüttelte den Kopf. „Aber sie muss doch wissen, ob er ein Feind oder ein Krimineller ist."

Er zuckte mit den Schultern. „Ich glaube, irgendwann ging es ihr nur noch ums Geld." Er schob die Hände in die Taschen. „Ich will, dass du dich als Sara Mardis ausgibst und auf der Konferenz die Übergabe durchführst."

Ihre Augen wurden groß. Sie hörte, wie Killian ein unglückliches Geräusch ausstieß, und drehte sich zu ihm um. Ihr Boss blickte sie finster an.

Shade hob seine Hand. „Lasst mich ausreden. Hex und Mardis sind gleich groß und sehen sich ähnlich. Mardis wiegt ein bisschen mehr, aber es kommt halbwegs hin. Sie ist introvertiert und ein Workaholic, also besitzt sie keine Konten in den sozialen Medien, sodass so gut wie keine Bilder von ihr im Netz kursieren. Mit der richtigen Kleidung kann Hex als sie durchgehen. Außerdem brauche ich jemanden, der die Technologie versteht, falls sie dazu befragt wird."

Devyn nickte nachdenklich und musterte das Foto von Sara Mardis auf dem riesigen Bildschirm. „Es könnte funktionieren."

„Ich kann den Chip nicht übergeben", sagte Hex. „Was, wenn der Käufer damit verschwindet? Das würde ich mir nie verzeihen."

„Wer auch immer es ist, er ist nicht dumm. Wir können nicht riskieren, gefälschte Daten weiterzugeben." Shade sah darüber alles andere als glücklich aus. „Wir müssen den Käufer identifizieren, ihn umgehend verhaften und den Datenchip sichern."

Hex biss sich auf die Unterlippe. Würde sie das hinbekommen? Wie konnte sie diese Aufgabe ablehnen? Sie musste dafür sorgen, dass diese Technologie nicht in die falschen Hände fiel, und dieser Käufer – wer auch immer es war – würde nicht aufgeben, bis der Chip ihm gehörte. Wenn Mardis sich nicht mit ihm traf, würde er irgendeinen anderen armen Idioten finden, den er erpressen konnte.

Der Käufer musste unter allen Umständen aufgehalten werden.

„Hex ist nicht für Außeneinsätze ausgebildet", erwiderte Killian. „Das ist viel zu gefährlich."

Shade nickte. „Ich werde nicht zulassen, dass ihr etwas passiert, denn ich werde die ganze Zeit über an ihrer Seite sein."

Sie richtete sich kerzengerade auf. *Bitte was?*

Sein Blick richtete sich auf sie. „Ich werde undercover als Sara Mardis' Kollege auftreten." Seine Mundwinkel zuckten. „Ich werde Hex nicht für eine Sekunde aus den Augen lassen."

Ihr Bauch vollführte einen wilden Salto. *O verdammt.*

AM NÄCHSTEN MORGEN schlenderte Cain in die Sentinel-Security-Zentrale, wo ihm seine Nase den Weg zu frisch gebrühtem Kaffee wies.

Er liebte das Zeug einfach, in jeder Variante. Er liebte den starken, türkischen Kaffee der Istanbuler Straßenverkäufer genauso wie die wässrige Tankstellenplörre entlang der Highways von Amerika. Der Duft führte ihn zur kleinen Teeküche der Zentrale.

Killian hatte ihm eine der Gästewohnungen im Sentinel-Security-Lagerhaus zur Verfügung gestellt. Gegen die Räumlichkeiten gab es absolut nichts einzuwenden. Das ehemalige Warenlager war umfassend renoviert worden. Es gefiel ihm, dass Killian die alten Elemente beibehalten hatte – die unverputzten Backsteine, den Betonboden, ja, es gab sogar alte Eisenbahnschienen, die quer durch einen der Innenhöfe verliefen. Aber das Gebäude wies auch moderne Akzente auf. Ihm fiel die üppige, grüne Wand ins Auge, die dem Großraumbüro einen unübersehbaren Farbakzent verlieh.

Unter dem Türbogen aus Backsteinen, der in Hex' Reich führte, blieb Cain kurz stehen.

Da saß sie. Sie hatte ihm den Rücken zugewandt und die Füße auf ihrem Schreibtisch abgelegt. Sie trug eine taillierte, dunkelblaue Hose und ein olivgrünes T-Shirt, und trank Kaffee aus einem überdimensionalen Becher.

Auf dem Becher prangte der Schriftzug *Computer-flüsterer*.

Cain gestattete sich, sie einen Moment lang zu betrachten. Obwohl er wusste, dass er dieser Versuchung widerstehen musste.

Er labte sich an ihrem Anblick. Die glänzenden, dunklen Haare mit den leuchtend pinken Spitzen, die schlanken Kurven ihrer Schultern. Sie murmelte leise vor sich hin. Sogar das war niedlich.

Verdammt. Cain atmete schneidend ein. Er musste das unter Kontrolle bekommen.

Er war drauf und dran, Hex in eine gefährliche Mission mit hineinzuziehen. Ja, er würde bei ihr sein und für ihre Sicherheit sorgen, aber Dinge gingen schief. Bei Missionen ging *immer* etwas schief. Das wusste er, weil er es hundertmal selbst erlebt hatte.

Seine Hände ballten sich zu Fäusten. *Nein.* Niemand würde sie anrühren, geschweige denn, ihr etwas antun.

Offensichtlich spürte sie seine Gegenwart, denn sie wirbelte mit ihrem Stuhl herum. „Morgen, Bond." Ihr Ausdruck wirkte irgendwie kühl.

„Morgen. Teilst du den Kaffee da?"

Sie beäugte ihn über den Rand ihres Bechers hinweg. „Nö." Sie trank einen großen Schluck. „Hol dir deinen eigenen."

Shade schlenderte näher und konnte sie jetzt riechen. Der frische Duft von Zitronen. Noch nie in seinem Leben hatte er diesen Geruch als sexy empfunden.

„Bereitest du dich auf die Mission vor?" Auf dem

Bildschirm sah er Informationen über Sara Mardis und das Drohnenschwarmprojekt.

„Ja. Ich muss gestehen, dass Mardis ein ziemliches Genie ist. Ihre Arbeit ist unglaublich. Sie hat am MIT und an der Harvard University studiert." Hex kräuselte die Nase. „Es ist wirklich eine Schande, dass sie eine Landesverräterin ist."

„Jeder hat seine Schwachstellen."

Hex runzelte die Stirn. „Die sollten wir aber nicht haben. Man sollte niemals seine Werte verraten."

Er zuckte mit den Schultern. „Werte bezahlen aber weder deine Rechnungen noch ernähren sie deine Kinder oder behandeln deine kranken Verwandten. Und sie retten auch keine Leben."

„Das weiß ich, aber ohne sie sind wir nichts." Sie musterte ihn. „Ich weiß, dass du deine Persönlichkeit im Handumdrehen verändern kannst, aber ich weiß auch, dass deine Werte unumstößlich sind. Du beschützt dein Land, koste es, was es wolle."

Cain erstarrte. So etwas hatte noch nie irgendwer zu ihm gesagt. Normalerweise sahen die Leute nur das, was er ihnen zeigen wollte.

Er räusperte sich. „Wie auch immer, die hier müssen leider verschwinden." Er schnippte gegen ihre pinken Haarspitzen.

Sie verzog das Gesicht. „Darüber wird meine Mom alles andere als glücklich sein."

Fragend zog Cain eine Augenbraue hoch.

„Meine Mom ist Friseurin. Sie macht mir die Haare." Hex lächelte. „Und das schon, seit ich klein war. Zum Glück ist sie gerade zusammen mit ihren Freundinnen auf einer Kreuzfahrt, also wird sie mich nicht so farblos sehen müssen."

„Deine Familie besteht nur aus euch beiden?", fragte er, auch wenn er die Antwort längst kannte. Er hatte alles ausgegraben, was er über Jet Adler hatte finden können. Sie war bei ihrer alleinerziehenden Mutter aufgewachsen, hatte sämtliche Schulfächer mit Eins bestanden und war ein Jahr früher aufs College gegangen.

„Ja. Mein Vater hat sich schön rausgehalten." Sie tippte auf ihrem Tablet herum. „Ich mache mir einen Termin zum Spitzenschneiden. Meine Mom kann sich für meine Haare was Neues überlegen, sobald sie genug von Margaritas am Pool hat, wieder da ist und wir diese Mission hinter uns gebracht haben."

Sie knabberte an ihrer Unterlippe herum, und Cain wusste, dass sie sich Sorgen machte.

„Es wird alles gut gehen", sagte er. „Ich werde die ganze Zeit über an deiner Seite sein."

Hex verdrehte ihre zweifarbigen Augen. „Das beruhigt mich nicht gerade, Bond."

Cain beugte sich vor und nahm eine ihre pinken Haarsträhnen zwischen die Finger. Es würde ihm leidtun, sie nicht länger sehen zu können. Er senkte die Stimme. „Ich werde nicht zulassen, dass dir etwas zustößt. Sollte irgendjemand versuchen, dir wehzutun, bringe ich ihn um."

Sie erstarrte.

„Ganz richtig." Seine Lippen streiften ihr Ohr. „Vergiss nie, dass nichts und niemand gefährlicher ist als ich, egal, wo wir uns befinden."

Sie drehte den Kopf und erwiderte seinen Blick. Ihre

Lippen waren nur wenige Zentimeter von seinen entfernt.

Dann streckte er die Hand aus und stibitzte ihren Kaffeebecher. Als er sich aufrichtete und einen Schluck trank, stieß Hex ein quietschendes Geräusch aus.

„Blödmann!"

Schritte. Gerade, als Cain herumfuhr, betrat Killian den Raum. Der Boss von Sentinel Security trug dunkle Anzughosen und ein weißes Hemd. Nick *Wolf* Garrick kam hinter ihm ins Zimmer marschiert.

„Guten Morgen", sagte Cain.

„Shade, seit wann bist du denn hier?", fragte der bärtige Nick und trat auf ihn zu, um ihm die Hand zu schütteln.

„Seit gestern Abend. Wie gehts deiner reizenden Verlobten?"

Der ehemalige Navy SEAL lächelte. „Großartig. Sie ist wie immer superclever und macht Millionen."

Lainie war die CEO eines Grafikdesign-Unternehmens, und Nick war eindeutig stolz und völlig vernarrt in sie.

Killian suchte Cains Blick. „Hast du eine Minute? Mein Büro."

Er nickte und stellte Hex' Kaffeebecher zurück auf den Tisch. Sofort schnappte sie sich den Becher und starrte Cain finster an. Als er ihr einen letzten Blick zuwarf, streckte sie ihm die Zunge raus. Er musste sich bemühen, nicht laut aufzulachen, und folgte Killian in dessen Büro.

Killians Büro war elegant und geräumig. Eine Wand aus unverputzten Backsteinen bildete einen stilvollen

Kontrast zu den anderen aus poliertem Beton. Der Schreibtisch war aus dunklem Holz gefertigt und dahinter hing eine große Leinwand mit einem abstrakten Gemälde, das in blauen, grauen und goldenen Farbtönen gehalten war. Nach einem Augenblick bemerkte Cain, dass das Bild tatsächlich Berge darstellte.

Killian lehnte sich gegen seinen Schreibtisch und verschränkte die Füße „Ich bin nicht glücklich darüber, dass Hex auf diese Mission geht."

„Du kannst der CIA eine dicke, fette Rechnung für ihre Dienste ausstellen."

„Es geht nicht ums Geld", knurrte Killian.

Cain hob abwehrend die Hände. „Ich weiß."

„Sie ist wie eine Schwester für mich. Ich will nicht, dass ihr etwas zustößt."

„Ich weiß. Ich habe dir doch gesagt, dass ich sie vor allen Gefahren beschützen werde."

„Es sind nicht die Gefahren, weswegen ich mir Sorgen mache."

Cain zuckte bei diesen Worten zusammen und erwiderte den Blick seines Freundes.

Killian sah ihm unverwandt in die Augen und erinnerte Cain daran, warum dieser Mann früher einmal einer der besten Spione der CIA gewesen war.

„Behandle sie gut, Cain. Sie ist tough und hat ein freches Mundwerk, aber unter dieser harten Schale steckt ein weicher Kern."

„Ich weiß."

Jetzt verzogen sich Killians Lippen zu einem Lächeln. „Vielleicht bist du genau das, was sie braucht."

Cain musste beinahe lachen. „Mein Leben gehört

der CIA, Hawke. Ich stecke viel zu tief in dieser Spionnummer drin. Dieser Mist steht mir bis zum Hals." Und er wusste, dass sich dieser Schmutz niemals abwaschen ließ.

„Du kannst dich daraus befreien, wenn du willst", erwiderte Killian leise. „Für den richtigen Grund. Ich bin ein gutes Beispiel dafür."

Cain schüttelte den Kopf und ging zur Tür. „Das ist nichts für mich."

„Wir werden ja sehen. Oh, und Cain" – Killians Stimme sank auf geradezu arktische Temperaturen –, „wenn sie auf irgendeine Weise verletzt werden sollte, bekommst du es mit mir zu tun."

KAPITEL VIER

Hex zupfte am Saum ihrer Jacke herum und musterte ihr Spiegelbild.

Sie sah nicht vollkommen anders aus, aber irgendwie auch schon. Sie wirkte eine Prise polierter, eine Spur konservativer, einen Hauch langweiliger.

Sie war nicht länger Hex. Sie war jetzt Sara Mardis.

Diese Sara Mardis trug ein dunkelblaues Kostüm und eine blassblaue Bluse. Ihre Haare waren etwas kürzer und in einen adretten Bob geschnitten, dem jegliches Pink fehlte. *Buh.* Jets Finger tasteten nach ihren Haarspitzen. Ihr Make-up war nett, aber schlicht.

„Hier." Hadley hielt ihr ein Paar Pumps hin. „Nicht zu hoch, nicht zu niedrig."

Hex musterte die Schuhe, dann schlüpfte sie hinein.

Hadley verschränkte die Arme vor der Brust. „Die Verwandlung ist vollendet."

Die temperamentvolle Hackerin rümpfte die Nase. „Ist irgendwie ein bisschen öde."

„Du bist undercover. Genau darum geht es ja."

Sie drehte sich ins Profil „Sehe ich aus wie eine geniale Drohnenwissenschaftlerin, die zur Wirtschaftsspionin und Kriminellen geworden ist?"

Hadley zog eine Grimasse, sah dabei aber immer noch wunderschön aus. Sie besaß eine mühelose Eleganz, um die Hex sie immer beneidet hatte.

„Kriminelle sind nicht immer hässlich", bemerkte Hadley.

Als ehemalige MI6-Agentin wusste sie nur zu gut, wovon sie sprach.

Hex fuhr sich mit den Fingern durch die Haare. „Tja, ich bin so bereit, wie ich nur sein kann."

Im Spiegel erwiderte ihre Freundin ihren Blick. „Für die Mission, bei der du täglich vierundzwanzig Stunden mit einem gewissen, superheißen Spion verbringen wirst?"

Hex reckte das Kinn. „Das hier ist *Arbeit*."

„*Hmm* ... Addie hat mir erzählt, sie hätte dich und Shade in Alaska dabei erwischt, wie ihr im Jet rumgeknutscht habt."

Hex fiel der Mund auf. „Diese Petze! Und er hat *mich* geküsst. Er hat mich gepackt und –"

„Ach so, du hast ihn also nicht zurückgeküsst? Keine Zunge und gar nichts?" Hadley zog eine Augenbraue hoch.

Plötzlich hatte Hex das Gefühl, als ob sie verhört werden würde. „Kein Kommentar."

Ihre Freundin prustete.

„Aber möglicherweise haben wir auch gestern Abend wieder rumgeknutscht."

Hadleys Augen weiteten sich ungläubig.

Hex hob entschuldigend die Hand. „Was soll ich sagen? Er ist heiß."

„Allerdings."

Jetzt runzelte sie die Stirn. „Entschuldige mal, hast du nicht deinen eigenen heißen Kerl?"

„Doch, klar, aber ich habe auch Augen im Kopf."

„Davon ganz abgesehen, ist Cain gefährlich. Er ist Einzelgänger. Und er ist praktisch mit seinem riskanten Job verheiratet und nutzt andere Menschen aus, um diesen Job zu erledigen." Hex schüttelte den Kopf. „Ich würde nicht auf ihn wetten. Ich will mehr als das."

Hadley berührte sanft ihre Schulter. „Du magst ihn."

Sie seufzte. „Ich fühle ... irgendwas. Meistens nagende Irritation. Aber ich meine, wer würde nicht so auf diesen Kerl reagieren? Aber ich bin eine geniale Hackerin, die in New York arbeitet, und er ist ein Undercover-Spion, der süchtig nach Nervenkitzel ist. Das schreit nur so nach *schlechter Idee*." Sie warf ihrer Freundin einen Blick zu. „Ich will die Nummer eins für jemanden sein. Ich will das Allerwichtigste im Leben eines anderen Menschen sein. Das Erste, woran er beim Aufwachen denkt, und das Letzte, woran er vorm Einschlafen denkt. Ich will das, was du mit Bennett hast. Was Devyn und Killian haben. Nick und Lainie und Matteo und Gabbi. Und jetzt sogar Bram und seine Addie."

„Es war bestimmt hart, zusehen zu müssen, wie sich alle anderen von uns verliebt haben", sagte Hadley leise.

Hex schüttelte den Kopf. „Nein, war es nicht. Ich freue mich sehr für euch alle. Richtig dolle. Und es hat mir nur noch deutlicher gemacht, dass es genau das ist, was ich auch will. Mit weniger werde ich mich nicht zufriedengeben. Meine Mom hat mir immer gesagt, ich solle auf den Mann warten, der alles an mir liebt und der meine Schrullen niedlich findet."

Ihre Mom hatte sich Hals über Kopf in Hex' leiblichen Vater verliebt. Sie war sich sicher gewesen, dass er ihr Seelenverwandter war ... bis er verschwunden war, noch bevor sie geboren wurde.

Ihre Mom hatte ihr nie alle Einzelheiten verraten, aber sogar als kleines Mädchen hatte Hex begriffen, dass das Herz und das Vertrauen ihrer Mutter gebrochen worden waren.

„Es hat auch mit diesem Trottel zu tun." Hadley rümpfte die Nase, als ob es stinken würde.

„Brandon?" Sie schnaufte. „Ein bisschen. Bei ihm habe ich sämtliche Alarmsignale ignoriert, weil ich einfach mit irgendjemandem zusammen sein wollte. Eine fiese Lektion, aus der ich gelernt habe."

„Nicht *alle* Männer sind wie Brandon, der Trottel", bemerkte Hadley.

„Das weiß ich ja."

„Aber Hex, wahre Liebe? Das sind nicht nur große Gesten und Perfektion. Manchmal ist es chaotisch, man macht Fehler und entschuldigt sich und geht Kompromisse ein. Diese ganzen kleinen Dinge."

„Ich war noch nie verliebt, Hadley. Schätze, ich muss das alles noch lernen, falls es jemals dazu kommen sollte."

Hadley breitete die Arme aus und umarmte sie. „Es wird dazu kommen. Und jetzt Schluss mit dem Gequat-

sche, denn du musst einen Flug nach Paris erwischen."
Sie stieß einen Seufzer aus. „Ich liebe Paris."

Hex schnappte sich ihre Laptoptasche und den Griff
ihres Rollkoffers, der mit Kleidung für ihre Rolle als Sara
Mardis vollgepackt war.

Killian erschien in der Tür. „Hast du den Chip?"

Sie nickte und klopfte auf die Brusttasche ihrer
Bluse. Der Datenchip, der bis zum Bersten mit streng
geheimer Drohnentechnologie vollgeladen war, war
sicher darin verstaut. „Er steckt in dem Etui für meine
gefälschten Visitenkarten. Das ist wasserdicht und stoß-
fest, also ist er in Sicherheit."

„Bereit?" Killians dunklen Augen bohrten sich in sie.
Sie reckte das Kinn. „Ja."

„Vor dem Eingang steht ein Wagen, der dich zum
Flughafen bringt. Shade sagt, er wartet am JFK auf dich."

„Alles klar." Es war so weit. Ihre erste offizielle
Mission im Außendienst.

Killian drückte ihre Schultern. „Pass auf dich auf."

Sie grinste ihn an. „Das ist normalerweise mein
Spruch, wenn ihr auf eine Mission loszieht und mich
zurücklasst. Keine Sorge, ich bin vorsichtig."

„Wir sind in Bereitschaft, falls ihr uns braucht."
Devyn lungerte im Türrahmen herum.

„Danke. Hoffentlich läuft alles wie geschmiert."

„Mardis befindet sich in CIA-Haft", erklärte Killian.
„Niemand weiß davon. Für die Welt da draußen bist du
Sara Mardis."

„Gut." Hex straffte die Schultern. „Na dann. *Au
revoir*."

Die Fahrt zum Flughafen verlief langweilig ruhig.

Hex spielte nervös mit ihrem Handy herum und hoffte, dass es bei ihrem eigentlichen Job keine Probleme gab, solang sie fort war. Sie hatte einen Mitarbeiter aus dem Cybersicherheitsteam von Sentinel Security als ihren Stellvertreter eingesetzt. Wenn Austin Mist baute, würde sie ihm das Fell über die Ohren ziehen.

Bald schon erreichte sie den Flughafen und kurze Zeit später war sie bereits eingecheckt und hielt ihre Bordkarte für die Businessclass nach Paris in den Händen. Jetzt musste sie nur noch einen gewissen Spion finden, der als ihr Kollege von Dynathon auftreten würde.

Hex betrat die Business-Lounge und blickte sich um. Wo zur Hölle war er? Sie legte ihre Laptoptasche ab und ließ ihren Blick über die anderen Fluggäste schweifen, hauptsächlich Geschäftsleute, die in Sesseln saßen, an ihrem Kaffee nippten oder ins Handy sprachen. An einem Tisch saß eine Familie mit zwei Söhnen, die an ihren Tablets klebten. Aus einem Sessel ganz in ihrer Nähe erhob sich ein Mann und ihr Blick wanderte zurück zu ihm.

Ihre Hormone explodierten wie Feuerwerksraketen am vierten Juli.

Hex beobachte Cain, der mit einem trägen Lächeln auf dem Gesicht auf sie zukam.

Er trug eine Anzughose, ein weißes Hemd mit hoch-gekrempelten Ärmeln, dazu eine graue Weste. Gott, seine Unterarme. Sie gestattete sich, ihren Blick über die Muskeln wandern zu lassen. In einer Hand hielt er sein Jackett. Die Haare hatte er zurückgegelt und er trug eine Brille. *Eine Brille.* Das war nicht fair. Warum machten sexy Drahtgestelle Männer eigentlich noch heißer?

Sie versuchte, ihre Hormone unter Kontrolle zu bringen, aber die drehten völlig durch.

„Hi Sara", sagte Cain.

Nein, nicht Cain und auch nicht Shade. Mist, wie lautete sein Deckname noch gleich? Ihr Verstand war wie leer gefegt.

Er beugte sich vor. „Jake."

„Jake. Richtig. Hi."

Sein Blick wanderte zu ihren Haarspitzen. „Ich vermisse das Pink, Pixie."

Sie zwang ein Schaudern zurück. Das würde eine sehr lange Mission werden.

DER ABSPANN des absurd lächerlichen Spionagefilms flimmerte über den Bildschirm, und Cain schüttelte mit einem kleinen, schiefen Grinsen den Kopf. Der Streifen war unterhaltsam, aber nicht besonders wahrheitsgetreu gewesen. Ehrlich gesagt war der Großteil seines Jobs alles andere als glamourös oder aufregend. Er war geradezu langweilig. Und sehr viel gefährlicher, als der Film die Zuschauer glauben machen wollte.

Cain warf einen Blick auf den Sitzplatz neben sich. Okay, an dieser speziellen Mission war nicht *alles* langweilig.

Hex saß ausgestreckt neben ihm. Der große Business-class-Sessel ließ sie noch winziger wirken. Sie hatte Kopfhörer auf – ihre eigenen. Über die, die die Airline ihr angeboten hatte, hatte sie nur verächtlich die Nase gerümpft. Gerade hatte sie eine neu erschienene Liebeskomödie angesehen. Davor hatte sie sich mit den gesamten Informationen über Dynathon beschäftigt.

Ihre Kleidung und ihre neue Frisur ließen sie wie eine intelligente Wissenschaftlerin aussehen, aber sie passten nicht zu ihr. Hex war für knallige Farben, freche Bemerkungen und Spaß gemacht. Sie war verdammt frischer Wind.

Sie erwiderte seinen Blick, dann streckte sie ihm die Zunge heraus. Er konnte sein Lachen kaum unterdrücken.

Bald würden sie in Paris landen. Sein Magen zog sich zusammen. Dann würde die richtige Arbeit losgehen.

„Sir, kann ich noch etwas für Sie tun?"

Er sah zu der Flugbegleiterin auf – eine junge Brünette mit einem strahlend weißen Lächeln. Sie berührte seinen Arm.

„Irgendwas?"

„Nein, ich bin wunschlos glücklich. Danke." Als er wieder zu Hex sah, verdrehte sie die Augen.

„*Irgendwas?*", hauchte sie. „Sie hätte dich einfach direkt auf einen Quickie in die Toilette einladen sollen."

Er prustete.

„Also." Hex beugte sich zu ihm hinüber und senkte die Stimme. „Ich habe mich da was gefragt."

Interessiert zog er eine Augenbraue hoch.

„Wie heißt du mit Nachnamen?"

Er grinste. „Konntest du das etwa bei einer deiner Recherchen noch nicht herausfinden?"

Sie zog die Mundwinkel nach unten. „Ich könnte es herausfinden. Wenn ich es wirklich wollte."

Cain griff nach dem Bordmagazin und schlug es auf. „Nein, könntest du nicht."

Wie erwartet funkelten ihre Augen bei dieser Herausforderung entschlossen. „Doch, könnte ich."

Er zwinkerte ihr zu, dann steckte er das Magazin fort und setzte seine Kopfhörer auf. Zeit für einen weiteren, schlechten Spionagefilm.

EIN PAAR STUNDEN später landeten sie am Pariser Flughafen *Charles de Gaulle*. Kurz darauf waren sie von Bord des Flugzeugs gegangen und reihten sich nun in die Schlange zur Passkontrolle ein. Hex war ein wenig zappelig. Cain erinnerte sich an das erste Mal, als er selbst mit einem gefälschten Reisepass in ein anderes Land eingereist war. Auch er war damals nervös gewesen. Mittlerweile zuckte er nicht einmal mehr mit der Wimper.

Sie passierten die Kontrolle jedoch erwartungsgemäß reibungslos, und bevor sie es sich versahen, standen sie schon am Gepäckkarussell und warteten auf ihr Gepäck.

„Wir wohnen im Le Grand Hôtel", informierte er sie.

„Ich weiß. Ich habe es mir im Internet angesehen." Ihr Gesicht strahlte. „Nobel."

Cain verriet ihr nicht, dass er das Hotel im Herzen der Stadt – das eine fabelhafte Aussicht bot – nur für sie ausgewählt hatte.

„Wir haben eine Suite mit zwei Schlafzimmern."

Sein Plan war es, einzuchecken und die Suite dann nach Wanzen abzusuchen. Das örtliche CIA-Team würde ihm Waffen und Ausrüstung vorbeibringen. Er hoffte allerdings, dass er sie nicht brauchen würde. „Morgen gehen wir dann auf die Konferenz."

Sie nickte. „Ich bin schon ganz gespannt."

Das konnte er sehen. Sie war wirklich aufgeregt. Er nahm an, dass sie es genießen würde, die ganzen Technikneuheiten zu sehen. Cain fragte sich, wie der Käufer an Hex herantreten würde.

Wer mochte es wohl sein? Eine ausländische Regierung? Ein Verbrechersyndikat?

Sie würden es bald herausfinden.

Hex und er griffen sich ihre Koffer vom Band und rollten sie zum Ausgang.

„Wir nehmen ein Taxi zum Hotel."

Sie nickte. Vor dem Terminal herrschte geschäftiges Treiben. Das Wetter war herrlich und über ihnen erstreckte sich ein wolkenloser, blauer Himmel. Der Sommer in Paris konnte herrlich sein. Cain würde es genießen, Hex dabei zu beobachten, wie sie alles um sich herum aufsog, sobald sie Zeit dafür hatten.

Sie gingen zur Reihe der wartenden Taxis hinüber. Eine Gruppe junger Männer, vollbepackt mit Reisetaschen, kam ihnen laut redend entgegen. Einer von ihnen stieß mit Hex zusammen, und sie stolperte gegen Cain.

„Pass doch auf", knurrte Cain auf Französisch.

Der junge Mann hob entschuldigend die Hände. *„Je suis désolé."*

„Warte hier." Cain schob Hex aus dem Weg. Ein Strom von Menschen stieg unablässig in die Taxis ein und aus. Einer der Taxifahrer rollte sein Fenster hinunter, um jemandem etwas zuzurufen. An einem anderen Taxi standen die Türen sperrangelweit offen, ohne dass der Fahrgast ausstieg. Cain hob die Hand und winkte das nächste freie Fahrzeug heran.

Plötzlich hörte er, wie Hex seinen Namen rief. „Cain!"

Ihre Stimme brach ab und er wirbelte herum –

Gerade noch rechtzeitig, um zu sehen, wie ihr die Laptoptasche von der Schulter glitt und zu Boden fiel, als sie gewaltsam auf die Rückbank eines schwarzen Taxis gerissen wurde.

Sie versuchte noch, sich am Türrahmen festzuklammern, aber ihr Angreifer war stärker und zerrte sie mit einem heftigen Ruck ins Innere. Sie verschwand aus Cains Sichtfeld, als das Taxi mit offenstehender Hintertür davonschoss.

Fuck.

Adrenalin rauschte durch Cains Adern. Er sprintete dem Fahrzeug hinterher.

Jet. Fuck.

Die Autotür stand noch offen und er konnte sehen, wie sie auf der Rückbank mit jemandem kämpfte.

Das war seine Pixie. Sie war eine Kämpferin.

Die Reifen des Taxis quietschten über den Asphalt, als es einem anderen Auto auswich. Cain schwang die Arme vor und zurück, trieb seine Beine an und rannte auf die Straße. Das Taxi beschleunigte.

Knallend schleuderte die Tür des Wagens zu. Mit aller Kraft holte Cain zum Auto auf. Seine Finger streiften bereits den Kofferraum.

Für eine Sekunde trafen sich ihre Blicke, als Hex durch die Heckscheibe hinaussah. Ihre Lippen bewegten sich stumm.

Cain.

Dann senkte der Fahrer den Fuß aufs Gaspedal, und das Taxi raste davon.

Cain konnte nicht mehr mithalten. Heftig keuchend kam er zum Stehen.

Er hatte sie verloren.

„*Fuck!* Fuck, Fuck, Fuck!" Sie waren kaum in Paris gelandet, und Hex war bereits geschnappt worden.

Eine tödliche Ruhe überkam ihn.

Niemand würde ihr etwas antun.

Und *niemand* würde sie ihm wegnehmen.

Cain drehte sich um und marschierte zurück zu der langen Schlange von Autos, die Passagiere zum Terminal brachten.

Er sah, wie ein Mann aus der Fahrertür seines Wagens stieg und einer Dame, die offensichtlich seine Ehefrau war, mit ihrem Koffer half. Cain senkte den Kopf und blickte sich eilig um. Er hatte sich die Standorte der Überwachungskameras am Flughafen eingeprägt und wusste, dass er sich in einem toten Winkel befand.

Zügig zog er die Fahrertür auf und sprang in das Auto des Ehepaars.

Der Mann fing an, ihn auf Französisch anzubrüllen.

„Sorry, Kumpel." Cain trat aufs Gaspedal und schoss davon.

Während er fuhr, fischte er sein Handy aus der Hosentasche und verband es mit der Freisprechanlage. Mit quietschenden Reifen ließ er das Flughafengelände hinter sich und raste Richtung Innenstadt davon. Hektisch tippte er auf seinem Handy herum.

„Was?", nahm eine tiefe Stimme seinen Anruf entgegen.

„Shade hier. Meine Sentinel-Security-Partnerin wurde gerade am Flughafen entführt."

Sein Kontakt aus dem Pariser CIA-Büro fluchte.

„Ein schwarzer Renault Sedan. Nummernschild –" Cain ratterte es herunter. „Ich will wissen, wer zur Hölle sie geschnappt hat, und ich brauche ihren Standort."

„Schon dran."

„Und organisiert jemanden, der unsere Koffer und Laptoptaschen am Flughafen einsammelt."

„Ich kümmere mich drum." Dann war die Leitung tot.

Während Cain zum Hotel raste, schlich sich die Sorge an wie ein dunkler Schatten, der die Sonne verschluckte.

Wer zur Hölle hatte Hex geschnappt? Ging es ihr gut? Eine Panik, wie er sie noch nie zuvor empfunden hatte, brodelte in ihm und brannte wie Säure.

Irgendwelche Arschlöcher hatten sie.

„Wehe, dir passiert was, Jet." Er würde ganz Paris in Schutt und Asche legen, um Rache zu üben. „Ich komme, Pixie."

KAPITEL FÜNF

Tja, so hatte sie es sich *nicht* vorgestellt, wie es sein würde, den Eiffelturm zum ersten Mal in ihrem Leben zu sehen. Gekidnappt von der Rückbank eines Wagens aus.

Durch das Autofenster warf Hex einen flüchtigen Blick auf die berühmte Sehenswürdigkeit, aber innerlich kochte sie vor Wut.

Ihre beiden Entführer – der Fahrer und der Typ neben ihr auf der Rückbank – trugen beide Skimasken und hatten noch kein Wort gesagt.

Arbeiteten sie für den Käufer?

Der Käufer hatte doch ausgemacht, sie auf der Konferenz zu treffen. Warum also sollte er ein solches Risiko eingehen?

Der Datenchip in ihrer Brusttasche fühlte sich unnatürlich schwer an. Wenn diese beiden Typen ihn fanden ...

Scheiße, Cain würde durchdrehen. Hex atmete tief durch. Er würde sie finden, dessen war sie sich absolut sicher, obwohl sie keine Ahnung hatte, wohin sie unterwegs war. Oder zu wem.

Sie zog es vor, aus diesem Wagen zu verschwinden. Und zwar auf der Stelle.

„Wer seid ihr?" Sie achtete darauf, ihre Stimme ein klein wenig zittern zu lassen. „Warum tut ihr das?"

Keine Antwort. Verdammt, das waren gut ausgebildete Verbrecher.

Sie warf einen Blick aus dem Fenster auf die zauberhaften Wohnhäuser und ihre kleinen Balkone mit den schwarzen Metallgeländern. Oh, sie konnte sich gut vorstellen, wie sie auf einem davon einen Kaffee trank und ihren Blick über die Dächer von Paris schweifen ließ.

Hex schüttelte den Kopf. Sie durfte sich jetzt nicht ablenken lassen. Sie musste einen Plan schmieden.

Sie musste entkommen, flüchten und Cain finden.

Immer mit der Ruhe. Sie verdrehte die Augen. *Denk nach, Hex. Du hast ein kluges Köpfchen. Also benutze es auch.*

Das Auto überquerte eine belebte Kreuzung, dann bog es ab. Sie überquerten eine Brücke, unter der die Seine floss. *Wow!* Für eine Sekunde war Hex von diesem Anblick ganz verzaubert. Sie entdeckte ein langes Ausflugsboot voller Touristen, das den Fluss hinunterschipperte.

Das Auto wurde langsamer. Hex warf einen Blick durch die Windschutzscheibe und bemerkte, dass der Verkehr stockte. Mehrere Mopeds knatterten an ihnen vorbei und schlängelten sich durch die Fahrzeuge.

Hm. Dann kam ihr Wagen zum Stehen. Hex blickte

nach draußen und betrachtete die kunstvoll verzierte Steinbrüstung der Brücke. Neben ihnen hielt ein kleineres Auto, in dem der junge Fahrer im Takt seiner Musik mit dem Kopf wippte.

Scheiß drauf. Sie würde hier nicht einfach sitzen bleiben. *Bitte lass die Tür nicht abgeschlossen sein.* So schnell sie konnte, stieß Hex die Autotür auf und stolperte hinaus.

Hinter sich hörte sie einen lauten Aufschrei.

Hex ignorierte das Brüllen und rappelte sich auf. Dann sprintete sie über die Brücke zwischen zwei Reihen stehender Autos hindurch.

Sie hörte weitere Rufe und warf einen schnellen Blick zurück. Die beiden Männer waren ebenfalls aus dem Auto gesprungen und nahmen die Verfolgung auf. Mit ihren schwarzen Skimasken waren sie alles andere als unauffällig, und sie sah, wie Menschen in den anderen Autos und auf der Brücke gestikulierten und aufgeregt auf sie deuteten.

Hex legte noch einen Zahn zu und verfluchte die dämlichen Pumps an ihren Füßen.

Plötzlich riss ein Schuss durch die Luft.

Scheiße. Sie duckte sich. Als sie einen Blick zurückwarf, sah sie, dass einer ihrer Entführer eine Pistole gezückt hatte. *Scheiße. Scheiße. Scheiße.*

So schnell sie nur konnte, hechtete sie um eines der Autos herum und rannte tief geduckt weiter. Weitere Schüsse knallten und sie hörte einige der Autofahrer schreien und hupen.

Diese Idioten würden noch jemanden umbringen.

Genau in dem Augenblick, als sie auf den Bürgersteig sprintete, erblickte sie eine Frau, die einen Kinderwagen mit einem niedlichen, pausbäckigen Baby darin vor sich herschob. Neben ihr lief ein kleiner Junge, der begeistert mit seiner Mutter plapperte. Eine junge Familie, die im Sonnenschein spazieren ging. Der Junge drehte sich herum und zeigte aufgeregt auf die Boote auf dem Fluss.

Noch ein Schuss. Die Kugel schlug in das Brückengeländer, nur wenige Schritte von der Familie entfernt, ein, und kleine Steinsplitter spritzten in alle Richtungen.

Die Mutter schrie auf und riss ihren Jungen an sich.

Hex warf einen Blick über die Schulter. Ihre Entführer rannten auf sie zu.

Gott, sie könnte es nicht ertragen, wenn jemand – insbesondere ein Kind – ihretwegen verletzt würde. Sie blickte in das Gesicht des Jungen. Er klammerte sich an seiner Mama fest und auch das Baby im Kinderwagen weinte nun herzzerreißend.

Sie atmete tief durch und sah hinunter zum Fluss.

O verdammt.

Dann schwang sie sich über das Brückengeländer und ohne noch einmal nachzudenken, sprang sie.

Es war kein tiefer Fall. Schon eine Sekunde später tauchte sie ins Wasser ein, das über ihrem Kopf zusammenschlug.

Hex blieb unter Wasser und strampelte kräftig mit den Beinen, um unter die Brücke zu schwimmen. Als sie den Kopf aus dem Wasser reckte, sah sie ein Boot, das direkt auf sie zusteuerte.

Mist.

So schnell sie konnte, schwamm sie zur Seite und

drückte sich dicht an die kalten Steine des Brückenbogens.

Das Boot glitt an ihr vorbei. Hex tastete die Brusttasche ihrer Bluse ab und spürte das beruhigende, leichte Gewicht des Etuis, in dem sich der Datenchip befand.

Dann hörte sie Rufe von der Brücke zu sich herunterhallen. Adrenalin rauschte durch ihre Adern.

Scheiße, hier konnte sie nicht länger bleiben. Diese Verbrecher würden sicher nach ihr suchen.

Ein weiteres Touristenboot kam auf sie zugeschippert. Fahrgäste standen dicht gedrängt auf dem Deck und deuteten aufgeregt auf die verschiedenen Sehenswürdigkeiten in der Nähe. Aufs Wasser blickte zum Glück niemand.

Während das Boot langsam an ihr vorbeituckerte, bemerkte Hex ein Tau, das an seiner Seite herunterhing. Es war alt und von grünen, schleimigen Algen bedeckt.

So schnell sie konnte schwamm sie zum Boot und griff nach dem Seil, dann klammerte sie sich daran fest und ließ sich mitziehen, während sie den Kopf so wenig wie möglich aus dem Wasser ragen ließ.

Das Boot zog sie mit sich. Hex blickte nicht zurück zur Brücke, sondern ließ nur ihre Nase und ihre Augen aus dem Wasser gucken.

Als sie nach Luft schnappte, verschluckte sie dabei versehentlich etwas Seine-Wasser. *Igitt.* Sie war sich ziemlich sicher, dass sie nicht wissen wollte, was sie da gerade getrunken hatte.

Während sie so den Fluss hinabtrieb, bemühte sie sich, ihren Puls zu beruhigen und ein paarmal tief durchzuatmen. An der nächsten Brücke ließ sie das Tau los und schwamm hinüber zum befestigten Rand des Flusses. Ein gepflasterter Weg führte entlang des Ufers, und Hex stemmte sich mühsam hinauf.

Sie war klitschnass und hatte während der wilden Verfolgungsjagd obendrein noch ihre Schuhe verloren. Ein Fahrradfahrer radelte an ihr vorbei und warf ihr einen verwunderten Blick zu.

Ja, ja, ja, ich weiß, ich bin durchnässt und barfuß und bin durch die Seine geschwommen. Ich weiß.

Sie richtete sich auf. Hier durfte sie nicht länger hierbleiben. Wenn ihre Entführer weiter nach ihr suchten, würden sie nach einer nassen Frau fragen, die aus dem Fluss gestiegen war. Sie fiel auf wie schlechter Spaghetticode.

Hex wrang das Wasser aus ihren Kleidern und Haaren, dann ging sie los. Sie musste etwas Abstand zwischen sich und den Fluss bringen.

Und dann musste sie das Le Grand Hôtel finden. Und Cain.

FUCK.

Unruhig ging Cain in seiner Suite im Le Grand Hôtel auf und ab. Der luxuriösen Art-déco-Einrichtung schenkte er ebenso wenig Beachtung wie der Aussicht auf den Eiffelturm, der sich in der Ferne vor den Fenstern erhob.

Jet. Er musste sie finden. Zum hundertsten Mal fuhr er sich mit den Fingern durch die Haare. Sie waren offen und hingen locker über seine Schultern.

Seine Brust war wie zugeschnürt. Er war es nicht gewohnt, Panik zu empfinden. Seine Fähigkeit, selbst unter den schlimmsten Umständen ruhig zu bleiben, war es, was ihn unter seinen CIA-Kollegen zur Legende gemacht hatte.

Er hatte schon als kleiner Junge aufgehört, Panik zu spüren. Sobald ihm klar geworden war, dass sie sowieso niemals half, hatte er sich geschworen, nie wieder so zu empfinden.

War sie verletzt? Die Vorstellung, auch nur den kleinsten Kratzer auf ihrer Haut zu sehen, ließ weiß glühenden Zorn in ihm aufsteigen.

Er hatte Killian angerufen, der ihm erwartungsgemäß die Hölle heißgemacht hatte. Zu behaupten, er sei sauer gewesen, wäre damit vergleichbar, ein nukleares Inferno als kleinen Schmorbrand zu bezeichnen. Killian und Devyn befanden sich bereits auf dem Weg nach Paris.

Falls Hex verletzt war, bräuchte Killian Cain gar nicht umbringen, denn das würde er selbst erledigen.

Auf dem Tisch piepte sein Laptop und er fuhr herum. Ein Videoanruf von den Agenten des örtlichen CIA-Büros. Cain tippte auf *Annehmen* und erblickte drei der Agenten – zwei Männer und eine Frau –, die an einem Konferenztisch saßen.

Er beugte sich zum Bildschirm. „Was habt ihr für mich?"

„Das Auto, mit dem sie entführt wurde, war gestohlen", erklärte der leitende Agent, David Henke. „Wir haben keine Möglichkeit, es zu verfolgen. Allerdings durchsuchen wir sämtliche Überwachungskameras nach dem Nummernschild, um herauszufinden, wo es sich in Paris befindet."

Cain knurrte. „Das reicht nicht. Ich brauche *jetzt* einen Standort." Er richtete sich auf und trat gegen einen der Stühle.

„Wir sind dran, Shade. Es dauert einfach einen Moment."

„Sie hat möglicherweise keinen Moment mehr."

„Du gerätst wegen dieser Mission ja völlig aus der Fassung", bemerkte Henke verwundert, nahm seine Brille ab und wischte die Gläser mit einem Taschentuch sauber. „Das sieht dir gar nicht ähnlich."

Es war nicht die Mission, die ihn aus der Fassung brachte. Es war die Sorge um Hex.

Doch Cain kannte Henke nicht besonders genug. Er würde einen Teufel tun, sich ihm anzuvertrauen. „Sie hat den Datenchip bei sich. Findet heraus, wer sie geschnappt hat."

Dann beendete er den Anruf. Als es an seiner Tür klopfte, runzelte er die Stirn. Er griff an seinen hinteren Hosenbund und zückte seine Glock 19. Er hatte nichts beim Zimmerservice bestellt und es wusste auch niemand, dass er hier war.

Cain überquerte den plüschigen Teppichboden und spähte durch den Türspion.

Sein Herz hämmerte gegen seine Rippen, und er riss die Tür auf.

Hex stand im Flur, barfuß, mit tropfnasser Kleidung und feuchten Haaren, die an ihrer Stirn klebten.

Sie hob die Hand. „Hi."

Cain schmiss seine Pistole auf den lackierten Beistelltisch und zerrte sie ins Zimmer. Dann knallte er die Tür zu und riss sie an sich.

„Verdammte Scheiße." Er presste sein Gesicht in ihre Haare und hielt sie fest.

Sie erwiderte die Umarmung und ihre Finger krallten sich in sein Hemd. „Mir gehts gut. Hat eine Weile gedauert, bis ich mich ins Hotel geschlichen hatte. Ist wirklich *irre* nobel hier. Ich war mir sicher, die Sicherheitsmitarbeiter würden mich rausschmeißen, wenn sie mich entdecken. Dann musste ich noch den Aufzug hacken ..."

„Verdammte *Scheiße*", stieß Cain noch einmal aus. Dann griff er nach Hex' Kinn, hob ihr Gesicht an und eroberte ihren Mund mit seinem.

Hex stieß ein Geräusch aus, dann öffnete sie sich ihm.

Cain legte all seine Sorge in diesen Kuss. Hex lebte. Seine Zunge glitt sanft über ihre und er genoss ihren Geschmack und liebte ihr Seufzen, das er hervorbrachte.

Als er sich wieder von ihr löste, bemerkte er, dass sich sein Brustkorb hob und senkte, und seine Hände zitterten. Außerdem bemerkte er, dass Hex zitterte.

Verdammt, sie war völlig durchnässt. Sie musste sich abtrocknen und aufwärmen. Cain griff nach ihrer Hand und zog sie durch die Suite.

„Erzähl mir, was passiert ist." Sie durchquerten ein großes Schlafzimmer mit einem riesigen Doppelbett und einer Spiegelwand an dessen Kopfteil, das eine großartige Aussicht auf den Eiffelturm bot, und betraten das Badezimmer aus Marmor.

„Na ja, diese beiden Typen haben mich geschnappt.

Sie haben kein einziges Wort gesagt und hatten Skimasken auf. Ich habe keinen Schimmer, für wen sie arbeiten. Tut mir leid."

Cain ging um die frei stehende Wanne herum und stellte die Dusche in der großen Kabine an. „Das macht nichts." Obwohl er natürlich herausfinden würde, wer sie waren, und dafür sorgen würde, dass sie es gründlich bereuen würden, Hex entführt zu haben. „Was ist dann passiert?" Er zog ihr die Jacke aus.

Hex blickte sich im Badezimmer um. „Wow, das nenne ich mal ein Badezimmer."

„Jet."

„Ähm. Wir haben auf einer Brücke über der Seine angehalten. Es gab einen Stau. Ich bin aus dem Auto gesprungen und weggerannt."

Cain stockte. Seine kleine Rakete war vor den Verbrechern geflüchtet. *Gott.* Dann blinzelte er. Ihre nasse Bluse war fast durchsichtig, und ihr Spitzen-BH und ihre harten Nippel zeichneten sich deutlich ab. *Mist.*

Seine Hände krallten sich in ihre Schultern, und er atmete tief durch.

„Dann haben sie angefangen zu schießen", fuhr sie fort.

Er erstarrte. Diese Wichser waren so gut wie tot.

„Überall waren Leute. Und Kinder. Ich konnte nicht zulassen, dass sie unschuldige Menschen umbringen. Also bin ich gesprungen."

Er spürte, wie ein Muskel unter seinem Auge zuckte. „Gesprungen?"

Sie nickte. „Von der Brücke in den Fluss."

Langsam stieß Cain seinen Atem aus.

„Ich bin der Seine etwas näher gekommen als geplant. Ich habe sogar ihr Wasser geschluckt. Pfui." Plötzlich legte sie den Kopf zur Seite und musterte ihn. „Geht es dir gut?"

„Nein." Seine Hände ballten sich zu Fäusten, lockerten sich wieder und ballten sich erneut zu Fäusten.

Hex legte ihre Hände auf seine Brust. „Mir geht es gut, Cain."

„Aber es war nur Glückssache, dass du nicht verletzt wurdest oder schlimmer noch." Seine Stimme war rau. „Sie hätten dich foltern und verletzen können ... Es ist meine Schuld, ich habe zugelassen, dass sie dich schnappen."

Sie verdrehte die Augen. „Richtig, stimmt, du bist für die ganze Welt verantwortlich. Schon verstanden. Mir geht es *gut*, Bond."

„Ab in die Dusche." Er schob sie voll bekleidet unter den Wasserstrahl.

„Oh, das heiße Wasser fühlt sich *so* gut an." Während Dampf das Badezimmer füllte, sah Cain zu, wie Hex sich auszog. Die nassen Kleidungsstücke landeten mit einem feuchten Klatschen auf dem Boden. Cain erhaschte verstohlene Blicke auf ihren zierlichen, perfekt geformten Körper. Definierte Arme, schmale Taille. Und obwohl sie zart war, hatte sie definitiv Kurven.

Er wandte sich ab und spürte, wie das Blut in seinen Adern brodelte. „Ich bestelle dir was zu essen."

„Danke, ich bin am Verhungern."

Es geht ihr gut. Es geht ihr gut.

Immer wieder sprach Cain dieses Mantra in Gedanken, während er beim Zimmerservice etwas zu essen bestellte. *Es geht ihr gut. Es geht ihr gut.*

Er würde trotzdem dafür sorgen, dass seine Kollegen von der CIA diese Arschlöcher fanden. Und dann würde er sie auseinandernehmen, Glied für Glied. Er zwang sich, sich auf sein Handy zu konzentrieren, während er Killian eine Nachricht schrieb und ihm mitteilte, dass es Hex gut ging.

Als sie aus dem Badezimmer kam, verschwand sie beinah in dem großen, weißen Bademantel, den sie trug, und Cain hatte sich größtenteils wieder unter Kontrolle.

Sie hielt eine kleine Tube hoch. „Ich habe ein paar Schürfwunden an den Füßen. Ich muss mir Wundheilsalbe draufschmieren." Hex rümpfte die Nase. „Mir irgendeine Infektion einzufangen, weil ich barfuß durch die Straßen von Paris spaziert bin, steht ganz sicher nicht auf meiner To-do-Liste."

„Ich mache das." Er stibitzte ihr die Tube.

„Cain –"

„Setz dich." Mit einem Nicken deutete er auf das große, L-förmige Sofa. Er schob ein paar der schwarzen Kissen zur Seite.

„Na schön." Sie stieß einen schweren Seufzer aus und setzte sich. „Aber du kannst dich wieder entspannen. Es ist alles gut gegangen, und der Chip ist auch noch in unserem Besitz."

„Der Chip ist mir scheißegal." Er ließ sich neben ihr auf das Sofa sinken und hob ihre Füße auf seinen Schoß. Dabei verrutschte ihr Bademantel und gab den Blick auf ihre nackten Beine und viel glatte Haut frei.

Scheiße. Cain konnte nicht anders, als zu glotzen.

Sein Schwanz gab den Kampf auf und wurde steif. Dann sah er die Wunden an ihren kleinen Füßen.

„Verdammt, Jet. Ich lasse einen Arzt kommen."

Sie stieß ein leichtes Seufzen aus, dann setze sie sich auf und legte sanft eine Hand auf seine Wange. „Atme mal ganz tief durch."

Er tat wie befohlen, und seine Lungen füllten sich mit Luft.

Sie lächelte ihn an. „Mir geht es gut. Wir müssen keinen Arzt kommen lassen, damit er sich *Schürfwunden* ansieht. Und was für eine Vergeltung du auch immer planst, spare es dir für die Mission auf. So, und jetzt creme mich ein." Sie wackelte mit den Zehen.

Ihr Lächeln beruhigte ihn etwas. Vorsichtig versorgte er die Kratzer. Er hatte nackte Füße noch nie wirklich sexy gefunden, aber ihre waren genau das. Er streichelte ihren Fußrücken und hörte, wie sie leise nach Luft schnappte.

Ihre Blicke trafen sich. Er sah, wie sich ihre weißen Zähne in ihre Unterlippe gruben. Cain streichelte weiter ihren Fuß. Ihre Zehennägel waren Neonpink lackiert.

„Trägt Sara Mardis pinken Nagellack?", fragte er.

„Vermutlich nicht, aber ich brauchte wenigstens irgendwo ein bisschen Farbe."

Er hätte sie beinahe verloren.

Die Vorstellung, ein Leben ohne Hex zu führen – ohne ihr freches Mundwerk, ohne ihre Klugscheißer-Nachrichten, ohne ihr süßes Grinsen –, ließ ihm das Herz schmerzen. Das war etwas, worüber er gar nicht nachdenken wollte.

Ein Klopfen an der Tür ließ sie beide vor Schreck zusammenzucken.

„Das wird der Zimmerservice sein." Seine Stimme war heiser.

„Gut. Ich habe Hunger." Auch Hex klang rau.

„Ich auch." Und das hatte nichts mit Essen zu tun. Er drückte ihren Fuß und stand auf. Seine Gedanken überschlugen sich, und sein Herz – das er immer für kalt und verkümmert gehalten hatte – schlug plötzlich heftig.

Er war so am Arsch, dass ihm diese Tatsache nicht einmal mehr etwas ausmachte.

KAPITEL SECHS

Am nächsten Morgen warf sich Hex in ihr Sara-Mardis-Outfit.

Zum Glück hatte Cain ihre Koffer vom Flughafen zum Hotel bringen lassen. Jetzt trug sie eine schmal geschnittene schwarze Hose, eine smaragdgrüne Bluse und einen taillierten Blazer. Gerade stand sie im Bad und glättete ihre Haare. Sie hatte ziemlich gut geschlafen. Das riesige Bett im luxuriös eingerichteten Schlafzimmer hatte sich angefühlt wie eine fluffige Wolke. Warum waren Betten in teuren Hotels eigentlich immer so bequem? Hex hatte mal versucht, die gleichen Daunenkissen für ihre eigene Wohnung aufzutreiben, aber das war einfach nie das Gleiche. Musste ein Branchengeheimnis sein.

Das Beste an ihrem Zimmer war die Aussicht auf den Eiffelturm. Diese Aussicht war viel, *viel* besser als die von der Rückbank des Autos ihrer Kidnapper.

Das Einzige, was sie letzte Nacht eine Weile wachgehalten hatte, war das Wissen darüber gewesen, dass Cain nur ein Zimmer entfernt in seinem eigenen Bett lag. Schlief er nackt?

Gott. Das Glätteisen in ihrer Hand wackelte kurz. *Keine Fantasien über einen nackten Cain, Hex.* Sie konnte es nicht gebrauchen, sich die Finger zu verbrennen.

Als sie mit ihren Haaren fertig war, kontrollierte sie ein letztes Mal ihr Make-up. Dann klopfte sie auf die Brusttasche ihrer Bluse. Dort befand sich der Datenchip, verwahrt in seinem speziellen Etui. Es hatte ihm nichts ausgemacht, eine Runde durch die Seine zu schwimmen.

Heute würden Cain und sie über die Global-Tech-Summit-Konferenz im Paris Convention Centre schlendern. Und der Käufer würde sich melden.

Sara Mardis hatte keinerlei Informationen darüber, wer der Käufer war oder wann er auf sie zukommen würden. Hex wusste nur, dass er auf dieser Konferenz Kontakt aufnehmen würde. Es war alles sehr vage.

Sie trat aus dem Bad. Cain stand vor einem Laptop, tippte auf der Tastatur herum und blickte stirnrunzelnd auf den Bildschirm. Gott, der Mann war wirklich gut gebaut. In seiner maßgeschneiderten Hose und dem eng anliegenden, hellgrauen Hemd sah er einfach zu gut aus. Und diese verdammte Brille. Definitiv der heiße, muskulöse Nerd-Look.

Er warf einen Blick in ihre Richtung.

Nein, nicht Nerd. Kein Nerd würde je eine derartige Intensität und Gefahr ausstrahlen.

„Wie viele Methoden, jemanden umzubringen, kennst du eigentlich?", platzte sie heraus.

Cain zog eine Augenbraue hoch. „Ich habe sie nie

gezählt." Sein Blick wanderte ihren Körper hinunter und wieder hinauf. „Wie fühlst du dich?"

„Gut."

„Und deine Füße?"

„Denen gehts auch gut, Cain, versprochen." Er war wegen ihrer Entführung extrem durch den Wind gewesen. Hieß das etwa, dass sie ihm etwas bedeutete?

Das waren gefährliche Gedanken.

Um sich abzulenken, griff Hex nach ihrer Handtasche. „Wir sollten zur Konferenz aufbrechen."

Cain nickte. „Killian hat sich gemeldet. Er und Devyn kommen gegen Mittag an. Er war ... nicht glücklich darüber, dass du unter meiner Aufsicht gekidnappt wurdest."

„Mir geht es *gut*." Männer. Glaubten immer, sie wären für alles und jeden verantwortlich. Und hätten alles unter Kontrolle. Hex stieß einen leicht entnervten Seufzer aus. „Auf gehts. Ich brauche einen Kaffee und Frühstück."

DIE FAHRT nach Porte de Versailles zum Kongresszentrum, in dem die Konferenz stattfinden würde, dauerte zwanzig Minuten. Cain parkte, dann gingen sie auf die große Glasfassade des Eingangsbereiches zu. Im Messezentrum herrschte ein großes Gedränge, aber die Schlange am Einlass bewegte sich schnell vorwärts.

Hex und Cain zogen sich die Bänder mit ihren Besucherausweisen über die Köpfe. An einem kleinen Café am Eingang kauften sie Kaffee und irgendwelche gezwirbelten, köstlichen Gebäckstücke, dann gingen sie in den Hauptausstellungsraum weiter. Die große, hohe Halle summte vor Gesprächen und war überfüllt mit verschiedenen Ständen und Tischen der Aussteller.

„Also, wir laufen einfach ein bisschen herum?" Hex nippte an ihrem Kaffee.

„Ja."

„Das klingt nicht gerade nach einem Plan."

„Ich habe schon mit weniger ausgereiften Plänen gearbeitet. Halte dich einfach bereit, damit der Käufer an dich herantreten kann."

Hex nickte und ließ ihren Blick durch die riesige Halle schweifen. Wow. Sie wusste gar nicht, wohin sie zuerst blicken sollte. Große, hell erleuchtete Bildschirme, die Animationen der neusten Technologien und Geräte zeigten, fesselten ihre Aufmerksamkeit.

Sie gingen den ersten Gang mit Ständen entlang, und es dauerte nicht lange, bis Hex völlig vergessen hatte, dass sie wegen einer Mission hier war. Es gab einfach so viele interessante Sachen zu sehen.

„Yay! Neue Trends in der Cybersicherheit." Sie eilte zum Stand hinüber, griff nach einer Broschüre und las sich die Informationen durch. „Das ist unglaublich. Hier wird im Detail gezeigt, wie man KI in die Cybersicherheit integrieren kann."

Cain stieß ein Geräusch aus. Sie blickte auf. Er lächelte und seine Augen funkelten ausgesprochen belustigt hinter seinem Brillengestell.

„Nerd", sagte er schmunzelnd.

Hex kämpfte gegen das Verlangen an, ihm die Zunge

herauszustrecken. Stattdessen ignorierte sie ihn und ging zum nächsten Stand weiter.

Schon bald schlenderten sie durch den nächsten Gang. Die Stände hier wurden von Drohnen und Drohnentechnologie dominiert. Es gab unzählige Verkäufer – bekannte Namen ebenso wie aufstrebende Start-ups.

Hex ertappte Cain dabei, wie er verstohlen die Menschenmenge absuchte. Er spielte seine Rolle wirklich gut. Er hatte diesen halbwegs interessierten Gesichtsausdruck aufgelegt und wirkte wie ein gewöhnlicher Messebesucher.

Niemand würde je ahnen, dass er ein knallharter Undercover-Spion war.

Hex' Puls wurde schneller. Es fiel ihr immer schwerer, gegen diese Anziehung anzukämpfen.

Cain bewegte sich und drückte sich gegen ihren Rücken. „Irgendwas Interessantes dabei?"

„Ja." Sie senkte die Stimme. „Allerdings keine Spur von unserem Freund."

„Noch nicht", murmelte er.

Sie gingen weiter. Hex fühlte sich langsam völlig überwältigt von der ganzen coolen Technik, und versuchte, innerlich eine Liste über die Dinge zu führen, die sie sich später genauer ansehen wollte. Sie bekam jede Menge Ideen für Sachen, die sie in ihre Arbeit bei Sentinel Security einfließen lassen wollte.

„Interessieren Sie sich für Computer?"

Der britische Akzent ließ sie aufhorchen. Hinter dem Stand sah sie einen niedlichen Typen, der sie anlächelte.

„Ja", erwiderte sie. „Computer sind ein wesentlicher Teil meiner Arbeit."

Wieder lächelte er. „Klingt toll. Meiner auch. Gibt es irgendwas, das ich Ihnen genauer erklären kann?"

„Tja –"

Eine große Hand legte sich schwer auf ihre Schulter. Auf der anderen Seite des Stands wurde ihr neuer Freund kreidebleich.

„Gehen wir weiter, Sara", sagte Cain.

Hex blickte zu ihm auf und sah, wie er dem Verkäufer einen unfreundlichen Blick zuwarf.

„Klar." Sie schenkte dem jungen Mann noch ein Lächeln, bevor Cain sie davonzog. „Danke."

„Was sollte das denn?", wisperte sie Cain zu.

„Nichts. Wir müssen nur einfach weiter."

Sie verdrehte die Augen.

Nach einer weiteren Stunde kehrten sie zu dem Café im Eingangsbereich zurück, um etwas zu trinken und eine Kleinigkeit zu essen.

Komm schon, du niederträchtiger Käufer. Hex blickte sich um. *Komm endlich zur Sache.* Sie knabberte an ihrem Gebäckstück herum. Gott, war das lecker. In Paris konnte man sogar in Messehallen-Cafés köstliches Essen und Kaffee bekommen. Sie aß einen weiteren Bissen und schluckte.

„Vielleicht sollten wir uns für eine Weile aufteilen?", schlug sie vor.

Cains Kiefer verspannte sich. „Nein."

„Jake."

Seine Finger zogen sich um seinen Kaffeebecher zusammen.

„Das ist eine gute Idee." Der Käufer wollte sie. Vielleicht schreckte es ihn ab, wenn Cain ständig an ihr klebte.

Er seufzte. „Du bewegst dich nicht aus meinem Sichtfeld."

„Klar."

„Wenn mir irgendetwas komisch vorkommt, bin ich sofort bei dir."

„Okay."

„Wenn du irgendwas siehst –"

Sie griff nach seinem Arm. „Ja, Bond. Und jetzt lass uns das durchziehen."

LANGSAM SCHLENDERTE Cain zwischen den Messeständen umher, dann blieb er stehen und tat so, als ob er sich Informationen über – er kniff die Augen zusammen – „zukunftsweisende Robotik" durchlesen würde. Tatsächlich spähte er aber an dem Stand vorbei und beobachtete Hex, die zwei Stände entfernt stehen geblieben war.

Sie lächelte und betrachtete etwas auf einem blinkenden Bildschirm. Ihr Gesicht erhellte sich. Sie hatte tatsächlich Spaß auf dieser Konferenz.

Cain hasste es, so weit von ihr entfernt zu sein.

Fuck. Wie konnte sie nur eine solche Wirkung auf ihn haben? Wie konnte sie ihm so unter die Haut gehen? Sie rauschte durch sein verdammtes Blut.

Er ließ nie jemanden so an sich ran. Niemals.

Es gibt nichts außer der Mission, Junge. Die raue

Stimme hallte durch seine Gedanken. *Lass nie zu, dass Menschen dir zu wichtig werden. Du kannst ihnen nicht vertrauen. Sie werden dich verraten oder das Interesse an dir verlieren.*

Diese Lektion hatte Cain bereits gelernt, als er noch sehr jung gewesen war. Max hatte sie ihm nicht beibringen müssen.

Cain war als Sohn von Junkies in Washington, D. C. geboren worden und hatte eine Weile im Pflegeheim verbracht, bis er bei einer anständigen Familie gelandet war. Der Vater hatte mit ihm Ball gespielt und die Mutter hatte gutes Essen gekocht.

Bis sie ein Neugeborenes adoptieren konnten. Prompt hatten sie ihn fallenlassen wie eine heiße Kartoffel.

Anschließend war Cain erneut von einer Pflegefamilie zur nächsten weitergereicht worden, bis er schließlich auf eigene Faust losgezogen und auf der Straße gelandet war.

Doch das hatte ihm nichts ausgemacht. Er hatte sich um sich selbst kümmern und seine eigenen Entscheidungen treffen können. Für einen Vierzehnjährigen war er ziemlich gewieft gewesen und hatte blitzschnelle Reflexe gehabt.

Irgendwann allerdings hatte er in die falsche Tasche gegriffen. Normalerweise hatte er nur Touristen ins Visier genommen. An diesem Tag jedoch hatte er einen ehemaligen CIA-Agenten erwischt.

Max hatte verdammt verwittert ausgesehen, mit dem dazu passenden Temperament. Aber er hatte etwas in Cain gesehen und hatte ihn zu sich genommen.

Für eine Weile war Cain sich nicht sicher gewesen, ob der alte Mann nicht vielleicht ein Perverser war. Aber die warmen Mahlzeiten, das echte Bett und die Berge von Büchern waren dieses Risiko wert gewesen. Nach und nach hatte Max sein Vertrauen gewonnen.

Und dann hatte er angefangen, Cain auszubilden.

Schließlich war Cain mit der Ausbildung und den Fähigkeiten ausgestattet gewesen, um einer der besten Undercover-Spione der CIA zu werden. Max hatte ihm permanent eingebläut, allein zu bleiben und sich nicht auf Bindungen einzulassen.

Wenn der alte Mistkerl noch leben würde, wäre er sehr unglücklich über Cains Reaktion auf Hex.

Tja, na ja, er war sich nicht sicher, ob er noch länger eine Wahl hatte. Er wollte sie. Das konnte er einfach nicht mehr leugnen.

Jede Minute, die er mit ihr verbrachte ... Er liebte es, sie lächeln zu sehen oder zu sehen, wie sie die Stirn runzelte, liebte es, sie zu provozieren, um eine freche Reaktion oder ein Augenrollen aus ihr herauszukitzeln.

Ein paar Meter vor ihm trat nun ein Mann auf Hex zu, und Cain musste sich zwingen, sich nicht anzuspannen. Er griff nach einer Broschüre.

„Kann ich Ihnen behilflich sein?" Eine blonde Frau kam auf ihn zu, aber er winkte sie wortlos fort. Sein Blick klebte auf Hex und dem Mann.

Wer bist du, Arschloch? Cain prägte sich das Aussehen des Kerls ein. Etwa ein Meter und achtzig Zentimeter groß, circa achtzig Kilo, grau melierte Haare. Er schätzte ihn auf ungefähr fünfzig Jahre, und der Mann schien wohlhabend zu sein. Sein Anzug war maßgeschneidert – Cain tippte auf Brioni –, und er trug eine Rolex am Handgelenk. Definitiv ein Geschäftsmann irgendeiner Art.

Cain hob sein Handy, als ob er eine Nachricht schreiben wollte. Schnell machte er ein Foto von dem Mann und schickte es umgehend an sein Team. War das ihr Käufer?

Der Kerl hatte mittlerweile eine Unterhaltung mit Hex angefangen. Sie lächelte und zeigte auf die Hightech-Drohne, die neben ihr auf einem Sockel stand. Sie wirkte entspannt. Der Typ machte ihr keine Sorgen.

Langsam ging Cain auf die beiden zu, damit er die Unterhaltung mithören konnte.

„Sie kennen sich wirklich gut mit Drohnen aus." Der Mann hatte einen amerikanischen Akzent.

„Drohnen sind genau mein Ding. Ich benutze sie in meiner Arbeit."

„Für wen arbeiten Sie?"

„Dynathon."

„Das Unternehmen ist mir bestens vertraut. Ich bin der Inhaber von Brink Aerospace."

„Oh, ich verstehe. Sie liefern Bauteile für unsere Drohnen."

Cain wusste, dass Hex die richtige Person für diese Mission war. Sie hatte sich umfassend über Dynathon informiert, aber er vermutete auch, dass sie ohnehin mehr über Drohnen wusste als irgendwer sonst.

Der Mann lächelte. „Ja. Es ist sehr erfrischend, sich mit einer schönen Frau zu unterhalten, die sich mit meiner Arbeit genauso gut auskennt, wie ich selbst."

Sie lachte.

Cain blickte grimmig drein. Sein Handy piepte und er warf einen Blick darauf. Der Name des Mannes war Simon Hadlow. Alles, was er sagte, stimmte. Hadlow war der Inhaber von Brink Aerospace und hatte scheinbar eine Vorliebe für kleine Frauen – vorzugsweise minderjährige.

„Ich heiße Simon."

„Sara."

„Würden Sie einen Kaffee mit mir trinken, Sara?", fragte Hadlow. „Dann können wir uns noch ein wenig unterhalten."

Der Arsch streckte die Hand aus und berührte ihren Arm.

„Oh, ich –"

„Sie hat bereits andere Pläne." Cain trat direkt neben sie und schlang seinen Arm um Hex' Taille. Er warf Hadlow einen eiskalten Blick zu.

„Oh, Jake, da bist du ja." Sie schmiegte sich an ihn. „Das ist Simon."

„Freut mich." Es war Cain scheißegal, dass sein Tonfall etwas ganz anderes behauptete.

Simon räusperte sich. „Es war sehr nett, mit Ihnen zu plaudern, Sara. Viel Spaß noch auf der Konferenz."

Simon ging davon. Hex wartete ein paar Sekunden ab, dann drehte sie sich zu Cain herum. „Du hast ihn vertrieben. Was, wenn er der ... Typ ist?"

„Ist er nicht. Er ist ein Arschloch mit einer Vorliebe für kleine Frauen, vorzugsweise solche, die sehr jung und noch in der Highschool sind."

Sie rümpfte die Nase. „Igitt."

„Ganz genau."

„Okay. Na gut, husch, husch. Weg mit dir."

Er stupste ihre Nasenspitze an. „Benimm dich."

Hex grinste ihn an. „Dafür bin ich nicht gerade bekannt."

Da war es wieder, dieses freche Mundwerk. Widerwillig mischte sich Cain unter die anderen Messebesucher.

Nacheinander bogen Hex und er in den nächsten Gang ein. *Komm schon.* Er wollte, dass sich der Käufer endlich zeigte. Er behielt sie im Auge und sah, wie sie eine Unterhaltung mit einer anderen jungen Frau begann.

Cain lehnte sich an eine Wand.

„Sie sehen gelangweilt aus", erklang eine heisere, leise Stimme.

Er drehte den Kopf. Eine große Frau in einem roten, ärmellosen Kleid stand neben ihm. Ihre braunen Haare fielen in dichten Wellen auf ihre Schultern.

„Ich mache nur eine kurze Pause", erwiderte er.

„Sie sind mir vorhin schon aufgefallen." Sie lächelte ihn an. „Ich langweile mich auf dieser Messe unsäglich. Ich bin hier, um meine Firma zu vertreten, aber ich arbeite in der PR, nicht in der Entwicklung." Ihr Blick wanderte über seinen Körper, dann streckte sie die Hand aus und berührte seine Brust. „Warum suchen wir uns nicht etwas, womit wir uns eine Weile amüsieren können? Um die Langeweile zu vertreiben?"

KAPITEL SIEBEN

Tja, einer der Vorteile dieser Mission war es, dass sie auf dieser Messe tatsächlich Spaß hatte. Hex lernte eine Menge neuer Dinge, entdeckte coole, neue Technologien und bekam die ein oder andere gute Idee für ihre eigene Arbeit.

Leider noch immer keine Spur des Käufers.

Sie seufzte. Geduld. Darin war sie nicht besonders gut. Die Konferenz würde noch zwei weitere Tage gehen, und ohnehin war nicht garantiert, dass der Käufer bereits am ersten Tag Kontakt mit ihr aufnehmen würde.

In einer Stunde würde das Messezentrum für heute schließen. Hex drehte sich herum, um nach Cain Ausschau zu halten.

Er hatte sich nicht lange bitten lassen, Simon zu verscheuchen. Sie war sich ziemlich sicher, dass er eifersüchtig war.

Wo war er? Sie runzelte die Stirn.

Ihr Blick wanderte durch die Menge, bis sie ihn

entdeckte. Die Furchen auf ihrer Stirn wurden tiefer, und ihr Magen vollführte einen seltsamen Salto.

Cain unterhielt sich mit einer großen, grazilen Brünette.

Für eine grauenhafte Sekunde erinnerte sie sich daran, wie sie Brandon mit seiner Model-Freundin erwischt hatte. Sie war ebenfalls groß und brünett gewesen. Diese Frau auf der anderen Seite der Halle war wie ein Ebenbild von ihr. Ihr Kleid war atemberaubend. *Sie* war atemberaubend.

Und sie berührte Cain. Ihre perfekt manikürten Nägel glitten über sein Hemd.

Etwas in Hex wollte sich am liebsten verkriechen.

Du bist seltsam. Deine Augen sind komisch. Du bist zu clever. Zu klein. Zu niedlich.

Verdammt, sie war doch keine Teenagerin mehr. Sie war eine intelligente, fähige Frau. Sie war verdammt gut in ihrem Job und wusste, wer sie war.

Hex marschierte quer durch den Gang auf die beiden zu. Cain sah sie kommen und ihre Blicke trafen sich.

Sie baute sich vor ihnen auf. „Sorry, wenn ich störe, aber wir haben noch geschäftliche Angelegenheiten zu erledigen."

Die Brünette drehte sich erschrocken um. Sie musterte Hex, dann lächelte sie.

Ah, ja, diese Frau war felsenfest davon überzeugt, dass sie die Attraktivere von ihnen beiden war.

„Ist das Ihre Kollegin?", fragte die Frau Cain.

„Nein. Ja", antwortete Hex für ihn. „Wir sind ... es ist kompliziert."

Die hellblauen Augen der Frau huschten zu Cain, und ein schwaches Lächeln tanzte über ihre Lippen. „Ich kann sehr unkompliziert sein."

Hex schnappte nach Luft. Die Frau machte ihm direkt vor ihren Augen ein eindeutiges Angebot.

„Tja, wie es scheint, habe ich eine Schwäche für Komplikationen in kleinen Dosen", bemerkte Cain trocken.

Eine Mischung aus Überraschung und Verärgerung huschte über das Gesicht der Frau, bevor sie ihre Züge wieder glättete. Sie zuckte mit den Schultern. „Lassen Sie mich wissen, falls Sie es sich anders überlegen." Sie machte auf dem Absatz kehrt und stolzierte davon.

Hex schniefte. „Was für eine ... eine ..."

Cain lachte.

Sie fuhr zu ihm herum. „Du hast einfach dagestanden und mit ihr geflirtet. *Moment mal.*" Ihr kam ein schrecklicher Gedanke. „Stehst du etwa auf sie?"

„Jet –"

„Gott, ihr Männer seid doch alle gleich. Ihr braucht nur lange Beine und Titten zu sehen und euer Verstand brennt durch. Sollte mich eigentlich nicht überraschen. Ich hätte meine verdammte Lektion mittlerweile lernen müssen."

Er griff nach ihrem Arm. „Hey –"

„Ich schätze, ihr könnt einfach nicht anders." Sie schüttelte den Kopf. „Muss eure DNA sein. Das hat mir mein Ex schon beigebracht, aber ich will scheinbar einfach nicht lernen."

Cains Augen verengten sich, und er zerrte Hex

hinter sich her durch die Halle. „Ich bin nicht dein verfickter Ex –"

„Ich will nichts davon hören. Ich –"

Cain stieß einen genervten Laut aus und schob sie durch eine der Wartungstüren am Ende der Halle. Plötzlich standen sie in einem langen, leeren Korridor. Mit einem *Klick* fiel die Tür hinter ihnen ins Schloss und verschluckte alle Geräusche der Konferenz.

Cain drängte Hex gegen die Wand.

„Ich stehe *nicht* auf sie."

Sie schnaubte verächtlich. „Klar."

Er kam näher und stemmte die Hände auf beiden Seiten ihres Kopfes gegen die Wand. Er stand so nah vor ihr. Doch während ihr Puls zu flattern begann, roch sie noch immer das schwere Parfüm der anderen Frau an ihm.

„Igitt. Du riechst nach ihr."

„Ich. Stehe. Nicht. Auf. Sie. Ich kann an nichts anderes denken als an eine kleine Pixie mit einzigartigen Augen, einem frechen Mundwerk und sexy Lippen."

Sie schnappte nach Luft.

„Gestern Abend, als ich im Bett lag und wusste, dass du nur ein Zimmer entfernt bist, konnte ich einfach nicht einschlafen. Willst du wissen, was ich getan habe?"

Ihr Magen hüpfte auf und ab. Weil sie anscheinend kein Wort mehr herausbringen konnte, nickte sie nur.

„Ich habe meinen Schwanz rausgeholt und ihn gerieben. Und dabei habe ich mir vorgestellt, es wären deine Hände, die ihn anfassen, und dein Mund, der ihn lutscht."

Sie stöhnte auf. „*Cain.*"

Er beugte sich näher zu ihr, seine Lider halb geschlossen. „Verdammt, wenn du so meinen Namen sagst ... verliere ich die Kontrolle, Jet. Sie ist einfach weg."

Er senkte den Kopf und küsste sie.

Sie brauchte ihn. Sie *brauchte* das hier. Ihre Finger versanken in seinen Haaren. Gott, sie liebte seine Haare.

Cain hob sie hoch, und sie schlang ihre Beine um seine Taille. Er drückte sie an die Wand und rieb seine harte Erektion an ihr. Ein leises Aufstöhnen entkam ihr, als elektrische Schauer durch ihren Körper jagten.

„Fuck, du bist so heiß und sexy." Seine Lippen bewegten sich zu ihrem Hals.

Sie bäumte sich ihm entgegen. Nie zuvor hatte ihr jemand gesagt, dass sie sexy sei. Doch die große Beule in seiner Hose, die sich an sie presste, verriet ihr, dass er weder log noch übertrieb. Lust baute sich in ihr auf, und ihr Innerstes kribbelte vor Erregung.

„*Cain*", keuchte sie.

„Fuck. Ich will spüren, wie du kommst." Er stellte sie wieder auf die Füße.

Sie schwankte für eine Sekunde, bevor Cain sie herumwirbelte.

„Hände an die Wand, Pixie."

Sie tat wie befohlen. Was würde –

Seine Hand glitt über ihren Bauch, öffnete den Knopf ihrer Hose und schob sich hinein.

„*Oh*", keuchte sie.

„Ich werde dich jetzt zum Höhepunkt bringen." Sein heißer Atem streifte ihr Ohr. „Damit du nie wieder infrage stellst, wen ich will."

Aufregung schoss durch sie hindurch. „Jemand könnte –"

„Ist mir egal. Dann werden sie eben sehen, zu wem du gehörst."

Seine Finger glitten in ihren Slip.

„Was für ein winziger Fetzen Spitze. Den trägst du für mich, stimmts?"

Seine Stimme war wie eine dunkle Fantasie. Hex stieß ein unverständliches Geräusch aus. Cains Finger fanden ihren Kitzler.

Sie zuckte zusammen und stöhnte laut.

„Welche Farbe hat er?", murmelte Cain.

„P-pink."

Seine Finger sanken tiefer. „Das ist meine sexy Pixie." Er rieb ihre Pussy. „So feucht, nur für mich."

Mit dem Daumen strich er schnell und in regelmäßigen Bewegungen über ihren Kitzler, dann spürte sie, wie sich seine Hand bewegte und er mit zwei Fingern in ihr versank. Sie stöhnte auf.

„Eng und feucht." Er drückte sich gegen sie und sein harter Schwanz stieß gegen ihren unteren Rücken.

„Und jetzt will ich spüren, wie sich deine sexy Pussy um meine Finger zusammenzieht, wenn du kommst. Du wirst nie wieder daran zweifeln, wen ich will und wer meinen Schwanz hart wie verdammten Stahl werden lässt."

Seine Finger rieben über ihren Kitzler, und Hex explodierte. Sie biss sich auf die Unterlippe, um ihren Schrei zu verschlucken. Ihr Körper zuckte unkontrolliert gegen Cain und ihre Pussy zog sich um seine Finger zusammen.

Sie legte den Kopf in den Nacken, und Cain küsste sie.

Hex gehörte nur ihm. Nur Cain.

Sie zerschellte für ihn, unsicher, ob sie sich noch auf den Beinen halten konnte, aber Cain stützte sie. Als sie wieder in der Realität ankam, atmete sie schwer.

„Braves Mädchen." Er zog seine Finger aus ihr heraus und drehte sie zu sich um.

Verlangen stand in seinem attraktiven Gesicht geschrieben, und die harte Beule in seiner Hose ließ keinen Zweifel daran, wie erregt er war. Ohne den Blick von ihr zu lösen, hob er die Hand und leckte seine Finger sauber.

Hex biss sich auf die Lippe und spürte ein brennendes Gefühl in ihrem Innern.

In diesem Moment klingelte Cains Handy. Sie konnte einen Anflug von Verärgerung über sein Gesicht flackern sehen, dann zog er das Telefon aus der Hosentasche.

„Ja?" Er stieß einen großen Seufzer aus. „Okay. Wir sehen uns im Hotel." Er steckte das Handy wieder ein. „Killian und Devyn sind hier."

ALS SIE DIE HOTELSUITE BETRATEN, sah Cain zu, wie Hex ihre Schuhe von den Füßen trat und den Blazer auszog. Er starrte auf ihre Füße. Auf den sexy, pinken Nagellack, der die gleiche Farbe hatte wie sonst ihre Haarspitzen.

Aber Cain konnte nur an eine Sache denken.

„Wer war dieser Idiot von Ex, der dich betrogen hat?"

Hex erstarrte. „Der ist längst Vergangenheit. Und ich habe nicht gesagt, dass er fremdgegangen ist."

Oh, aber es war glasklar, dass der Typ genau das getan und sie damit sehr verletzt hatte.

„Hast du ihn geliebt?" Cain war sich bewusst, dass seine Stimme scharf klang.

Sie warf ihm einen Blick über die Schulter zu. „Nein. Ich war in die Vorstellung verliebt, Teil eines Paars zu sein. Aber er hat mein Vertrauen gebrochen."

„Wie heißt er?", fragte Cain vorsichtig.

Sie verschränkte die Arme vor der Brust. „Warum?"

Damit ich ihn finden und ganz langsam umbringen kann. „Kein besonderer Grund."

Sie lachte. „Na klar. Er ist egal, Cain. Ende der Geschichte."

Ihm war er nicht egal. Cain würde seinen Namen herausfinden.

Hinter ihnen flog die Eingangstür zur Suite auf. Killian kam hereinmarschiert wie der Gott der Vergeltung höchstselbst. Devyn schlenderte lässig hinter ihm her.

„Ihr hättet anklopfen können", bemerkte Cain.

Der Boss von Sentinel Security bedachte ihn mit einem scharfen, glühenden Blick. „Du hast zugelassen, dass sie *gekidnappt* wird."

„Mir ist ja nichts passiert", erklärte Hex und breitete demonstrativ die Arme aus. „Alles noch dran."

Killian warf Cain einen weiteren, finsteren Blick zu, dann zog er Hex in eine feste Umarmung.

„Wird nicht wieder vorkommen", versprach Cain.

„Das will ich hoffen, oder du bist ein toter Mann."

„Jungs." Devyn schüttelte den Kopf. „Hex geht es gut. Sie hat sich offensichtlich selbst gerettet." Devyn schob ihren Mann zur Seite und umarmte Hex ebenfalls.

Cain wusste, dass Killian das Recht dazu hatte, sauer zu sein. Er hatte versprochen, auf Hex aufzupassen, und er hatte versagt. Zum Teufel, er war noch immer sauer auf sich selbst. Es war pures Glück gewesen, dass sie nicht gefoltert oder umgebracht worden war.

Fuck. Er hatte miterleben müssen, wie Kollegen von ihm auf diese Weise ausgeschaltet worden waren. Vom Feind geschnappt, nur damit ihre gebrochenen Körper wenige Stunden später irgendwo am Straßenrand aufgesammelt werden konnten.

„Okay", fuhr Devyn fort, „jetzt, wo wir uns alle wieder lieb haben – hat der Käufer schon Kontakt aufgenommen?"

Hex schüttelte den Kopf.

„Das wird er noch." Killians Blick flog zu Cain. „Konntet ihr schon herausfinden, wer Hex am Flughafen geschnappt hat?"

„Nein." Sein Team hatte nichts in der Hand. „Entweder war es der Käufer oder es gibt eine rivalisierende Gang, die diese Drohnentechnik ebenfalls in die Finger bekommen will."

Killians Ausdruck verfinsterte sich. „Also könnten sie versuchen, Jet wieder zu schnappen."

Cain warf ihm ein schiefes Grinsen zu. „Das können sie gern versuchen."

„Okay, lächle bitte nie wieder so", sagte Hex zu ihm. „Das ist gruselig."

„Hawke und ich haben auf dem Flug ein paar Anrufe getätigt", erklärte Devyn.

„Wart ihr nicht damit beschäftigt, dem Mile-High-Club beizutreten?", witzelte Hex.

„Das habe ich nicht behauptet", warf Devyn zwinkernd zurück. „Abgesehen davon sind Hawke und ich schon längst Mitglieder."

Cain stöhnte, und Hex lachte.

Killian verdrehte die Augen bis zur Decke. „Gefährliche Mission, erinnert ihr euch?"

Devyn warf ihrem Mann einen Kuss zu. „Ich weiß. Wie gesagt, ich habe ein paar Anrufe getätigt und meine europäischen Kontakte angezapft."

„Einige von ihnen reden allerdings nur unter vier Augen", erklärte Killian und klang nicht besonders glücklich darüber.

„Also schmeiß dich in ein schickes Kleid, Hex, denn wir gehen jetzt ins L'Arc, um unseren ersten Freund zu treffen." Beim Wort *Freund* malte Devyn Anführungszeichen in die Luft.

„Was ist das L'Arc?", fragte Hex.

„Der angesagteste Club in ganz Paris. Er befindet sich direkt beim Arc de Triomphe, ist *der* Ort, an dem man gesehen werden will, und es gibt phänomenale Cocktails. Du wirst es dort lieben."

Nachdem die Frauen ins Badezimmer geeilt waren, trat Cain an die Zimmerbar. „Bourbon?"

„Was kannst du anbieten?"

„Knob Creek, zwölf Jahre alt."

„Hätte ich mir ja denken können, dass du sogar in Paris eine Flasche Knob Creek auftreibst", bemerkte

Killian.

Cain goss ihnen beiden ein Glas seines Lieblingsw-hiskeys ein.

„Geht es ihr wirklich gut?", fragte Killian.

„Ja. Mich persönlich hat die ganze Geschichte zwar ein paar Jahre meines Lebens gekostet, aber dann stand sie plötzlich barfuß und durchnässt vor der Hoteltür." Cain kippte einen Schluck Bourbon hinunter. „Sie ist von einer verfluchten Brücke in die Seine gesprungen."

„Fuck." Killian nippte an seinem Drink. „Klingt genau nach Hex."

„Es wird *nicht* noch einmal vorkommen", sagte Cain.

Killian musterte ihn für einen Augenblick, dann nickte er.

Cain schwenkte seinen Bourbon und sah zu, wie die bernsteinfarbene Flüssigkeit das Glas benetzte. „Ich will wissen, welcher Wichser für ihre Entführung verant-wortlich ist."

Er bemerkte, dass sein finsterer Tonfall Killian inne-halten ließ. „Du weißt, dass die CIA-Führungsriege Rachefeldzügen missbilligt."

Cain schnaubte. „Allerdings. Aber wenn wir diese Arschlöcher finden, gehören sie mir."

„Ich will helfen."

„Einverstanden." Cain hob sein Glas.

Killian stieß mit ihm an.

„Seid ihr Jungs so weit?"

Devyns Stimme ließ die Männer herumfahren.

Sie trug nun ein hautenges, schwarzes Kleid und ihre rote Mähne fiel in wilden Wellen über ihre Schultern. Hex stand neben ihr und trug einen winzigen Fetzen violetten Stoff, der gerade so als Kleid durchging. Es war kurz, hatte einen kaum erkennbaren, aufreizenden Rock und schmale Träger.

Fick mich. Cain zwang seine Erektion zurück. Hex' Lippen leuchteten in einem auffallenden Rot, das förmlich *Küss mich* schrie. Sie strahlte ihn an. Nein, es war doch eher ein verführerisches *Ich lutsch dir den Schwanz.*

„Gehen wir", knurrte er. Je schneller sie diese Sache hinter sich brachten, umso schneller konnte er Hex zurück ins Hotel bringen.

DAS L'ARC strahlte eine teure, aber ausgefallene Atmosphäre aus, die von Luxus und Eleganz geprägt war. Mit seiner Lage direkt beim Arc de Triomphe war es die angesagteste Clubadresse in ganz Paris. Es gab nicht nur eine große Tanzfläche, sondern auch eine hochkarätige Bar, einen eleganten Dinner-Club, eine von üppigen Pflanzen umgebene Dachterrasse und einen VIP-Bereich.

Cain war früher schon einmal hier gewesen. Jeder Bereich hatte seinen eigenen Stil und war mit spezieller Beleuchtung ausgestattet. Heute Abend wurde die belebte Tanzfläche in violettes Licht und Kunstnebel getaucht, während laute Musik aus den Lautsprechern dröhnte. Im Restaurant und dem VIP-Bereich ging es deutlich ruhiger und eleganter zu. Ihre kleine Gruppe betrat die Hauptbar, die in blau-pinkes Licht getaucht war. Hinter der langen, schimmernden Theke mixten die

Barkeeper gekonnt Longdrinks und Cocktails für unzählige Gäste.

Killian bestellte für alle Getränke und reichte sie weiter. Dann fanden sie ein leeres Separee und nahmen Platz.

„Wer ist euer Kontakt?" Hex nippte an ihrem Champagner.

„Ein alter Freund", sagte Killian von der anderen Seite des Tisches aus. „Ehemals DGSE. Laurent Allaire."

Direction générale de la Sècurité extérieure. Der französische Auslandsnachrichtendienst.

„Wenn ich mich recht erinnere, stand er ziemlich auf Devyn", bemerkte Cain.

Er sah, wie ein Muskel in Killians Kiefer zuckte.

Devyn warf Cain einen warnenden Blick zu, dann beugte sie sich zu ihrem Mann und flüsterte Killian etwas ins Ohr. Dieser entspannte sich wieder und küsste sie auf die Lippen.

Und das war kein zurückhaltender, süßer Kuss.

Cain sah, wie Hex die beiden beobachtete, bevor sie zu ihm hinübersah.

Ein heißer Schauer durchzuckte ihn. Ja, genau so wollte er sie auch küssen und seine Hände unter dieses provozierende, violette Kleid schieben. Aber vorerst gab er sich damit zufrieden, sie enger an sich zu ziehen.

„Die beiden verströmen ganz schön viel Leidenschaft." Sie nippte an ihrem Drink.

Unter dem Tisch ließ Cain seine Hand über ihr Knie gleiten, und Hex zuckte zusammen. „Das tun sie."

„Da ist Laurent." Devyn glitt aus dem Separee, und

Killian erhob sich ebenfalls. „Wir kommen gleich zurück."

Cain sah, wie sich Hex über die Lippen leckte. Seine Finger strichen weiter über ihre seidenglatte Haut und dann unter ihr Kleid.

„Cain –"

„Ja, Jet?"

„Du verwirrst mich. Ich weiß nicht, ob du mit mir spielst oder ..."

Er beugte sich vor. „Oder ob ich dich wirklich will?"

„Ja." Es war nur ein leises Wispern. „Es ist schon vorgekommen, dass Typen Interesse gezeigt haben, aber ich bin ... ich. Zu clever. Zu niedlich. Zu ..."

„Perfekt."

Ihre Lippen öffneten sich.

„Ich kann nicht aufhören, dich anzufassen", murmelte er. „Ich verliere den Kampf, mich von dir fernzuhalten."

Sie stieß ein undeutliches Geräusch aus. „Was, wenn ich nicht will, dass du dich von mir fernhältst?"

Die Haut an der Innenseite ihrer Oberschenkel war so weich. Er streichelte sie und hörte, wie sie leise nach Luft schnappte. „Solltest du aber. Ich bin nicht gut genug für dich."

Ihre Augen wurden groß.

„Ich bin nicht gut. Ich habe schreckliche Dinge getan. Und ich werde auch das hier vermasseln. Ich ..." Er wandte den Blick ab, und der Club verschwamm vor seinen Augen.

Hex griff nach seinem Handgelenk und zog seine Hand ein Stück höher. Direkt zwischen ihre Schenkel.

Da bemerkte er, dass sie keinen Slip trug. Sein Schwanz pochte heftig. Sie war feucht und warm. Er bewegte seine Finger und streichelte ihre nackte Pussy. *Fuck.*

„Das ist für dich", sagte sie. „Vielleicht ist es nicht richtig, vielleicht vermasseln wir es, aber ich will dich, Cain."

„Jet –"

„Hey." Devyn und Killian kamen zurück ins Separee.

Cain versuchte, ausdruckslos zu blicken. Hex wurde rot, aber es war dunkel genug im Club, um es zu verbergen. Er spielte kurz mit ihrem Kitzler und sah, wie sie sich auf die Unterlippe biss. Hastig trank sie einen großen Schluck Champagner. Widerwillig zog Cain seine Hand zurück.

„Laurent hatte keinen Namen für uns, aber er hat Gerüchte gehört", berichtete Devyn. „Er hat uns den Kontakt von jemandem gegeben, der möglicherweise mehr weiß. Dieser Kontakt hält sich gerade in einer Bar auf. Le Syndicat."

Cain kannte die Bar. „Das ist im Stadtteil Strasbourg Saint-Denis. Nicht weit von hier." Er stand auf. „Wir sehen uns dort."

Er führte Hex aus dem Club. Ihre Autos parkten vor dem Eingang. Killian hatte einen schnittigen, dunkelgrauen McLaren 720S gemietet.

Cains Mietwagen war ein silberner Audi R8 – normal genug, um nicht zu sehr aufzufallen, aber mit einer gewissen Power unter der Haube. Er hielt ihr die Beifahrertür auf.

Als Hex sich auf den Sitz sinken ließ, rutschte ihr Kleid hoch.

Er knurrte. „Für diese kleinen Schikanen wirst du noch zahlen."

Sie lächelte ihn nur an.

Zum ersten Mal in seinem Leben musste Cain sich zwingen, sich auf die Mission zu konzentrieren.

KAPITEL ACHT

S ie war sich nicht sicher, was sie mehr anmachte, der Mann oder das Auto.

Hex rutschte auf dem eleganten, dunklen Ledersitz mit den roten Nähten herum. Okay, das Auto war heiß, aber der Mann war noch heißer.

Sie warf einen verstohlenen Blick auf Cain. Die nächtlichen Schatten umschmeichelten sein Gesicht und unterstrichen die Vertiefungen und die scharfen Linien seiner Wangenknochen. Sogar die Bartstoppeln auf seinem Kiefer waren verdammt sexy.

Sie konnte sich gut vorstellen, wie er damit über ihre Innenschenkel kratzte.

Mist. Sie presste die Beine zusammen. Wenn sie einen Slip tragen würde, wäre der jetzt nass. Noch immer konnte sie Cains Berührung an ihrer Pussy spüren. Konnte noch immer seine Worte hören.

Dieser Mann wollte sie, aber er glaubte, er wäre nicht gut genug für sie.

Glaubte, er könnte ihr nicht geben, was sie wollte.

Möglicherweise hatte er damit recht. Sie könnte süchtig nach ihm werden, sich in ihn verlieben, und dann würde er verschwinden, um die Welt zu retten, und sie zurücklassen. Sie wusste, dass nicht jede große Leidenschaft ein Happy End bekam. Ihre Mom war ein gutes Beispiel dafür.

Cain bog um eine Kurve und gab Gas. Natürlich hatte er das leistungsstarke Auto perfekt im Griff. Hex würde völlig die Nerven verlieren, wenn sie fahren müsste, und beten, es nicht zu zerkratzen.

Sie konnte eine Drohne durch beengte Räume lenken, aber nicht ein Auto wie dieses. Auf gar keinen Fall.

Cain bog rasend schnell um eine weitere Kurve und schoss dann über eine Kreuzung. Vor ihnen stauten sich einige Autos, doch Cain schlängelte sich irgendwie zwischen ihnen hindurch.

Sie warf ihm einen Blick zu und bemerkte, dass sein Gesicht angespannt war.

„Was ist los?" Sie schaute in den Seitenspiegel.

„Wir haben Gesellschaft", sagte Cain.

Mist. Jetzt bemerkte auch sie den schwarzen SUV.

„Zwei Fahrzeuge", erklärte er weiter. „Der silberne BMW gehört auch dazu."

„Gehören die zum Käufer oder sind das meine Entführer?"

„Finden wir es heraus." Cain trat aufs Gaspedal, und sie rasten davon.

Hex beobachtete, wie die Autos hinter ihnen die Verfolgung aufnahmen.

Cain sah weder angespannt noch besorgt aus. Er

beschleunigte und wich den anderen Fahrzeugen aus. Er riss das Lenkrad herum und sie fuhren eine weitere Straße entlang. Im Rückspiegel verschwammen die parkenden Wagen. Sie brausten aus der Straße und fanden sich nun neben der Seine wieder. Sie rasten das Flussufer entlang.

Hex fischte ihr Handy heraus und hackte sich in die Verkehrskameras von Paris. „Ich habe sie. Ich lasse die Nummernschilder überprüfen."

Cain riss das Lenkrad herum und überholte einen trödelnden Lastwagen.

„Sind beides gemietete Autos", fuhr sie fort. „Hm, könnte eine Weile dauern, bis ich die Daten der Mietwagenfirma gehackt habe."

„Egal, mach es."

Vor ihnen schaltete eine Ampel auf Rot, doch Cain wurde kein bisschen langsamer.

Hex spannte sich an. „Cain. *Cain.*" Sie krallte die Finger in ihren Sitz.

Er lenkte das Auto in eine enge Kurve, und sie rasten über eine Brücke. Hinter ihnen konnte Hex aufgebrachtes Hupen hören. Wieder bog Cain ab, und nun fuhren sie das gegenüberliegende Flussufer entlang.

„Du bringst uns noch um!", rief Hex.

Er zwinkerte ihr zu. „Keine Sorge, Pixie. Ich bin sehr gut mit meinen Händen."

Sie verdrehte die Augen. Ihr Handy vibrierte. „Okay. Die Autos wurden von einer Firma namens Genesis Inc. angemietet. Lass mich kurz ein bisschen tiefer graben." Sie wünschte, sie hätte ihr Tablet oder ihren Laptop dabei. Es war komplizierter, alles auf ihrem Handy zu erledigen, obwohl es natürlich jede Menge spezielle Updates hatte, die sie selbst hinzugefügt hatte.

Das Handy klingelte, und sie sah Devyns Nummer. Hex drückte auf Lautsprecher.

„Wo seid ihr denn?", fragte Devyn. „Wir haben den Kontakt bereits getroffen."

„Ähm, wir haben Gesellschaft bekommen", erklärte sie.

„Kommt ihr klar?", erklang Killians schneidende Stimme durch die Leitung.

„Na ja, im Moment befinden wir uns auf einer wilden Verfolgungsjagd durch die Straßen von Paris, also ist ‚klarkommen' vielleicht ein bisschen weit hergeholt."

„Shade?"

„Ich komme klar, Steel."

Es entstand eine kurze Pause. „Unser Kontakt sagt, es gäbe viele interessierte Gruppierungen, die diese Drohnentechnologie in die Finger bekommen wollen. Die Chinesen. Die Russen. Ein Warlord im Sudan. Die Taliban."

„Und jeder Hinz und Kunz", bemerkte Hex trocken.

Cain warf ihr ein schnelles Grinsen zu. „Die Russen sind mit ihren eigenen Auseinandersetzungen zu beschäftigt. Die Taliban haben weder das Geld noch die Ressourcen."

„Der Kontakt glaubt, der Käufer könnte auch jemand ganz anderes sein", sagte Devyn. „Ein Zwischenhändler."

„Waffenhändler?", fragte Cain.

„Höchstwahrscheinlich", stimmte Killian zu.

„Okay, lasst mich herausfinden, wer uns verfolgt, und dann treffen wir uns im Hotel."

„Es gibt noch einen weiteren Kontakt, mit dem ich mich treffe", erklärte Devyn.

Der schwarze SUV hatte fast zu ihnen aufgeholt. Cain beschleunigte den Audi und bog in eine schmale Seitenstraße ab. Hex schnappte nach Luft. Zwischen ihnen und den am Bürgersteig geparkten Autos waren nur wenige Zentimeter Platz.

„Diesen Kontakt muss ich allein treffen", fuhr Devyn fort. „Oder er wird nicht auftauchen."

Hex hörte, wie Killian am anderen Ende der Leitung unglücklich knurrte.

„Du wirst ihn nur vertreiben, Steel", erklärte sie. „Ich komme schon klar. Ich bin ein großes, gefährliches Mädchen."

„Ich werde ganz in der Nähe bleiben", sagte Killian.

„Ich weiß."

„Wenn ihr beiden dann so weit wärt", meldete sich Cain zu Wort. „Wir müssen uns hier um eine Verfolgungsjagd kümmern."

„Passt auf euch auf", sagte Killian.

Hex beendete den Anruf, gerade als Cain erneut das Steuer herumriss. Sie biss die Zähne zusammen und klammerte sich mit einer Hand am Sitz fest. Als sie durch einen Tunnel rasten, runzelte Hex die Stirn.

O Gott, war das etwa der Tunnel, in dem Prinzessin Diana umgekommen war? Während Cain das Auto durch den Verkehr lenkte, blieb ihr die Luft im Halse stecken. Sie hoffte wirklich, dass sie hier keinen Unfall bauten.

Wieder warf sie einen Blick in den Rückspiegel und entdeckte jetzt nur noch den BMW hinter ihnen.

Sie verließen den Tunnel.

Vor ihnen staute sich einmal mehr der Verkehr und Hex' Blick fiel auf einen großen Park. Abrupt bog Cain ab, wich nur knapp einem anderen Auto aus und raste eine weitere Straße hinunter.

Die Reflexe ihres Verfolgers waren nicht ganz so gut.

Mit quietschenden Reifen streifte der BMW den anderen Wagen.

Ka-wumm.

Der BMW krachte gegen den Zaun am Park und seine Motorhaube schob sich zusammen wie eine Mundharmonika.

Cain wurde langsamer und hielt am Straßenrand an. Eine Glock erschien in seiner Hand und er drückte die Fahrertür auf.

„Bleib im Auto", befahl er. Sein Ausdruck versprach Vergeltung.

O scheiße. Hex rutschte vom Beifahrersitz.

Sie sah zu, wie Cain hinüber zum Unfallwagen schritt. Auf den Vordersitzen saßen zwei Männer, die beide Skimasken trugen. Der Beifahrer rührte sich nicht, und als Hex näherkam, sah sie Blut auf dem Hemd des Mannes.

Der Fahrer stöhnte schwach und bewegte sich kraftlos. Verdrehtes Metall und zersplittertes Glas hatten ihn eingeklemmt.

Cain hob seine Pistole. Er streckte die Hand durch die zerbrochene Scheibe und riss dem Mann die Skimaske vom Kopf. Hex schnappte hörbar nach Luft.

Als Cain sie entdeckte, fluchte er.

Der Fahrer war Chinese. Er sah benommen aus.

Mit einem Kopfschütteln wandte Cain sich wieder dem Mann zu. „Wer hat euch geschickt?"

Der Angesprochene verzog nur verächtlich das Gesicht.

Cain presste die Mündung seiner Waffe zwischen die Augen des Kerls. „Ich kann mir schon denken, wer euch geschickt hat. Warum?"

„Die Drohnentechnologie", presste er hervor.

„Ja, ihr Typen liebt es einfach, zu stehlen. Damit ist jetzt Schluss."

Der Fahrer stöhnte.

„Schluss. Wenn ihr noch einmal versuchen solltet, sie zu schnappen, bringe ich dich, deinen Freund und jeden anderen eurer Männer, die ihr hier in Paris habt, um. Ich werde jeden Einzelnen von euch aufspüren."

Ein eisiger Schauer lief Hex den Rücken hinunter. Cain klang höllisch furchteinflößend.

Vom charmanten Mann, der vorhin mit ihr geflirtet hatte, war keine Spur mehr.

Das hier war nicht Cain ... es war Shade.

„Du bist nur ein ... Mann", presste der Kerl hervor.

„Mein Name ist Shade, richte das deinem Boss aus."

Der Fahrer erstarrte.

Cain zog den Lauf seiner Waffe zum Mund des Mannes. „Nicke, wenn du mich verstanden hast."

Der Mann nickte panisch.

„Ihr hört also auf?"

Ein weiteres Nicken.

„Gut." Cain steckt die Pistole fort. In der Ferne war das Heulen von Sirenen zu hören. Cain trat auf Hex zu, griff nach ihrer Hand und zog sie zurück zum Auto.

Shade war furchteinflößend, aber ihr wurde bewusst, dass er ein Teil von Cain war. Der Teil, der ihn glauben ließ, er hätte ein echtes Leben, das ihm ermöglichte, Beziehungen einzugehen, nicht verdient. Das begriff sie nun.

Es war ein Teil von ihm, den sie akzeptieren musste, wenn sie ihn wirklich wollte.

„Ich habe gesagt, du sollst im Auto bleiben", presste er hervor.

„Ich weiß."

„Hast du mich nicht gehört?" Er öffnete die Beifahrertür.

„Doch, ich habe dich gehört", erwiderte sie.

Seine Augen wurden schmal, als er sich zu ihr beugte. „Du verlangst geradezu nach einer Bestrafung, Pixie. Ich werde nicht zulassen, dass du dich selbst in Gefahr bringst."

Ihr Magen überschlug sich. Jup, wenn sie einen Slip tragen würde, wäre der jetzt vollkommen durchnässt.

Genau in diesem Augenblick klingelte ihr Handy. Sie zog es hervor. „Das ist Killian." Sie tippte auf den Bildschirm. „Hey, Boss."

„Kommt zu meinem Standort. *Sofort.*"

Hex erstarrte wie vom Blitz getroffen. Nie zuvor hatte sie diesen Tonfall von Killian gehört. „Was ist passiert?"

„Devyn ist verschwunden."

CAIN RASTE die Straße hinunter und holte alles aus dem Audi heraus.

„Bieg hier ab", instruierte ihn Hex.

Killians Standort leuchtete auf ihrem Handy auf und sie dirigierte Cain durch die Straßen.

Devyn war so etwas wie eine Schwester für Cain. Sie mussten sie finden.

Mittlerweile befanden sie sich in einem heruntergekommeneren Teil von Paris, im Nordosten der Stadt. Hier gab es keine trendigen Restaurants oder beliebten Sehenswürdigkeiten. Früher hatten sich hier viele Textil- und Kleiderfabriken befunden.

„Sie hätte niemals allein zu dem Treffen gehen sollen", sagte Cain.

„Sie ist genauso fähig wie du und Killian. Sie weiß, was sie tut." Plötzlich brach ihre Stimme.

Cain nahm ihre Hand in seine. „Ihr wird nichts passieren. Devyn ist tough und hart wie Stahl. Und wir werden sie finden."

„Killian darf sie nicht verlieren." Hex schluckte und nickte. „Da vorn, auf der linken Seite."

Er folgte ihren Anweisungen und fand einen Parkplatz. In dieser Nachbarschaft fiel der Audi auf wie ein bunter Hund. Sobald sie aus dem Auto gestiegen waren, trat Killian aus den Schatten.

Sein Gesicht sah aus wie in Stein gemeißelt, aber in seinen Augen loderte das Versprechen auf Vergeltung

Fuck. Wenn irgendjemand Devyn etwas angetan hatte, würde Cain Killian nicht zurückhalten können.

„Sie ist dort reingegangen, um sich mit der Kontaktperson zu treffen." Killian deutete mit dem Finger auf ein kleines, verfallenes Fabrikgebäude. „Ich habe es durchsucht. Es ist leer, und ich habe nicht gesehen, wie jemand es verlassen hat."

„Wer ist der Kontakt?", fragte Cain.

„Henri Carbone."

Cains Ausdruck verfinsterte sich. „Dieser Ratte kann man nicht trauen. Ihm gehts nur ums Geld."

„Wir müssen sie finden", blaffte Killian.

In der Nähe bemerkte Cain eine Bewegung in den Schatten und fuhr herum. „Komm her. Sofort. Zwing mich nicht, dir hinterherzurennen."

Ein Junge schlurfte aus der Dunkelheit. Scheiße. Cain hatte fast das Gefühl, als ob er in sein eigenes Spiegelbild von vor ein paar Jahrzehnten blicken würde. Zerzauste, braune Haare, ein schmales Gesicht. Der Bursche war vielleicht vierzehn oder fünfzehn Jahre alt.

„Pass auf das Auto auf", wies Cain ihn auf Französisch. „Ich zahle gut."

„Fünfhundert Euro", erwiderte der Junge.

Cain schnaubte. „Sehe ich aus wie ein Idiot, Junge?"

Der Junge reckte das Kinn. „Vierhundert."

„Du nimmst das, was ich dir gebe."

Der Junge zuckte mit seinen schmalen Schultern. Er sah zu dünn aus. „Na schön."

„Wie heißt du?"

Der Junge zögerte. „Bastien."

„Gut. Also, Bastien, hast du gesehen, wie Carbone das Gebäude verlassen hat?"

„*Non.*"

„Und eine Frau? Rothaarig?"

„Dieser krasse Rotschopf?" Der Bursche sprach

Englisch mit starkem Akzent. „*Non.* Sie ist nicht wieder rausgekommen. Sie hat mir fünfzig Euro gegeben, als sie angekommen ist."

Killian trat vor. „Sie gehört zu mir. Und das Gebäude ist leer."

„Gibt es einen anderen Ausgang, den Carbone genutzt haben könnte?", fragte Cain.

„Nicht, dass ich wüsste", erwiderte der Junge. „Aber der Typ ist ein Schwein. Man kann ihm nicht trauen."

„Okay. Behalte das Auto im Auge", befahl Cain.

Der Junge salutierte träge.

Cain sah, wie Hex ihre Handtasche öffnete. „Gebt mir eine Sekunde." Sie fischte etwas aus ihrer Tasche und klappte es auf.

Er legte den Kopf zur Seite. „Du hast eine Drohne in deiner Handtasche?"

„Eine Minidrohne." Sie zuckte mit den Schultern. „Man kann nie wissen, wann man die mal brauchen könnte."

Er schüttelte nur sprachlos den Kopf.

Mit einem schrillen Surren der Rotorblätter erwachte die Drohne zum Leben. „Mal sehen, was ich finden kann."

Cain bemerkte, dass Bastien interessiert zusah, als sich die Drohne in die Luft erhob.

Hex beugte sich über ihr Handy und tippte auf dem Bildschirm herum. Die Drohne verschwand im Nachthimmel.

„Na bitte." Sie lächelte. „Zwei Wärmesignaturen im Gebäude. Direkt im Zentrum."

Killian knurrte. „Es ist leer. Ich habe es selbst abgesucht."

„Gibt es einen Dachboden?", fragte Cain.

Killian schüttelte den Kopf. „Nur freigelegte Balken."

„Und einen Keller?"

„Ich habe nichts gesehen."

„*Messieurs*, hier in der Gegend gibt es überall Keller", bemerkte Bastien. „Die meisten von ihnen wurden allerdings zugemauert."

Killians Blick verfinsterte sich.

Er schaltete eine Taschenlampe ein und führte das Trio zu einer verrosteten Tür an der Gebäudeseite. Er zog sie auf, und sie betraten die Fabrik.

Cain musterte den zerkratzten Betonboden und die Holzbalken über ihnen. Dann teilten sie sich auf und machten sich auf die Suche nach Hinweisen. Einem Eingang zu einem Keller oder etwas in der Art.

Hex ging die gegenüberliegende Wand entlang, und Killian schlich durch den Raum wie eine große, aufgebrachte Raubkatze.

Cain schlich zum hinteren Bereich des Gebäudes. Er vermutete, dass es früher eine Fabrik gewesen war. Doch auch hier bemerkte er keine Bewegungen oder Geräusche.

Das Gebäude war praktisch leer. In einer Ecke stand eine ramponierte Couch, die mit Fast-Food-Abfällen zugemüllt war. Carbone war wirklich ein Schwein. Cain trat gegen eine alte Verpackung und sah, dass sie schon schimmelte.

Wo bist du, Arschloch?

Wenn Carbone Devyn etwas antat, würde Cain Killian bereitwillig dabei helfen, ihn zu Brei zu schlagen.

„Hier drüben", rief Hex plötzlich.

Cain und Killian liefen zu Hex, die neben einem Stapel Kartons stand.

„Was hast du gefunden?", fragte Cain.

Sie zeigte mit dem Finger auf die Boxen.

Cain musterte sie. Die Aufdrucke darauf behaupteten, dass sie angeblich voller Champagnerflaschen waren. Aber als Hex eine der Kartons anstieß, bewegte er sich.

„Dieser hier ist leer", sagte sie.

Cain schob ihn zur Seite.

Darunter tauchte eine Falltür im Boden auf.

Killian hockte sich hin und riss die Tür auf. Von unten schien Licht zu ihnen herauf.

Ohne ein weiteres Wort stürmte er die hölzernen Stufen hinunter.

„Bleib hier oben", sagte Cain zu Hex und folgte seinem Freund in den Keller.

Sie stiegen in einen kleinen Raum hinab. Der Boden war mit einem alten, versifften Teppich ausgelegt, auf dem noch ältere Sofas standen.

In der Mitte des Raumes stand eine schwankende Devyn, mit vor dem Körper gefesselten Händen.

Sie erblickte Killian und lächelte ihn mit geweiteten Pupillen schief an.

„Hey, Baby", lallte sie.

Carbone lag zusammengekauert auf dem Boden und wimmerte.

Killian ging schnurstracks auf seine Frau zu und nahm ihr Gesicht in die Hände. „Geht es dir gut?"

„Jup." Sie nickte langsam. „Er hat mich unter Drogen gesetzt. Ich war kurz weggetreten, aber dann bin ich wieder zu mir gekommen und wurde stinksauer." Sie versuchte, Killians Wange zu berühren, verpasste ihm dabei allerdings um ein Haar eine Ohrfeige. „Ich wollte dich gerade suchen kommen."

Er griff nach ihren Händen und löste die Fesseln. „Ist das Betäubungsmittel gefährlich?"

„Nein. K.-o.-Tropfen. Wird wieder abklingen."

Killians Blick fiel auf Carbone.

„Oh-oh, den Blick kenne ich", sagte Cain. „Kein Blutvergießen, Steel."

„Er hat meine Frau unter *Drogen* gesetzt." Killian versah jedes Wort mit Nachdruck.

Scheiße, bei diesem Tonfall zuckte sogar Cain zusammen. Auf dem Boden wimmerte Carbone.

Das Knarzen der Stufen ließ Cain einen Blick über seine Schulter werfen. Wie immer hatte Hex nicht getan, was er ihr gesagt hatte.

Er warf ihr einen grimmigen Blick zu, woraufhin sie ihm die Zunge herausstreckte.

Oh, er konnte es kaum erwarten, ihr diesen süßen Arsch zu versohlen.

„Killian, nein, du kannst ihn nicht umbringen", sagte nun auch Devyn.

„Warum nicht?"

Devyn blickte verwirrt drein, während Killian Carbone auf die Füße hievte. „Weil ... wir Fragen haben!" Sie grinste, als ob sie die Lösung für ein kniffliges Rätsel herausgefunden hätte. „Fragen! Wir müssen ihm Fragen stellen."

„Setz dich, Hellfire, bevor du noch umfällst", sagte Killian.

Hex eilte zu Devyn hinüber und half ihr auf eins der Sofas.

Killian spießte Carbone mit seinem Blick förmlich auf. „Warum hast du meine Frau unter Drogen gesetzt?"

„Ich wusste nicht, dass sie deine Frau ist!", wimmerte Carbone.

Killian beugte sich vor und boxte dem Kerl in den Magen. Carbone sackte zusammen wie ein nasser Lappen.

„Antworte. *Jetzt.*" Killian ließ den Mann los.

Carbone plumpste auf den dreckigen Fußboden und umklammerte seinen Bauch.

Cain und Killian bauten sich links und rechts von ihm auf.

„Ich kenne Methoden, um ihn zum Reden zu bringen", sagte Cain.

„Ich auch", erwiderte Killian leise.

Wieder wimmerte Carbone.

Cain hockte sich vor ihm hin. „Mein Freund hier ist stinksauer, und glaub mir, du willst keine Spielchen mit ihm spielen."

Carbone leckte sich über die trockenen Lippen. „Es war Franchetti. Giovanni Franchetti. Ein Mafiaboss aus Italien. Hellfire hat letztes Jahr seine Villa abgefackelt, und jetzt ist er völlig besessen von ihr. Denkt, sie wäre atemberaubend. Er hat eine große Belohnung für ihre Ergreifung ausgesetzt."

Devyn runzelte die Stirn. „Männer sind Idioten."

Hex nickte. „Absolut."

Cain schüttelte den Kopf. „Okay, Carbone. Ich kann versuchen, meinen Freund davon zu überzeugen, dich nicht umzubringen. *Falls* du unsere Fragen beantwortest."

„Oh, ich werde ihn umbringen." Killian verschränkte die Arme vor der Brust.

Carbone machte sich vor Angst in die Hose.

Cain rümpfte die Nase. „Jemand hat es auf Drohnentechnologie abgesehen, die aus den USA hierher geschmuggelt wurde. Der Käufer ist bereit, einen hohen Preis zu zahlen. Wer ist es?"

„Ich weiß es nicht", stammelte Carbone.

Killian trat einen Schritt auf ihn zu.

Carbone krabbelte hastig zurück. „Ich habe keinen Namen. Ich habe nur gehört, dass er ein reicher, extravaganter Geschäftsmann ist."

„Franzose?", hakte Cain nach.

„Ich ... ich weiß es nicht. Nein, kein Franzose, aber ich weiß nicht, woher er kommt. Das ist alles, was ich habe. Bitte!"

Killian starrte den Mann unerträglich lange an. „Ich lasse dich leben, aber nur unter der Bedingung, dass du deinen Freunden ausrichtest, dass jeder, der meine Frau anrührt, es mit mir zu tun bekommt. Versuch das noch einmal, und ich komme zurück und breche dir jeden einzelnen Knochen in deinem Körper."

Carbone nickte hektisch.

Killian ging hinüber zu Devyn und hob sie in seine Arme.

„Hey, Hawke." Sie lächelte ihn an.

„Gehen wir, Red." Er ging zur Treppe.

Cain starrte ihnen hinterher. Diese beiden knallharten Agenten waren füreinander da und bis über beide Ohren verliebt ineinander. Sie schafften es irgendwie. Und dabei war Killian früher genau wie er gewesen.

Könnte Cain das auch schaffen?

Er griff nach Hex' Hand.

„Ein reicher Geschäftsmann", murmelte sie, während sie hinausgingen. „Das ist nicht gerade viel."

Nein, war es nicht. Aber es war immerhin etwas. Sie kamen ihm langsam näher.

„Komm, ich muss den Jungen bezahlen. Sofern das Auto noch da steht, wo ich es geparkt habe."

Sie lächelte. „Ich wette, du gibst ihm die fünfhundert Euro. Ich glaube, tief drin bist du ein totaler Softie."

Das war das erste Mal, dass ihm vorgeworfen wurde, ein Softie zu sein. Fuck, irgendwie gefiel ihm das.

KAPITEL NEUN

Eine heiße Dusche konnte eine Menge Probleme lösen.

Hex trocknete sich mit dem flauschigen, luxuriösen Handtuch ab. Was für ein Abend.

Sie war froh, dass es Devyn gut ging. Killian hatte geschrieben, dass ein Arzt sie untersucht hatte und sie nun schlief. Hex konnte sich gut vorstellen, wie Killian die ganze Nacht über an ihrem Bett Wache hielt.

Würde Cain das bei ihr auch tun?

Ja. Sie schauderte. Ja, sie war sich ziemlich sicher, dass er das tun würde.

Als sie ihre Haare trocken föhnte, bemerkte sie, dass sie sich ein wenig zittrig fühlte. Der Adrenalin-Absturz. Sie gähnte, dann zog sie ihren Pyjama an – kurze, grün-blaue Shorts und ein lockeres, pinkes T-Shirt.

Sie warf das Handtuch auf den Ständer, dann verließ sie das Bad. Sie würde ihre Haare morgen früh frisieren – bevor sie zum zweiten Konferenztag aufbrachen.

Im Augenblick wollte sie einfach nur schlafen.

Doch dann ertappte sie sich dabei, wie sie in den Wohnbereich hinüberging. Dort war alles dunkel, und ihr Herz wurde schwer. Cain musste schon ins Bett gegangen sein.

Doch dann bemerkte sie die dunkle Silhouette, die in einem der Sessel saß. Schwaches Licht fiel durch die Vorhänge von draußen herein und erhellte die Umrisse seiner Gestalt.

„Sitzt du gern im Dunkeln?" Sie trat auf Cain zu.

„Ich habe viel Zeit im Dunkeln verbracht."

Ja. Und sie war sich sicher, dass ein Teil von ihm glaubte, dass er dort auch hingehöre.

„Meine frühsten Erinnerungen sind die von der Dunkelheit", fuhr er fort. „Mein Vater hat mich immer in den Schrank gesperrt."

Hex unterdrückte ihr erschrockenes Keuchen.

„Ich bin der Sohn von zwei Junkies. Als Kind bin ich von einer Pflegefamilie zur nächsten gewandert, dann habe ich eine Zeit lang auf der Straße gelebt."

O Cain. Ihr Herz brach für ihn.

„Ich war ein Niemand. Ich wusste nicht einmal, wie ich heiße. Einer dieser Gutmenschen vom Jugendamt hat mir einen Namen gegeben, bis ich mir selbst einen ausgesucht habe."

Hex hatte sich in jede Datenbank, jedes Register gehackt, um seinen ganzen Namen herauszufinden, aber ohne Erfolg. Jetzt, mehr denn je, wollte sie wissen, welchen Namen er für sich selbst ausgesucht hatte.

„Du bist nicht länger ein Niemand." Sie machte einen Schritt auf ihn zu. „Du bist der Mann, zu dem du dich selbst gemacht hast. Ein Held."

Sie hörte ihn leise prusten.

„Du beschützt unser Land vor Bedrohungen, von denen die meisten Menschen nicht einmal etwas ahnen, Cain." Sie trat neben ihn. „Das ist ziemlich heldenhaft."

„Ich bin der namenlose, gesichtslose Schatten, der die Drecksarbeit erledigt."

Ihre Knie stießen gegen seine. „Du bist ein guter Mann, Cain. Sogar wenn du das selbst nicht glaubst – ich glaube es."

„Wenn du dich mit mir einlässt, Jet, werde ich dich brechen."

Sie schüttelte den Kopf. „Nein, ich fange an zu glauben, dass du das nicht tun wirst. Tatsächlich sogar glaube ich, dass du Angst hast, ich könnte dich brechen."

Hex hörte seinen scharfen Atem.

„Mein CIA-Mentor hat mich gewarnt. Keine Verbindungen, keine Beziehungen. ‚Lass nicht zu, dass dir irgendjemand etwas bedeutet'. Nach dieser Maxime hat er gelebt."

„Und doch hast du ihm etwas bedeutet."

Cain stieß einen harschen Laut aus. „Max hat eine Waffe aus mir gemacht. Ich war sein Meisterstück, bevor er gestorben ist."

Ihr Herz zog sich zusammen. Es musste ihn verletzt haben, Max zu verlieren. „Ist er allein gestorben?"

Es entstand eine kurze Pause. „Nein. Ich war bei ihm. Er hatte Krebs."

Hex streckte die Hand aus und berührte Cains Gesicht. „Willst du allein sterben?"

„Ich weiß, dass ich dich will."

Ihr Herz begann wie verrückt zu hämmern. „Dann nimm mich."

Er griff nach ihrer Hüfte und zog sie auf seinen Schoß.

Unter ihrem Hintern konnte sie Cains harten Schwanz spüren. Oh, er wollte sie definitiv.

„Ich will dich ficken, Jet. Ich will meinen pochenden Schwanz in deiner süße Pussy vergraben. Ich will dich die ganze Nacht lang vögeln." Seine Finger legten sich um ihren Hals. Nicht eng genug, um ihr wehzutun, aber gerade fest genug, um zu merken, dass sein Griff da war. „Doch das kann ich nicht. In wenigen Stunden geht die Sonne auf, und dann müssen wir zurück auf die Konferenz. Ich darf nicht riskieren, dass wir beide völlig übernächtigt dort auftauchen." Seine Lippen streiften ihre Wange. „Und ein paar Stunden reichen längst nicht aus. Ich muss dich die ganze Nacht lang ficken, um diesen unersättlichen Hunger zu stillen."

„Gott, Cain." Sie bewegte sich lasziv auf seinem Schoß hin und her. Seine Worte ließen ungezügeltes Verlangen in ihr aufsteigen.

„Aber ich kann dafür sorgen, dass meine Pixie gut schläft."

Ihre Pussy zog sich zusammen.

„Nachdem ich dich dafür bestraft habe, dich selbst in Gefahr gebracht zu haben."

Sie blinzelte. „Was?"

Blitzschnell drehte er sie um, sodass sie sich auf seinen Knien, mit seiner Hand auf ihrem Hintern, wiederfand.

„Cain –"

Er zog ihre Shorts und ihren Slip bis auf die Oberschenkel hinunter.

Seine flache Hand landete auf ihrer Arschbacke. Nicht besonders hart, aber Hex zuckte dennoch zusammen. Erregung durchfuhr sie.

„Das ist dafür, gekidnappt worden zu sein."

„Das war doch nicht meine –"

Klatsch. Seine Hand landete auf der anderen Arschbacke. Sie stöhnte. Das Brennen schickte ein Kribbeln über ihre Haut.

„Dafür, nicht im Auto geblieben zu sein." Seine Hand glitt zwischen ihre Beine. „Pixie. So, so feucht." Zwei Finger drangen in sie ein, und Hex schrie auf.

Sie drückte sich gegen Cains Hand und wollte unbedingt mehr von seiner Berührung spüren.

Doch genauso schnell waren seine Finger auch wieder verschwunden.

Klatsch. Der nächste Schlag ließ sie noch lauter aufstöhnen.

„Dafür, in den Keller hinuntergestiegen zu sein." Wieder streichelte er ihre Pussy. „Noch feuchter. Meine Pixie liebt ihre Bestrafung."

Sie schnappte nach Luft. „Ich muss kommen."

„Ist das ein Befehl?"

Sein sanfter, dunkler Tonfall ließ sie erschaudern. „*Cain.*"

Er stand auf und Hex fand sich über die Sessellehne gebeugt wieder. Sie spürte, wie er sich hinter ihr auf den Teppichboden kniete, und ihr Puls begann zu rasen. Dann schob Cain ihre Knie auseinander.

„Es ist gerade hell genug, dass ich diese Perfektion

erkennen kann." Er drückte ihren Hintern, und sein Mund versank zwischen ihren Beinen.

Sie konnte kaum glauben, dass diese hungrigen, heiseren Schreie aus ihrem Mund drangen. Die Empfindungen waren unglaublich und so, so gut. Sie wand sich, und Cain presste seine große Hand auf ihren unteren Rücken, um sie festzuhalten. Hex streckte die Hand aus und klammerte sich an die Armlehne.

„Gott, ich liebe deinen Mund. Deine Zunge." Die Worte strömten nur so aus ihr heraus, während Cains Bartstoppeln über ihre Haut kratzten. „Lutsch an meinem Kitzler."

„Meine gierige Pixie." Er tat, wie befohlen, und seine starken Hände hielten ihre Hüfte fest, während sich sein Mund entschlossen zwischen ihren Beinen bewegte.

Mit aller Gewalt versuchte Hex, sich zu zügeln. Ihr Orgasmus baute sich auf, und er war größer und gewaltiger als alles, was sie je zuvor empfunden hatte.

Noch ein Lecken von Cains Zunge, und sie explodierte.

Ihr ganzer Körper bebte, und sie schrie seinen Namen. Für einen Moment stand die Welt um sie herum still.

Als sie wieder in die Realität zurückkehrte, war sie verschwitzt, ihr Herz hämmerte und sie fühlte sich völlig zerstört. Gut zerstört.

Behutsam zog Cain ihr die Shorts über den Hintern. Dann drückte er kurz, aber liebevoll eine ihrer Arschbacken.

„Du schmeckst einfach zu verdammt gut." Sein großer Körper bedeckte ihren.

Ihr wurde bewusst, dass er sie umarmte.

Gott, dieser Mann. Dieser gefährliche, heiße, verwirrende Mann.

Sie drehte den Kopf und küsste ihn. „Danke."

„Dafür musst du dich niemals bedanken."

„Ich will dich berühren", sagte sie.

Sie hörte, wie er tief durchatmete. „Bald. Früher oder später muss ich meinen Schwanz in dich reinstecken, oder ich verliere noch den Verstand."

Sie lächelte. Was sollte sie sagen, es gefiel ihr, das zu hören.

„Aber jetzt musst du schlafen. Du musst morgen fit sein. Und ich muss unter die Dusche und mir einen runterholen."

Hex spürte ein Ziehen zwischen den Beinen.

Cain schlang seine Arme um sie, stand auf und hob sie aus dem Sessel.

Und dann brachte Shade – der vermutlich gefährlichste Spion der ganzen CIA – sie ins Bett und deckte sie zu.

***

AM NÄCHSTEN MORGEN wachte Cain so auf, wie er es immer tat – mit augenblicklicher Wachsamkeit.

Das hatte er bereits als kleines Kind gelernt, dank Eltern, die meistens high waren, und das Leben auf der Straße hatte diese Fähigkeit in ihm nur weiter geschärft. Wer unachtsam war, wurde entweder fertiggemacht oder schlimmstenfalls umgebracht.

Das Gleiche galt für seine Arbeit bei der CIA.

Sonnenstrahlen fielen durch die Vorhänge ins Zimmer. Er saß in einem Sessel und spürte, dass sein Nacken ein wenig verspannt war. Egal. Er hatte schon an unbequemeren Orten geschlafen.

Er saß in Hex' Schlafzimmer. Nach allem, was passiert war, wollte er sie nicht mehr aus den Augen lassen.

Allerdings traute er sich nicht, mit ihr im Bett zu schlafen. Dort neben ihr zu liegen ... Genau, sie hätten nicht gerade viel geschlafen.

Sie rührte sich, aber ihre Augen waren noch geschlossen. In dem riesigen Doppelbett sah sie ganz winzig aus. Sie lag auf dem Bauch und hatte ein Bein angezogen. Diese winzigen Shorts waren eine wahre Folter. Cain unterdrückte ein Stöhnen und ließ seinen Blick zu den perfekten Rundungen ihres Pos wandern. Ein süßer Hintern, auf dem er gestern Abend seine Handabdrücke hinterlassen hatte. Seine Morgenlatte ließ ihn unmissverständlich wissen, wie unglücklich sie darüber war, keine Aufmerksamkeit abzubekommen.

Hex rollte sich auf den Rücken und blinzelte. Cain mochte es, sie so zu sehen – weich und verschlafen. Ihr messerscharfer Verstand war noch nicht ganz hochgefahren.

Dann landete ihr Blick auf ihm, und sie blinzelte erneut. „Wie viel Uhr ist es?"

„Wir haben eine Stunde, bis wir aufbrechen müssen."

Sie stöhnte. „Ich glaube, ich brauche heute eine Extraportion Kaffee."

„Das lässt sich einrichten."

Hex richtete sich auf einen Ellbogen auf. Ihre Brüste,

die ohne BH unter dem T-Shirt verborgen waren, zogen seinen Blick auf sich. Der weiche Stoff schmiegte sich sanft an ihre Kurven.

„Glaubst du, der Käufer wird heute Kontakt aufnehmen?", fragte sie.

Cain erwiderte ihren Blick. „Ja."

Sie stieß den Atem aus.

„Du schaffst das", versicherte er ihr.

Hex nickte. „Ich weiß. Und ich weiß, dass du in der Nähe sein wirst."

Es lag ein aufrichtiges Vertrauen in ihren Worten. Es gab nicht viele Menschen, die ihm vollkommen vertrauten. Aus gutem Grund. Er war daran gewöhnt, zu tun, was immer getan werden musste, um einen Job zu erledigen, und sehr oft bedeutete das, eine andere Person für das Allgemeinwohl zu opfern. Es gab Momente, in denen sein Job wirklich das Allerletzte war.

Ihr T-Shirt rutschte von einer Schulter, und sein Blick fiel auf ihre nackte Haut. Genau dorthin wollte er seine Lippen pressen und sie beißen.

Scheiße. Er musste hier verschwinden. Jetzt. Sie hatten nur eine Stunde Zeit und durften sich nicht verspäten.

Er stand auf. „Ich gehe unter die Dusche."

Hex stieß ein überraschtes Geräusch aus und setzte sich zwischen den zerknitterten Laken auf. Er bemerkte, dass ihr Blick auf seinen Schritt gerichtet war.

Scheiße. Sein Ständer spannte den Stoff seiner losen Schlafhose und tat sein Bestes, um Hex' Aufmerksamkeit zu erregen.

„Ignoriere ihn", presste Cain hervor.

„Ah, Bond, das ist leider unmöglich." Sie schüttelte den Kopf und winkte ab. „Der ist zu groß, um ihn zu ignorieren."

All seine Muskeln spannten sich an, und er genoss die Art und Weise, wie Hex ihn ansah.

Diese zweifarbigen Augen sahen zu ihm hoch. „Zeig ihn mir."

Fuck. Er sollte abhauen.

Mission. Spionage. Landesverrat.

Alles wichtige Dinge, die seine ungeteilte Aufmerksamkeit verlangten.

Hex rutschte auf den Knien zur Bettkante, und eine leichte Röte legte sich über ihre Wangen.

Na gut, was solls. Das Allerwichtigste in seiner ganzen Welt war sie.

Cain trat ans Bett und schob den elastischen Bund seiner Hose hinunter. Hex schnappte nach Luft.

Ja, er war lang, dick und extra hart, nur für sie.

„Willst du ihn anfassen, Pixie?" Seine Stimme war ein heiseres Knurren.

„Ja." Ihre zierlichen Finger legten sich um seinen Schwanz.

Cain stöhnte und schloss seine Hand um ihre. „Fester."

Ihre Finger zogen sich zusammen, und sie fing an, ihn zu reiben. „Natürlich ist dein Schwanz genauso hart und sexy wie alles andere an dir." Ihre Bewegungen wurden schneller.

Dann griff sie mit einer Hand nach seiner Hüfte und zog ihn näher zu sich. Ihr Mund befand sich nun direkt vor der Spitze seines Schwanzes, an dem bereits ein Lust-tropfen schimmerte.

„Hast du dir das hier vorgestellt, Cain?" Ihre Stimme war leise und verführerisch.

„Ja", presste er hervor.

„Meine Lippen um deinen Schwanz?"

„Ja, verdammt. Ich bin hundertmal gekommen, während ich mir das vorgestellt habe." Seine Hand versank in ihren Haaren und krallten sich daran fest, dann glitt er mit seiner Eichel über ihre Lippen.

Hex' Zunge schnellte hervor, und Cains Stöhnen klang rau. Sie öffnete ihre Lippen und nahm ihn tief in den Mund.

Fuck. Sein Schwanz in ihrem hübschen Mund. Sie stieß ein hungriges Geräusch aus und machte sich an die Arbeit.

Fuuuck. Ihre Finger gruben sich in seine Hüften, und sie lutschte ihn mit großem Eifer. Verdammt, sie betete seinen Schwanz regelrecht an. Sie saugte ihn tiefer und er spürte, wie er schon gegen ihre Kehle stupste. Doch sie hörte nicht auf und lutschte immer weiter.

„Pixie ... Jet ... Fuck."

Seine Hüfte schnellte vor, und sie nahm ihn gierig auf. Er war kurz vor dem Höhepunkt.

Dann nahm sie ihn aus dem Mund. „Wohin willst du kommen, Cain?"

Sein Verstand war benebelt vor Verlangen und Lust. „Auf dich." Er griff nach ihrem T-Shirt, zog es ihr unge-duldig über den Kopf und hatte nun eine perfekte Sicht auf ihre hübschen Titten mit den rosa Nippeln. Er wollte sich mit ihr vereinen, damit sie ihm gehörte.

Hex beugte sich wieder vor und lutschte ihm weiter den Schwanz, bis er spürte, wie seine glühende Lust kurz davor war, zu explodieren.

„Jet ..."

Sie zog ihn aus dem Mund und pumpte ihn. Dann kam er. Ein Stöhnen brach aus seinen Lippen hervor.

Er kam auf ihren Brüsten, und sein Sperma benetzte ihre Haut.

„Ja", keuchte sie.

Cain spritzte immer weiter, sein Höhepunkt war so mächtig, dass er sich kaum auf den Beinen halten konnte. Er sank mit den Knien auf die Matratze.

Sie grinste ihn an.

Er streckte die Hand aus und verrieb sein Sperma auf ihrer Haut. „Mein. Ich auf dir. Auf deiner Haut." Er spielte mit ihrem steifen Nippel.

„Tja, du bist auch mein, Cain. Wenn diese Sache vorbei ist, tun wir es. Das mit uns."

Er erstarrte. „Ich habe dir gesagt, ich kann dir nicht geben, was du verdienst."

Sie zog eine Augenbraue hoch. „Das weißt du erst, wenn du es versucht hast. Du bist doch kein Feigling."

„Du bist mutiger als ich", wisperte er.

„Wir werden zusammen mutig sein." Sie warf ihm ein freches Grinsen zu. „Du wirst dich in mich verlieben."

Ihre Worte fühlten sich an wie ein Schlag in den Magen, und Bestürzung ergriff ihn. „Ich war noch nie in jemanden verliebt." Und niemand hatte ihn je geliebt. Er war sich nicht sicher, ob er es verdient hatte.

Hex kniete sich hin. „Dann genieß es besser. So, und

jetzt müssen wir uns für die Konferenz fertig machen." Sie warf einen Blick auf die Uhr. „O Mist, ich muss mich sputen." Sie krabbelte vom Bett. „Nicht trödeln, Bond."

Cain blickte ihr hinterher, als sie ins Bad ging, und war innerlich ganz zerrissen.

Er wollte sie nicht verletzen. Wenn er Scheiße baute und ihr das Herz brach ...

Tja, dann würde Killian ihn umbringen, also war es am Ende auch egal.

KAPITEL ZEHN

Sie würde diese Hose behalten. Sie erwies ihrem Hintern einen großen Dienst.

Hex schlenderte durch die Messehalle. Ihr heutiges Outfit bestand aus der schmal geschnittenen, marineblauen Hose, einer weißen Bluse und einem taillierten, hellbraunen Blazer. Einfach, aber stilvoll. Wenn man sie fragte, fehlte ihm allerdings ein wenig Pep, und sie vermisste ihre pinken Haarspitzen wirklich sehr. Sie wuschelte sich durch die Haare. Um rechtzeitig aufzubrechen, hatte sie sich beeilen müssen, aber das war es wert gewesen.

So was von wert.

Cain kam in ihre Richtung getigert und blieb neben ihr stehen. Er trug einen Anzug. Und diese verdammte Brille.

Hex gestattete sich eine Sekunde, um ihn zu bewundern – und sich vorzustellen, wie er *nur* diese Brille trug. *Mhmm.* Flammen der Lust züngelten in ihr empor.

Sie wusste jetzt, wie sein Schwanz aussah. Ihr ganzer

Körper kribbelte. Und wie er schmeckte. Was für Geräusche er machte, wenn er kam. Ihr Slip wurde feucht. Sie stellte sich vor, wie sie ihn wieder verwöhnte, während er nichts als diese Brille trug.

Junge, Junge. Sie brauchte ihn ganz dringend.

Cain legte seine Hand auf ihren unteren Rücken, und sie zuckte zusammen.

„Alles in Ordnung?" Stirnrunzelnd blickte er sie an, und als er ihren Ausdruck bemerkte, grinste er. „Na, hast du schmutzige Gedanken, Pixie?"

Sie konnte nichts gegen ihr Erröten ausrichten. Das sagte gerade der Richtige.

„Kann sein." Sie berührte ihre Brust an ihrer leicht geöffneten Bluse und strich mit den Fingerspitzen langsam über ihre Haut.

Cains braune Augen funkelten und sahen auf einmal heller aus. Sie wusste, dass er daran denken musste, wohin er heute Morgen gekommen war.

„Das nächste Mal will ich, dass du nichts außer dieser Brille trägst."

Lächelnd schüttelte er den Kopf. „Die Mission, schon vergessen?"

Hex ließ die Hand sinken und straffte die Schultern. Sie hatte die Mission nicht vergessen. Trotz all der Aufregung spürte sie noch immer einen angespannten Knoten in ihrer Brust.

„Ich hole dir noch einen Kaffee", sagte Cain.

Sie strahlte ihn an. „Mein Held."

Während Cain zum Café davon schlenderte, beäugte Hex seinen Hintern. Der war ein wahres Meisterwerk.

Genauso wie seine muskulösen Oberschenkel und sein Sixpack.

Sie konnte nichts gegen das Gefühl ausrichten, dass sie hier mit Feuer spielte.

Schmetterlinge machten sich in ihrem Magen breit. Sie würde Cain dazu bringen, sich in sie zu verlieben, aber manchmal war Liebe nicht genug. Würde er bei ihr bleiben? Würde sie ihm jemals wichtiger sein als sein Job?

Erinnerungen an ihren Vater und an Brandon blitzten auf. Für Brandon war seine Karriere alles, und er hatte Dates oft im letzten Moment abgesagt, weil er noch in Meetings festgesteckt hatte. Oder weil er eins der Models gevögelt hatte.

Uff. Brandon verdiente es nicht, dass sie auch nur einen weiteren Gedanken an ihn verschwendete. Hex zückte ihr Handy und sah, dass sie eine Nachricht von Killian bekommen hatte. Devyn ginge es gut, aber er ließe sie ausschlafen. Die beiden würden Cain und sie später treffen.

Sie steckte das Handy zurück in ihre Tasche und drehte sich zu einem Stand herum, um sich über die Technik des Ausstellers zu informieren. Sie las in der Broschüre, bis Cain mit einem überdimensionalen Latte in der Hand zurückkam.

„O mein Gott, den brauche ich ganz dringend." Sie nippte am Kaffee. „Tausend Dank."

Cain beobachtete sie mit einem unlesbaren Ausdruck auf dem Gesicht.

„Was?" Sie zog eine Augenbraue hoch.

„Ändere dich bloß niemals", sagte er. „Sei immer du

selbst und zeige deine Begeisterung für die Dinge, die du liebst."

Ihr Herz machte einen Hüpfer. „Ich glaube, das ist das Netteste, was jemals irgendwer zu mir gesagt hat."

„Verdammt, jetzt will ich dich küssen."

„Später." Sie zwang sich, sich abzuwenden, oder sie hätte ihn tatsächlich einfach geküsst. „Schlendern wir ein bisschen umher."

Die nächste Stunde verbrachten sie damit, zwischen den Ständen herumzuspazieren. Langsam wurde sie nervös. Der Käufer musste doch langsam Kontakt aufnehmen.

Sie wollte diese Sache endlich hinter sich bringen. Sie hatte genug von Entführungen, Verfolgungsjagden und K.-o.-Tropfen. Wenn das alles vorbei war, konnte sie sich endlich mit Cain zusammen in ein Hotelzimmer einsperren.

Ein Schauder jagte ihr über den Rücken, und sie trank schnell einen weiteren Schluck Kaffee.

Nur, dass nach dieser Mission vermutlich schon die nächste auf Cain wartete.

Der Kaffee gluckerte durch ihren Magen. Cain würde einfach zu anderen, unbekannten Orten aufbrechen.

Jetzt nicht, Jet. Sie stieß einen Seufzer aus und sah, wie er sich mit zwei jungen Männern an einem Stand in der Nähe unterhielt.

Sie drehte sich zum Stand neben sich um. Mikro-drohnen. Oh, das war natürlich äußerst interessant.

„Interessieren Sie sich für Drohnen?"

Hex blickte zu der weichen, tiefen Stimme auf.

Ein sehr gut aussehender Mann im Anzug stand neben ihr. Er hatte einen teuren Haarschnitt und stechend blaue Augen. Er sah aus wie ein Bänker.

Der Käufer?

„Das tue ich", erwiderte sie. „Sie auch?"

„Ich interessiere mich für vieles. Mikrodrohnen versprechen einige interessante Anwendungsmöglichkeiten."

Hex versuchte, seinen Akzent einzuordnen. Zumindest klang er sehr elegant und gebildet. „Sehe ich genauso", sagte sie.

„Ich bin Markus. Markus Weber."

„Sara Mardis. In welcher Branche arbeiten Sie, Markus?"

Er lächelte. „In der Branche, ungenutzte Ideen aufzuspüren und ihnen zu ihrem vollen Potenzial zu verhelfen. Und mich mit den richtigen Leuten zu vernetzen."

Die Härchen in Hex' Nacken stellten sich auf. „Also so etwas wie Risikokapital?"

„So etwas in der Art." Er griff in die Tasche seines Jacketts und fischte eine große, weiße Visitenkarte heraus. „Sara, ich richte morgen Abend eine Party aus. Eine hervorragende Gelegenheit, sich mit einigen der wohlhabendsten Geschäftsleute in ganz Europa zu vernetzen." Er reichte ihr die Karte an. „Zum Ideenaustausch oder um Geschäftsverbindungen einzugehen. Ich würde mich sehr freuen, Sie ebenfalls begrüßen zu dürfen."

Die Karte war praktisch leer, bis auf einen geprägten Goldrand und den Namen *Markus Weber*, der in der

Mitte der Karte prangte. Darunter stand *Vivante Estate, Geneva.*

Genf? „Sie sind Schweizer?"

Weber legte den Kopf zur Seite. „Wir sehen uns morgen Abend. Das wird Ihre Gelegenheit sein, alles Wertvolle auszutauschen." Er lächelte. „Es war mir ein Vergnügen, Sie kennenzulernen, Sara."

Damit schritt er davon.

Eine Sekunde später tauchte Cain neben ihr auf. „Wer war das?"

„Ich glaube, das war der Käufer."

Cains Gesicht wurde hart.

Sie hielt ihm die Karte hin. „Ich wurde zu einer Party eingeladen. In der Schweiz."

„*Wir* wurden eingeladen."

HEX BEIM ARBEITEN ZUZUSEHEN, entwickelte sich rapide zu einer neuen Lieblingsbeschäftigung von Cain.

Blitzschnell flogen ihre Finger über die Tastatur, und sie nahm neue Informationen augenblicklich auf. Außerdem runzelte sie meist die Stirn und murmelte immer wieder vor sich hin. Es war gleichermaßen niedlich und sexy.

Er beugte sich vor. „Irgendwas?"

„Nein." Sie schob ihn beiseite. „Hör auf, mich abzulenken!"

Sie waren zurück im Hotel. Hex versuchte, alles über Markus Weber auszugraben, was sie finden konnte.

Cain warf einen kritischen Blick auf die Visitenkarte, die auf dem Tisch lag, dann nahm er sie in die Finger und drehte sie um. Von diesem Kerl hatte er noch nie zuvor gehört. Und das bereitete ihm Sorgen. Cain hatte zumindest schon mal Getuschel über so ziemlich jeden großen Akteur in der internationalen Verbrecherszene gehört.

Falls dieser Typ erfolgreich unter dem Radar operiert haben sollte ...

Cains Miene verfinsterte sich. Es musste doch *irgendetwas* über ihn geben. Niemand war ein Schatten.

Wortlos ging er im Zimmer auf und ab und lauschte Hex' niedlichem Murmeln. Sie brauchten Hinweise. Auf gar keinen verfickten Fall würde er sie ohne vernünftige Hintergrundinformationen in das zweifelsohne extrem gut bewachte Anwesen dieses Kerls mitnehmen.

Die Tür zur Suite ging auf, und Killian und Devyn kamen herein.

Killian trug eine Anzughose und ein weißes Hemd, Devyn eine dunkle Jeans und ein schwarzes T-Shirt. Sie war wieder ganz sie selbst und die Strapazen der letzten Nacht waren ihr nicht mehr anzusehen.

„Habt ihr schon irgendwas?", fragte Killian.

Hex lehnte sich in ihren Stuhl zurück. „Markus Weber, dreiunddreißig Jahre alt und vermögender Geschäftsmann. Inhaber von Weber Investments. Soweit ich sagen kann, macht das Unternehmen von allem ein bisschen. Immobilien, Versicherungen, Investments, Bankgeschäfte. Er besitzt ein Multimillionen-Dollar-Anwesen in Genf, direkt am See."

Sie drehte ihren Computerbildschirm herum. Das

typische Porträtfoto eines lächelnden Webers blickte sie an. Er sah nicht aus wie ein skrupelloser Waffenhändler.

„Kommt er euch bekannt vor?", fragte Cain.

Killian und Devyn schüttelten die Köpfe.

Devyn verschränkte die Arme vor der Brust. „Er kann doch nicht einfach aus dem Nichts auf der Bildfläche erschienen sein und jetzt riesige Waffendeals durchziehen."

Wieder tippte Hex auf ihrer Tastatur. Das nächste Bild zeigte ein großes, historisches Haus, das auf einem riesigen Anwesen stand. Der Genfer See, auch bekannt als Lac Léman, schimmerte im Hintergrund.

„Vivante Estate liegt in Vandœuvres", fuhr sie fort.

„Ah, die teure Gegend." Devyn lehnte sich an den Tisch. „Die Häuser am Seeufer kosten ein kleines Vermögen."

„Tja, na ja, Webers Anwesen ist über vier Hektar groß."

Cain pfiff durch die Zähne.

Hex nickte. „Aber abgesehen davon – nichts. Ich kann nicht einmal herausfinden, wo er zur Schule gegangen oder aufgewachsen ist."

Killian runzelte die Stirn. „Markus Weber muss ein Alias sein."

„Sein Name ist vor zehn Jahren zum ersten Mal aufgetaucht", erklärte Hex weiter. „Seine Firma scheint legitim zu sein. Nichts Auffälliges."

„Mag sein, aber irgendwas an dieser Sache ist faul", bemerkte Devyn. „Was sagt das Gesichtserkennungsprogramm?"

Hex zuckte mit den Schultern. „Gar nichts, leider."

Cain runzelte die Stirn. Weber war gut. Er hatte seine Vergangenheit vergraben und jegliche Bilder von sich im Internet gelöscht.

„Ich lasse den Jet vorbereiten", sagte Killian. „Bis nach Genf ist es nur ein kurzer Flug."

Cain verschränkte die Arme vor der Brust. „Mir gefällt das nicht, da hereinzuspazieren, ohne zu wissen, wer der Kerl ist."

Hex stand auf. „Wir *müssen* hin. Wir müssen den Chip übergeben und alles herausfinden, was wir kriegen können, um ihn dann zu Fall zu bringen."

Cains Miene verfinsterte sich weiter. „Es gefällt mir überhaupt nicht."

„Es steht zu viel auf dem Spiel", sagte Hex. „Diese Schwarmtechnologie darf nicht in die falschen Hände geraten."

„Das weiß ich."

„Das ist das Risiko wert."

„Sehe ich anders", widersprach Cain.

Er spürte, wie Devyn ihn beobachtete. Ja, er war dafür bekannt, Risiken einzugehen. Zu tun, was immer notwendig war, um eine Mission erfolgreich durchzuführen.

Aber Hex war zu wichtig.

„Wir erkundigen uns weiter nach Weber", sagte Devyn. „Irgendjemand muss etwas wissen."

„Wir dürfen nicht riskieren, dass er Wind von der Sache bekommt", erwiderte Cain.

Devyn verdrehte die Augen. „Ich habe so was schon ein- oder zweimal gemacht, Shade."

„Sorry." Er fuhr sich mit den Händen durch die Haare.

„Okay, packt eure Sachen", sagte Killian. „Wir fliegen noch heute Nachmittag."

„Ich reserviere uns ein Hotel in Genf", sagte Hex. „Und suche weiter nach Informationen über diesen Typen." Sie starrte auf Webers Foto auf dem Bildschirm. „Wer bist du?"

Das war die Frage, auf die auch Cain ganz dringend eine Antwort haben wollte.

EIN PAAR STUNDEN später setzte der Sentinel-Security-Jet zur Landung in Genf an.

Auf dem Sitz neben Cain presste sich Hex die Nase am Fenster platt.

„Das ist ja *wunderschön*. Gott, schau dir nur den See an. Und die Berge!"

Cain warf einen flüchtigen Blick aus dem Fenster, doch dann wanderte sein Blick zurück zu Hex. Er war früher bereits in Genf gewesen, und zu sehen, wie der Ausdruck des Staunens über ihr Gesicht huschte, war weitaus interessanter.

Sie hielt nichts zurück. Sie zeigte immer genau, wer sie war und was sie dachte oder fühlte.

„Ich habe uns Suiten im Beau-Rivage Genève reserviert", sagte sie. „Das ist ein fantastisches, historisches Hotel mitten im Stadtzentrum."

Er nickte. „Kenne ich. Von dort hat man eine herrliche Aussicht auf den See und den Mont Blanc."

Hex hatte den kurzen Flug damit verbracht, weitere Suchanfragen über Weber laufen zu lassen. Cain, Devyn und Killian hatten ihre sämtlichen Kontakte angezapft. Cain hatte sogar in Langley angerufen, um zu fragen, ob irgendjemand dort verdammt noch mal herausfinden konnte, wer dieser verflixte Weber war.

Doch bisher hatten sie noch immer nichts.

„Shade, ich schlage vor, du und ich fahren raus und sehen uns ein bisschen an Webers Anwesen um", sagte Killian von seinem Sitz auf der anderen Seite des Ganges aus. „Um ein Gefühl für die Sicherheitsvorkehrungen zu bekommen."

„Gute Idee."

Hex plusterte sich auf. „Oh, und was sollen wir holden Damen derweil tun? Ins Spa gehen?"

Devyn schlug ihre Beine übereinander. „Nein, wir beide gehen shoppen."

„Was?", stieß Hex hervor.

„Bei Webers Party wird Abendgarderobe verlangt. Wir brauchen Kleider."

Jetzt blinzelte sie. „Oh."

Als das Flugzeug über die Landebahn rollte, klingelte Devyns Handy. Sie nahm den Anruf entgegen, und ihr Ausdruck verfinsterte sich. Cain beobachtete sie.

Wer auch immer am anderen Ende der Leitung war, hatte etwas für sie.

Eine Minute später steckte Devyn ihr Handy weg und lächelte sie an. „Markus Weber ist Zwischenhändler. Wenn man etwas braucht, findet er es, handelt den Deal aus und steckt einen Anteil des Kaufpreises ein."

„Ich schätze, dabei geht es nicht um legale Geschäfte", bemerkte Hex.

„Manchmal sind sie legal, manchmal nicht, sagt mein Kontakt", erklärte Devyn. „Du willst ein Gemälde aus einem Museum? Kein Problem. Die Pläne des Alarmsystems eines bestimmten Gebäudes? Wird erledigt. Waffen? Fluggeschosse? Drohnentechnik? Alles machbar." Sie legte den Kopf zur Seite. „Für den richtigen Preis kann er anscheinend alles besorgen."

„Warum haben wir noch nie von ihm gehört?", wollte Killian wissen.

„Oh, das haben wir." Devyn suchte Cains Blick. „Oder zumindest von dem Namen, den er für seine zwielichtigen Geschäfte benutzt. Flèche d'Or."

Cain schnappte hörbar nach Luft. „Der goldene Pfeil." Er stand auf und stemmte die Hände in die Hüfte. „Flèche d'Or ist bisher immer unter dem Radar geblieben. Er hat sich nie in die Interessen der USA eingemischt."

„Du kennst ihn?", fragte Hex.

„Vom Hörensagen", erwiderte Cain. „Wir sind uns nie begegnet, und normalerweise hält er sich auch von der CIA fern."

Devyn nickte. „Wir waren nie hinter ihm her. Die CIA hat zwar eine Akte über ihn, aber es gab immer Wichtigeres zu tun."

„An wen will er diese Drohnentechnik also verkaufen?", wunderte sich Hex.

„Das wusste mein Kontakt nicht", sagte Devyn. „Aber es heißt, Weber führe äußerst penibel Buch über alles."

„Woher weiß dein Kontakt das?", fragte Killian.

Devyns Mundwinkel zuckten. „Weil sie eine sehr teure Escortdame ist, die das ein oder andere Mal Webers Bett geteilt hat. Sie hat ihn arbeiten sehen. Sie sagt, er zeichnet alles auf."

Das ließ Hex aufhorchen. „Ich kann mich in sein System hacken und es herausfinden."

Devyn schüttelte den Kopf. „Angeblich hat er außerdem ein vollkommen autarkes System installiert, das nicht mit dem Internet verbunden ist."

„Verdammt." Hex spielte an ihren Haarsträhnen herum. „Also muss ich auf dieser Party auch noch seinen Computer finden, um sein System zu hacken."

„*Nein*", widersprach Cain.

Alle Köpfe flogen zu ihm herum.

„Das ist zu gefährlich", erklärte er besorgt.

„Cain, wir müssen wissen, an wen er diese Technik verkaufen will", sagte Hex. „Wenn wir Zugriff auf seine Daten haben, könnten wir möglicherweise herausfinden, was er sonst noch verkauft oder verkauft hat, und zwar solche Dinge, die unser Land gefährden können."

Seine Hände ballten sich zu Fäusten. Er blickte auf und sah, wie Devyn ihn erneut beobachtete.

„Das gefällt mir nicht. Weber mag seriös wirken, aber um ein solches Geschäft zu leiten und mit den gefährlichsten Kriminellen weltweit zu verhandeln, muss er selbst gefährlich sein."

„Cain –", begann Devyn.

Er schüttelte den Kopf. „Er wird ein hervorragendes Sicherheitssystem und gut ausgebildete Wachen haben.

Es ist zu gefährlich, sich Zugang zu seinem Büro verschaffen zu wollen."

Hex streckte den Arm nach ihm aus und ergriff seine Hand. „Es wird alles gut gehen."

„Ich will dich nicht in der Nähe dieses verfickten Büros sehen", fuhr er sie förmlich an.

Sie wandte den Blick nicht von seinem Gesicht ab. „Wir schaffen das. Du wirst bei mir sein."

Cain bemerkte, wie Killians Blick auf ihre ineinander verschränkten Hände fiel.

Dann räusperte sich Hex' Boss. „Mir gefällt es auch nicht, aber es könnte eine Menge Menschenleben retten, wenn wir Zugang zu diesen Akten bekommen."

„Ich schlage vor, ihr beide seht euch Webers Anwesen an und findet so viel über sein Sicherheitssystem heraus, wie ihr könnt", sagte Devyn.

Hex drückte Cains Hand. Er erwiderte die Geste. Er würde sie nicht für eine Sekunde aus den Augen lassen.

„Okay, ihr Jungs macht euch jetzt auf den Weg und sammelt alle Informationen über Webers Überwachungssystem zusammen." Devyn erhob sich. „Und Hex und ich gehen Kleider shoppen."

CAIN LEHNTE an einem Baumstamm und hielt ein Fernglas an seine Augen.

Er spähte das Anwesen um Webers Villa aus und sah gerade dabei zu, wie zwei bewaffnete Wachen langsam am edlen Bootshaus vorbeigingen. Zum Glück war das Grundstück ausgesprochen weitläufig und stand voller alter Bäume. Das verschaffte Killian und ihm jede Menge Versteckmöglichkeiten.

Die Wachen sahen allerdings ziemlich kompetent aus. Cain tippte mit einem Finger gegen sein Bein. Hex' Nachforschungen hatten ergeben, dass das gesamte Wachpersonal aus Ex-Militärs bestand und hervorragend ausgebildet war. Einige von ihnen waren früher sogar bei den Spezialeinheiten gewesen.

Cain drehte den Kopf und ließ seinen Blick über den gepflegten Rasen bis hin zur riesigen Villa wandern. Dort entdeckte er mehrere kleine Lieferwagen, die vor dem Haupteingang parkten, und Angestellte trugen Kisten ins Haus. Lieferungen für die Party.

„Nichts Ungewöhnliches", bemerkte Killian, der neben ihm stand.

„Er hat einen Haufen Wachen."

„Normal für einen Mann wie Weber."

Genau, normal für einen Kriminellen, der Deals mit gefährlichen Personen aushandelte. Cain hasste die Vorstellung, wie Hex dieses Haus betrat. Er wünschte, er müsste sie nicht zu dieser Party begleiten oder sie in Webers Büro schleusen, damit sie seinen Computer hacken konnte.

Er stieß den Atem aus. „Die Wachen folgen in ihrer Patrouille keinem bestimmten Muster. Und sie sind alle bewaffnet."

Killian ließ sein eigenes Fernglas sinken. „Im Haus befinden sich ebenfalls Wachen."

Verdammt. Das bedeutete noch mehr Gefahr.

Normalerweise machte genau das Cain Spaß. Er

mochte die Herausforderungen und den Nervenkitzel seiner Arbeit. Jetzt empfand er nichts von alldem.

„Vermisst du das hier?", fragte er Killian.

„Gefährliche Missionen im Ausland?" Killian zuckte mit den Schultern. „Hin und wieder komme ich noch in den Genuss, aber nein, ich vermisse es nicht. Ich bin mein eigener Boss und der Chef der Firma, die ich gegründet habe, und arbeite mit einem Team, das ich selbst zusammengestellt habe. Außerdem kann ich mehr Zeit mit meiner Schwester verbringen." Er lächelte, und seine Zähne schimmerten weiß in der Dämmerung. „Und jetzt habe ich auch Devyn."

Als Cain seinen Blick wieder auf Webers Villa richtete, rumorten seine Gedanken und sein Bauch.

„Du bist vorsichtig mit Hex?", fragte Killian plötzlich.

Cain drehte sich zu seinem Freund um. „Ich werde nicht noch einmal zulassen, dass sie geschnappt wird."

„Das meinte ich nicht."

Cains Kiefer verkrampfte sich. „Ja, ich bin vorsichtig." So vorsichtig er sein konnte.

„Es wirkt, als ob ihr beide ... euch näherkommen würdet."

„Damit ich sie beschützen kann."

„Wirst du sie auch vor dir selbst beschützen?"

Cain blickte ihn finster an. „Ich werde ihr nicht wehtun, Steel." Sein Tonfall war fast ein Knurren.

Killian grunzte.

„Sobald wir diese Mission hinter uns gebracht haben, werde ich nichts weiter als eine entfernte Erinnerung für Jet sein." Die Worte schmeckten wie eine Lüge.

„Ist es das, was du wirklich willst?"

Zorn ergriff ihn. Er bekam nie das, was er wollte. Manchmal bekam er eine Kostprobe davon, nur, damit es ihm sofort wieder entrissen wurde.

„Soll ich jetzt in ihrer Nähe bleiben oder mich von ihr fernhalten? Du schickst mir gemischte Signale, Steel."

Killian stieß ein undefinierbares Geräusch aus. „Ich weiß es verdammt noch mal nicht, Cain. Ich will einfach, dass du ihr nicht wehtust." Er hielt inne. „Oder dir."

Cain wusste bereits, dass es ihn zerstören würde, Hex zurückzulassen. „Sie will Dinge ... Dinge, zu denen ich nicht in der Lage bin."

Killian starrte ihn durch die Dunkelheit hinweg an. „Wir wissen nicht, wozu wir in der Lage sind, bis wir es versucht haben, Cain."

KAPITEL ELF

Devyn pfiff anerkennend. „Mädel, du wirst ihn völlig um den Verstand bringen."

Hex strich ihr Kleid glatt. „Ich weiß."

Das Kleid war tiefgrün und mit schimmernden Perlen bedeckt. Es war kurz, schmiegte sich an jede ihrer Kurven und trumpfte mit einem supertiefen V-Ausschnitt auf. Bei jeder ihrer Bewegungen glitzerte es im Licht. Ihre Haare hatte sie so gestylt, dass sie aussahen, als wären sie frisch vom Winde verweht. Es hatte Stunden gedauert, bis es endlich richtig gut ausgesehen hatte. Ihr Make-up bestand aus Smokey Eyes und roten Lippen. Und die eleganten, hohen Pfennigabsätze ihrer schwarzen Riemchensandalen stellten ihre Beine hervorragend zur Schau.

Heute Abend war sie alles andere als niedlich. Sie war heiß.

„Hier sind deine Ohrringe." Devyn hielt ihre Hand auf. „In einem von ihnen ist ein Mikrofon eingebaut.

Falls ihr getrennt werden solltet, wird Cain alles mithören können, was in deiner Nähe gesagt wird."

Hex steckte sich die glänzenden, baumelnden Diamant-Stecker in die Ohren. Sie waren wirklich sehr hübsch, aber für etwas mit ein wenig mehr Farbe oder Glanz würde sie mittlerweile fast töten.

Sie drehte sich um. Devyn trug ein schwarz-goldenes Cocktailkleid. Es war ärmellos und stellte ihre durchtrainierten Arme zur Schau. Oben war es schwarz und ab der Taille mit goldenen Glitzereffekten versehen, bis es am kurzen Saum ganz in Gold erstrahlte.

Devyn und sie standen in starkem Kontrast zum prunkvollen, altmodischen Dekor des Hotelzimmers. Es gab ein riesiges Bett mit einem gepolsterten Kopfteil, einen Kamin und von der Decke hing ein glitzernder Kronleuchter. Vor den bodentiefen Fenstern spiegelten sich die Lichter der Stadt schimmernd im See.

Es war einfach, zu vergessen, wie gefährlich diese Mission war. Und wie gefährlich der Mann war, der im Wohnbereich auf sie wartete.

„Sag mir, dass er mir nicht das Herz brechen wird", platzte Hex plötzlich heraus.

Devyns Lächeln verrutschte. „Das kann ich nicht, Hex. Ich liebe ihn. Ich liebe dich. Ich liebe euch beide zusammen. Du bringst ihn zum Lächeln, und so, wie er dich ansieht ..."

„Wie sieht er mich denn an?", wisperte Hex.

„Voller Staunen und Verlangen und Besitzanspruch. Aber er ist ..."

„Ein einsamer Wolf", beendete Hex den Satz, und

ihr wurde eng ums Herz. „Der nicht Teil eines Rudels sein kann."

„Er hatte nie eine Familie und hat nie Liebe erfahren. Und ich glaube, ein Teil von ihm hat Angst davor und glaubt, es stünde ihm nicht zu." Devyn kräuselte die Nase. „Dieses Gefühl kenne ich."

Ja, Devyn war lange vor ihrer Verbindung mit Killian davongerannt.

Hex biss sich auf die Unterlippe. Cain würde ihr womöglich das Herz brechen, ob er wollte oder nicht.

Devyn griff nach ihrem Arm. „Lass nicht zu, dass er es versemmelt. Er will das, euch. Er hat es verdient, und du auch."

Die Hackerin richtete sich auf. Sie musste tapfer sein. Für den Mann, in den sie sich verliebte, und für sich selbst.

Keine Kompromisse.

Sie nickte. „Also gut, verschlagen wir unseren Jungs den Atem, denn Killian wird auch völlig durchdrehen, wenn er dich in diesem Kleid sieht."

„Hawke dreht nicht durch." Devyn lächelte. „Zumindest nicht äußerlich." Sie stemmte eine Hand in die Hüfte und grinste durchtrieben. „Aber er wird mir später zeigen, wie sehr es ihm gefallen hat."

Hex lachte. „Okay. Legen wir diesem Verbrecher das Handwerk."

Sie verließen das Schlafzimmer. Als ihr Blick auf Cain und Killian fiel, wäre sie selbst fast durchgedreht.

Gott, waren das vernichtend attraktive Männer. Sie trugen Smokings, die perfekt saßen und ihre großen, muskulösen Körper eindrucksvoll zur Schau stellten.

Killian sah aus wie ein finsterer Kriegergott, bereit, in die Schlacht zu ziehen. Sein Blick fixierte seine Frau und wanderte genussvoll über ihren Körper. Seine dunklen Augen füllten sich mit glühender Hitze.

Mit einem Lächeln auf dem Gesicht drehte Cain sich um. Er war der Trickster-Gott, listig und verschlagen, bereit, jede Frau zu verführen, um zu bekommen, was er wollte.

Aber als er sie erblickte, erlosch sein Lächeln und ließ nichts als pures Verlangen in seinem Ausdruck zurück.

Er trat auf sie zu.

„Hawke, warum warten wir nicht draußen?", schlug Devyn vor.

„Warum?" Man konnte das Stirnrunzeln in seiner Stimme förmlich hören.

„Darum." Devyn zog an Killians Ärmel.

Cain riss Hex in die Arme. „Unfassbar schön. Viel zu schön."

„Shade –", knurrte Killian drohend.

Hex konnte den Blick nicht von Cain abwenden. Er ignorierte Killian und küsste sie.

Pure Glückseligkeit. Sie stieß ein anerkennendes Geräusch aus, schlang ihre Arme um seinen Hals und erwiderte den Kuss.

„Was zur Hölle?", platzte Killian hervor. „Nein. *Nein.*"

„Hawke, du weißt immer über alles Bescheid und bist irre aufmerksam", sagte Devyn. „Das kannst du nicht übersehen haben." Sie lachte leise auf. „Vielleicht hast du es absichtlich übersehen."

„Habe ich nicht", knurrte Killian. „Aber er muss sich verdammt noch mal auf die Mission konzentrieren, damit er Jet beschützen kann."

„Sind wir beide etwa nicht während einer gefährlichen Mission zusammengekommen?"

„Devyn –"

„Komm, Hawke." Eine Tür fiel leise ins Schloss.

Hex war zu verloren in diesem Kuss, als mitzubekommen, wohin die beiden verschwanden. Als Cain schließlich seinen Kopf hob, atmete sie keuchend.

„Ich will nicht, dass Weber oder irgendwer dich ansieht", sagte er. „Diesem Kleid fehlen ein paar Zentimeter Stoff am Saum."

Sie verdrehte die Augen. „Sie können ruhig glotzen. Aber nur du darfst anfassen."

Cain stöhnte und stellte sie auf dem Fußboden ab, ließ sie aber noch immer nicht los. Seine Hände glitten über ihren Körper, hinunter zur Rückseite ihres Kleids. „Was hast du darunter an?"

Sie grinste. Gott, er gab ihr wirklich das Gefühl, sexy zu sein. „Warum findest du es nicht heraus?"

Mit einem leisen Knurren schob er den Rock ihres Kleids hoch, und seine Hand verschwand unter dem Stoff. Finger tanzten ihren Oberschenkel hinauf, und Hex biss sich auf die Unterlippe, als sie erschauderte.

Als Cain ihren winzigen Tanga fand, zupfte er kurz daran, dann legte er seine Hand auf ihre Arschbacke. „Den reiße ich dir später runter."

„Versprochen?"

Alle möglichen dunklen Versprechen blitzten in

seinen Augen auf, dann wurde sein Ausdruck hart. „Komm, Pixie. Bringen wir es hinter uns."

Sie griff nach seinem Arm. „Es wird alles gut gehen, Cain."

Er lächelte sie an. „Ich weiß. Ich bringe den Job immer zu Ende."

Mittlerweile konnte sie erkennen, wenn sein Lächeln unaufrichtig war. Sie trat auf ihn zu und drückte ihre Brust gegen seine. „Wir alle bringen diesen Job zu Ende. Zusammen. Wir werden Weber aufhalten und die Drohnendaten retten, und dann werden wir zurückkommen und es treiben wie die Karnickel."

Sein Lächeln verrutschte etwas, wirkte jetzt aber immerhin aufrichtig. „Karnickel?"

„Ja." Sie reckte das Kinn. „Ich trage eine Spirale."

Seine Augen funkelten. „Wirklich?"

„Und ich habe mich vor Kurzem testen lassen. Ich bin sauber und hundertprozentig gesund. Außerdem war ich so frei, mich in deine Gesundheitsakte zu hacken."

Seine Augen wurden schmal. „Du hast dich ins CIA-System gehackt? Und meine Akte gefunden?"

„Es war nicht einfach. Aber keine Sorge, ich bezweifle, dass das noch jemand anderes schafft oder überhaupt wüsste, zu wem die Akte gehört." Sie legte den Kopf zur Seite. „Also, wenn du in letzter Zeit keinen hemmungslosen, ungeschützten Sex hattest, bist du auch sauber."

Cain zog sie an sich, und ihre Brüste drückten gegen seinen harten Brustkorb. Er senkte den Kopf, bis sein Mund nur einen Zentimeter über ihrem schwebte. „Ich hatte mit niemandem mehr wilden Sex, seit mir eine gewisse temperamentvolle, clevere Hacker-Göttin ins Auge gefallen ist."

Hex' Herz schlug ein heftiges *Ba-dumm*. „Gut." Gott, ihre Stimme klang heiser. „Deinen Nachnamen konnte ich da aber auch nicht finden. Magst du ihn mir nicht vielleicht einfach verraten?"

Dieses sexy Grinsen breitete sich wieder auf seinem Gesicht aus. „Nö. Und jetzt lass uns diese Sache hinter uns bringen, damit wir mit dem Karnickel-Sex-Teil des Abends weitermachen können."

Cain zog sie aus der Suite, und sie fanden sich prompt vor Killian wieder, der sie finster anstarrte.

„Wenn du sie verletzt, wirst du die Konsequenzen zu spüren bekommen."

Hex war gleichermaßen verärgert und geschmeichelt über Killians Sorge. „Killian –"

Cain nickte. „Und ich werde dich nicht davon abhalten."

Sie verdrehte die Augen. *Männer.*

Vor dem Hotel wartete eine Limousine auf sie. Sie ließen sich auf die weichen Ledersitze sinken und durch die reichen Viertel von Genf chauffieren. Immer wieder erhaschte Hex flüchtige Blicke auf den See und die spektakuläre Aussicht. Als sie sich Webers Anwesen näherten, machten sich ihre Nerven bemerkbar.

Bitte, lass alles reibungslos über die Bühne gehen.

„Hast du den Chip?", fragte Cain.

Sie klopfte auf ihre glitzernde schwarze Handtasche, in der sich der Chip befand. Außerdem hatte sie ihr Handy dabei. Es sah völlig normal aus, wies allerdings einige unauffällige Upgrades auf und war mit all ihren

Lieblingsprogrammen ausgestattet, die sie brauchte, um ein Computersystem zu hacken.

Endlich bog die Limousine durch ein imposantes Metalltor – das von mehreren Wachen flankiert wurde, wie Hex bemerkte – und fuhr eine lange Einfahrt durch einen gepflegten Garten entlang. Vor der Eingangstür von Webers grandioser Villa, von der sie wusste, dass sie im 18. Jahrhundert erbaut worden war, hielt die Limo an.

„O wow." Hex stand wie versteinert da und starrte vor sich hin. Sie wusste nicht, worauf sie ihren Blick zuerst lenken sollte. Auf den riesigen Springbrunnen. Das enorme Haus. Die anderen Gäste – die allesamt reich und elegant aussahen. Ihr Blick folgte der weichen Senke des Rasens bis hinunter zur herrlichen Aussicht über den See. Direkt am Ufer stand ein Gebäude, das ebenso nobel aussah wie die Villa und aus zwei großen Bauten bestand, die durch eine Brücke miteinander verbunden waren. Sie realisierte, dass es ein Bootshaus war.

Cain hielt ihr seinen Arm hin. Er war so verdammt attraktiv. „Meine Dame."

Sie hakte sich bei ihm ein und lächelte. Es wirkte so, als ob sie nur ein normales Paar auf dem Weg zu einem unterhaltsamen Abend waren.

Und nicht etwa auf einer gefährlichen Mission von äußerster Wichtigkeit.

Hex schluckte und zwang den Knoten in ihrem Magen, sich aufzulösen. *Den Job zu Ende bringen, und nach Hause fahren. Wir schaffen das.*

SIE SCHLENDERTEN ÜBER DIE PARTY. Der Raum, in dem sie sich befanden, war groß und protzig dekoriert. Weber empfand scheinbar keinerlei Verlangen, mit seinem Reichtum hinterm Berg zu halten. Es gab einen polierten Parkettboden, übertriebene Stuckverzierungen an den Decken und riesige, bodentiefe Fenster, die zum See hinausführten.

Cain schnappte sich zwei Champagnerflöten vom Tablett eines umherstreifenden Kellners und reichte Hex eine davon an. Sie war unruhig und versuchte, ihre Aufregung so gut es ging zu verbergen.

Sie trank einen großen Schluck. „Mhm, lecker." Sie schmiegte sich an Cain.

„Das sollte er auch sein, bei tausend Dollar pro Flasche."

„Donnerwetter." Mit großen Augen starrte sie auf ihr Glas, dann trank sie noch einen Schluck. Sie ließ ihren Blick über die Partygäste schweifen. „Gott, wie schaffst du das nur jeden Tag?"

„Was, Champagner schlürfen?"

„Ha ha. Nein, diese" – sie wedelte mit der Hand durch die Luft und senkte die Stimme – „ständige Wachsamkeit. Meine Nerven liegen jetzt schon völlig blank."

„Man gewöhnt sich dran. Oder man stumpft ab."

Hex blickte in sein Gesicht.

Cain zuckte mit den Schultern und schlürfte seinen Schampus. „Komm."

Sie bewegten sich weiter durch den Raum. Die großen Glasfenster wirkten wie kunstvolle Bilderrahmen für den hell erleuchteten Garten und den See im Hintergrund. Die Gäste im Haus waren bunt gemischt. Cain erkannte einige reiche, europäische Geschäftsleute, mehrere Promis und den ein oder anderen, der auf Interpols Watchlist stand. Auf der anderen Seite des Raums mischten sich Killian und Devyn unter die Gäste.

Dann entdeckte er Weber, der auf sie zukam.

„Bereit?", murmelte Cain Hex zu.

Für eine Sekunde erstarrte sie, dann entspannte sie sich. „Ja."

„Das ist mein Mädchen", murmelte er.

Weber lächelte. „Sara, ich hoffe, meine Party gefällt Ihnen."

Cain und sie drehten sich zu Weber herum. Er sah gepflegt aus, trug einen teuren Smoking und hatte manikürte Fingernägel. Äußerlich wies nichts darauf hin, dass er ein internationaler Verbrecher war.

„Markus, ja." Hex lächelte. „Sie besitzen ein herrliches Anwesen. Und die Party ist fantastisch."

„Freut mich, dass es Ihnen gefällt." Webers Blick wanderte zu Cain.

„Oh, Markus Weber, das hier ist mein Kollege und Freund Jake Moore."

Cain streckte Weber die Hand hin. „Ihr Anwesen ist unglaublich. Diese Aussicht auf den See ..." Er schüttelte ungläubig den Kopf und verfiel nahtlos in die Rolle des verblüfften Technik-Nerds.

„Sie arbeiten auch bei Dynathon?", fragte Weber.

Als ob er nicht bereits alles über Jake Moore recherchiert hätte. „Genau, allerdings bin ich längst nicht so ein Genie wie Sara. Ich bin nur der IT-Typ. Programmierer."

Weber nickte.

Cain verstand den Hinweis. „Sara, du brauchst offensichtlich einen neuen Drink. Noch einen Champagner?"

„Du erwartest doch nicht wirklich, dass ich dazu Nein sage, oder?"

Das war eher ein Hex-Kommentar als etwas, das aus Sara Mardis' Mund kommen würde, ganz abgesehen vom frechen Tonfall. Hex schien es ebenfalls zu bemerken und erstarrte für eine Sekunde.

Sie warf Weber einen entschuldigenden Blick zu. „Tut mir leid, ist ein Insider. Hat mit einer Firmenweihnachtsfeier zu tun ..."

Weber nickte höflich.

„Markus, kann ich Ihnen auch etwas mitbringen?", fragte Cain.

„Nein, vielen Dank" Zum Beweis hob Weber sein halb volles Weinglas.

Cain schlenderte zur Bar.

„Haben Sie alles dabei, was ich brauche, Sara?"

Webers Stimme klang durch Cains In-Ear. In einem von Hex' Ohrringen befand sich ein verstecktes Mikrofon.

„Ja." Ihre Stimme zitterte ein wenig. Perfekt für eine gewöhnliche Frau, die in die Ecke gedrängt wurde. „Zuerst das Geld."

„Selbstverständlich." Cain drehte sich um und sah, wie Weber sein Handy aus der Tasche zog. „Die Überweisung wurde getätigt."

Hex zog ihr eigenes Handy aus der Handtasche und tippte darauf herum. „Oh ... Wow."

„Es ist alles da, wie versprochen. Und jetzt erfüllen Sie bitte Ihren Teil der Transaktion."

„Natürlich." Sie fischte den Chip aus der Handtasche und drückte ihn dem Käufer in die Hand.

Ohne mit der Wimper zu zucken, steckte Weber ihn in die Hosentasche. „Es war mir ein Vergnügen, Geschäfte mit Ihnen zu machen, Sara. Natürlich werde ich die Daten überprüfen lassen, bevor Sie die Party verlassen. Genießen Sie bitte den Rest des Abends."

„Das werde ich. Ich würde mich gern noch ein wenig in Ihrer herrlichen Villa umsehen. Möglicherweise bin ich selbst bald auf der Suche nach einem Haus am See." Sie lachte nervös.

Weber lächelte und nickte ihr noch einmal zu, bevor er davonging. Andere Gäste verlangten seine Aufmerksamkeit.

Cain machte sich auf den Rückweg zu ihr.

„Shade." Killians Stimme erklang in seinem Ohr. „Webers Büro befindet sich im ersten Stock auf der westlichen Seite des Hauses. Mit Blick auf den See."

Killian und Devyn hatten sich offensichtlich schon ein wenig umgesehen.

„Verstanden", murmelte er.

„Im ganzen Haus sind Wachen unterwegs", fügte Devyn hinzu. „Ich kann kein Muster in ihren Bewegungen erkennen."

Scheiße. Das hieß, dass die Wachen gut ausgebildet waren und schwerer zu meiden sein würden.

„Alles klar." Cain trat zu Hex.

Sie lächelte ihn an. „Ich habs gerockt."

„Habe ich gehört. Bereit für Teil zwei?"

Sie leckte sich über die Lippen. Diese vollen, verführerischen Lippen. „Bereiter werde ich nicht mehr."

Cain griff nach ihrer Hand. Auf der Treppe in die erste Etage bemerkte er einige Gäste. Er wandte sich an einen der Kellner in Weiß. „Entschuldigen Sie, wo finde ich die Toiletten?"

„Im ersten Stock, Sir."

„Danke."

Cain und Hex stiegen die geschwungene Treppe mit dem verschnörkelten, schwarzen Eisengeländer hinauf. Oben angekommen, zog er sie einen Flur hinunter. Vor den Toiletten standen mehrere Frauen, aber anstatt nach rechts zu den Toiletten abzubiegen, wandte er sich nach links.

Dann drängte er Hex gegen eine Wand und küsste sie leidenschaftlich.

„*Oh.*" Sie krallte die Finger in seine Arme.

„Wir müssen aussehen wie ein verknalltes, beschwipstes Paar, das auf der Suche nach ein wenig Privatsphäre ist. Für den Fall, dass wir erwischt werden."

„Stimmt." Sie biss in seine Unterlippe und rieb ihren Körper an seinem.

Scheiße. Sein Schwanz reagierte. Er musste die Kontrolle behalten.

„Komm mit." Er zog sie den Flur hinunter. Weit und breit waren keine Wachen zu sehen.

Sie spähten in mehrere der Räume. Nichts als leere Gästezimmer. Dann erreichten sie eine Tür mit einem komplexen Schloss. Das musste Webers Büro sein. Cain versuchte die Türklinke, aber natürlich war abgeschlossen. Er griff in die Tasche seines Smokings und zog ein Feuerzeug heraus, drehte daran, und plötzlich schnellten kleine Dietriche aus dem Feuerzeug hervor.

„Wow, sehr Bond-mäßig", bemerkte Hex.

Cain brauchte nur wenige Sekunden, um das Schloss zu knacken. Noch einmal warf er einen Blick in den Flur. Niemand zu sehen. Das Schloss klickte auf und er schob Hex ins Büro. Sobald sie beide in dem großen Raum standen, drückte Cain die Tür sanft zurück ins Schloss und verriegelte sie wieder von innen.

Er schritt quer durchs Büro und schaltete die Lampe auf dem großen, glänzenden Schreibtisch an. An den Wänden standen Regale, aber es gab keine Sammlerstücke, bis auf einen antiken Globus und einen großen, schwarzen Gesteinsbrocken.

An der Wand hing ein großes Gemälde – Gustav Klimt, wenn Cain sich nicht irrte.

Hex ging um den Schreibtisch herum. Gott, sie sah in diesem verdammten grünen Kleid einfach zum Anbeißen aus. Sie zog sich dünne Handschuhe an und beugte sich über den Computer. Mit einer schnellen Bewegung der Maus legte sie los.

„Ich werde eine Minute brauchen." Sie runzelte die Stirn. „Hm, sein System ist gut. Die Sicherheitsvorkehrungen sind erstklassig." Sie zog ihr Handy aus der Tasche und legte es neben den Computer.

„Kannst du es hacken?", fragte Cain.

Sie warf ihm einen vielsagenden Blick zu. „Es ist vielleicht gut, aber ich bin besser."

Er grinste. „Oh, das weiß ich."

Ihre Finger flogen über die Tastatur, und Cain hörte, wie sie wieder leise vor sich hinmurmelte.

Gott, er wollte sie ficken, genau hier auf Webers

Schreibtisch. *Nein.* Zuerst musste er sie in Sicherheit bringen.

Wenn sie hier erwischt wurden, würde Weber sie ohne zu zögern umbringen.

„Ich bin drin!" Hex vollführte einen klitzekleinen Siegestanz, und ihr Kleid funkelte im schwachen Licht. „Ich kopiere jetzt die Daten."

„Du bist etwas ganz Besonderes, Jet Adler."

Sie zwinkerte ihm zu. „Ich weiß."

KAPITEL ZWÖLF

F*ast geschafft.*
Hex verfolgte, wie Webers Dateien auf ihr Handy übertragen wurden, die sie dann direkt an einen verschlüsselten Server von Sentinel Security weiterschickte. Sie überflog die Daten auf dem Bildschirm.

„Gott, Cain. Weber plant, die Drohnentechnologie an ein albanisches Verbrechersyndikat weiterzuverkaufen." Ihr wurde ein bisschen übel. Sie *mussten* den Chip zurückbekommen. Sie mussten Weber aufhalten.

Die Vorstellung, dass diese Technik in die falschen Hände geraten könnte, ließ sie erschaudern.

Cain stand neben der Tür und lauschte.

„Hier ist noch eine schier endlose Liste weiterer Informationen." *Scheiße.* Verträge über die Weitervermittlung von Waffen, Technologien und Regierungsgeheimnissen.

„Jet, runter." Seine Stimme war leise. Eilig durchquerte er das Zimmer. „Nimm dein Handy."

„Was?"

„Es kommt jemand."

„Mist." Sie schnappte sich das Handy vom Schreibtisch und stellte den Monitor des Computers aus. „Die Lampe –"

Der Türknauf drehte sich.

„Keine Zeit." Cain eilte um den Schreibtisch, packte sie und riss sie hinunter unter das glatte Holz der Tischplatte. Er zog sie eng an sich, während sie sich in den beengten Raum unter dem Tisch duckten.

Die Bürotür ging auf, und Hex hörte Schritte.

Sie erstarrte. Ihr Herz hämmerte so heftig, dass sie sich sicher war, die andere Person könnte es hören. Verdammt, wenn sie hier erwischt wurden ...

Weber war kein guter Mensch. Wenn er sie hier fand, würde er sie umbringen.

Hex hielt die Luft an und spürte, wie Panik ihren Verstand benebelte.

Plötzlich registrierte sie Finger an ihrem Kiefer, drehte ihren Kopf leicht und blickte in Cains braune Augen. Sie waren so ruhig und gelassen.

Cain war bei ihr. Er würde nicht zulassen, dass ihr etwas zustieß.

Sie hörte, wie die Wache etwas murmelte und die Schreibtischlampe ausschaltete. Dann, nach weiteren unerträglichen drei Sekunden, stampfte sie zurück zur Tür und verließ das Zimmer.

Als die Tür hinter ihr ins Schloss fiel, atmete Hex erschrocken aus.

„Alles gut?", fragte Cain.

Sie nickte.

„Hast du alle Daten?"

Sie blickte auf ihr Handy und sah nach. „Ja. Lass mich kurz überprüfen, dass ich keine Spuren in seinem System hinterlassen habe."

Hex krabbelte unter dem Schreibtisch hervor und kontrollierte Webers Computer, dann nickte sie.

„Alles sauber." Sie zog die Handschuhe aus und stopfte sie in ihre Handtasche.

Cain und sie gingen zur Tür.

Er zog die Tür einen Spaltbreit auf und lauschte angestrengt. Dann spähte er vorsichtig auf den Flur. „Niemand zu sehen. Gehen wir."

Hex versuchte, sich möglichst lautlos zu bewegen, und folgte Cain. Sie mussten zurück zum Partybereich, dort, wo Gäste erlaubt waren, und dann waren sie in Sicherheit.

Das Adrenalin rauschte durch ihre Adern. Sie hatte wirklich keinen Schimmer, wie Cain ständig solche Jobs durchzog. Sie war ein zittriges Wrack.

In der Mitte des Flurs angekommen, bogen sie links ab und gingen einen weiteren Gang hinunter.

Fast geschafft.

Plötzlich blieb Cain wie angewurzelt stehen, und Hex lief in seinen Rücken.

„Fuck", murmelte er. Er versuchte, die Tür neben ihnen zu öffnen, doch sie war verschlossen.

Stirnrunzelnd öffnete Hex den Mund, um zu fragen, was denn los sei, als sie plötzlich das gleichmäßige Geräusch von Schritten hörte.

Scheiße. Sie wich einen Schritt zurück. In diesem Moment hörte sie hinter sich das Knistern eines Funkgeräts. *Noch* eine Wache, die aus der anderen Richtung auf sie zukam.

Sie konnten sich nirgendwo verstecken.

Hex' Blick fiel auf die verschlossene Tür, doch sie wusste, dass es viel zu lange dauern würde, das Schloss zu knacken.

Cain griff nach ihren Schultern und wirbelte sie herum. Sie verschluckte ihren Aufschrei. Er schob sie gegen die Wand und küsste sie.

Oh. Trotz der Umstände konnte sie nicht anders, als ihn zurückzuküssen. Angst, Nervosität und Adrenalin verbanden sich mit Verlangen. Es war eine mächtige Mischung. Sie schlang ein Bein um Cains Hüfte und drückte sich gegen ihn.

Er war hart. Sie konnte die Beule seines Schwanzes spüren, die zwischen ihre Beine drängte.

„Muss überzeugend aussehen", murmelte er gegen ihre Lippen.

Was? Ach ja, richtig. Die Wachen. Sie nickte.

Cains Hand verschwand unter ihrem Rock, und mit einer einzigen, beeindruckenden Bewegung hatte er ihren Tanga zerrissen.

O Gott. Sie bewegte ihr Bein und spürte, wie Cain nach dem Fetzen grüner Seide griff. Dann ließ er den Slip hinunter zu ihren Füßen fallen.

Damit die Wachen ihn sahen.

Wieder küsste er sie. Ihr wurde heiß, und sie hatte das Gefühl, als ob sie in Flammen stünde. Das war völlig verrückt, aber es machte ihr nichts aus.

Ihr Mund wanderte über Cains Kiefer und seinen Hals hinunter. Sie zog ihm das Haargummi aus dem

Knoten und ließ die seidigen Strähnen über seine breiten Schultern fallen.

Cain hob sie etwas höher, und sie spürte, wie er zwischen ihnen herumfummelte. Die Schritte der Wachen wurden aus beiden Richtungen immer lauter.

Plötzlich wurde ihr klar, dass Cain seine Hose öffnete.

Ihr Bauch zog sich zusammen. „Cain?"

„Es muss überzeugend wirken oder wir sind tot. Es muss echt sein." Sein Blick brannte sich in sie.

Oh. *Gott*. Das Verlangen ließ ihre Haut glühen wie eine Fackel.

„Jet?" Er starrte sie unverwandt an.

Sie wusste, dass er um ihre Zustimmung bat.

„Tu es." Sie biss sich auf die Unterlippe und hob ihr Becken an. „Tu es, Cain."

Er schob ihr Kleid zur Seite, und sie spürte die dicke Spitze seines Schwanzes in ihre Pussy gleiten. Sie stöhnte auf.

„Fuck, Pixie. Ich habe es noch nie ungeschützt getan. War noch nie in einer Frau, ohne dass etwas zwischen uns war."

„Ich auch nicht", wisperte sie zitternd. „Aber wir sind sauber. Mach schon."

Während das Knistern des Funkgeräts immer lauter wurde, wich Cains Blick nicht von ihrem Gesicht.

Er versank in ihr.

Hex stieß ein ersticktes Geräusch aus. Er war groß, und es war lange her, seit sie das letzte Mal Sex gehabt hatte. Jedes ihrer Nervenenden erwachte bei dieser Empfindung zum Leben.

„Tut mir leid", keuchte Cain.

„Muss es nicht." Sie hielt sich an seinen Schultern fest. „Fick mich."

Er zog sich ein Stück aus ihr heraus, und sie sah, wie sich in seinem Blick etwas änderte. Dann stieß er hart in sie hinein.

Hex schrie auf und klammerte sich an ihm fest. Es war unmöglich, aber Cain traf genau den perfekten Punkt in ihrem Innersten, und sie spürte bereits, wie sich der Orgasmus in ihr aufbaute.

„Hey, hier hinten hat niemand was verloren", erklang eine Stimme mit starkem Akzent.

Cain hörte nicht auf, sondern hielt sie weiterhin an der Wand fest, während sein großer Schwanz in sie hineinhämmerte.

Hex konnte die Augen der Wachen auf sich spüren, aber es war ihr völlig egal. Nichts zählte in diesem Moment, außer Cain.

Bei seinem nächsten Stoß kam sie. Ihr Körper bebte, und sie stöhnte auf, schauderte und versank in dieser unerhörten Lust.

GOTTVERDAMMTE SCHEISSE.

Mit zusammengebissenen Zähnen kämpfte Cain sein eigenes, rasendes Verlangen zurück. Während er Hex vor den Blicken der Wachen abschirmte, spürte er, wie sie auf seinem Schwanz kam. Sie sah so wunderschön aus.

Er zog sich aus ihr heraus und ließ ihre Füße zu

Boden sinken. Er war noch immer steinhart. Dann schob er ihr Kleid hinunter und packte seinen Ständer fort.

Hex schwankte ein wenig, und ihr Gesicht war gerötet. Verdammt, er schwankte selbst ein wenig. Das Blut pochte durch seine Adern, und sein harter Schwanz schmerzte.

„Sie dürfen hier nicht sein", wiederholte die Wache.

Hex vergrub ihr Gesicht in Cains Hemd. Irgendwie schaffte er es, sich zusammenzureißen.

„Tut mir leid, wir haben uns mitreißen lassen." Er blickte über die Schulter und warf dem Mann ein großspuriges Grinsen zu.

Einer der Wachmänner kämpfte gegen ein Grinsen an, der andere, ältere hingegen betrachtete sie mit grimmiger Miene. Der Kerl ließ sich so schnell nichts vormachen.

Cain bückte sich und griff nach Hex' zerrissenem Slip, riss ihn von ihrem Fuß und stopfte ihn in seine Jackentasche. „Ich konnte meinem süßen Mädchen hier einfach nicht widerstehen."

Er hörte, wie Hex einen undefinierbaren Laut ausstieß, aber sie hielt den Kopf gesenkt.

Scheiße, war sie sauer? Er hatte sie gerade vor den Augen dieser Typen gegen eine Wand gefickt. Hatte er ihr etwa wehgetan?

Sein Magen zog sich zusammen.

„Ich muss einen Blick in Ihre Handtasche werfen", befahl die ältere Wache.

Hex öffnete ihre Tasche. Der Mann inspizierte ihr Handy und ihren Lippenstift.

Er grunzte. „Gehen Sie zurück zu den anderen Gästen."

Cain hob das Kinn und griff nach Hex' Hand.

Ihre Absätze klackerten über den Boden, als sie den Flur entlangeilten. Sie kamen an der Treppe an. In diesem Moment bemerkte Cain, dass ihre Schultern bebten.

Scheiße. Sein Herz fühlte sich schwer wie Blei an. „Jet ..."

Ein Kichern drang aus ihren Lippen. Cain erstarrte. Mit Lachen in den Augen blickte sie zu ihm auf.

Er schüttelte den Kopf und spürte, wie der Druck in seiner Brust etwas nachließ. Er zog sie durch die Party nach draußen.

Sobald sie die warme Nachtluft erreichten, brach das Lachen aus ihr hervor. „O mein Gott, wir ... du ..."

„Ich dachte, ich hätte dir *wehgetan*." Cain marschierte zu den Autos. Es parkten Dutzende Limousinen vor der Villa, und er musste erst nach ihrer Ausschau halten.

„Ich bin heftigst gekommen, Cain. Hast du das etwa nicht mitbekommen?"

„Doch." Der Fahrer ihres Wagens erblickte sie und hob grüßend die Hand. Als er in das Fahrzeug schlüpfte, packte Cain Hex und wirbelte sie herum. Er drängte sie gegen die Seite der Limo.

Sie stieß ein leises Stöhnen aus.

Seine Lippen berührten ihre. „Du bist vielleicht gekommen, ich aber nicht." Sein noch immer steifer Schwanz drückte gegen ihren Bauch.

Verlangen blitzte in ihren Augen auf. „Och, du Armer."

„Mach nur weiter so, und du verdienst dir deine nächste Bestrafung."

Wieder sah er, wie Lust in ihren Augen aufblitzte. Verdammt, wie konnte sie nur so perfekt sein? Er öffnete die Hintertür der Limousine und schob Hex auf die Sitzbank.

„Ins Hotel", befahl er knapp, während er die Trennscheibe zwischen ihnen und dem Fahrer hochfuhr. Dann zog er sein Handy aus der Tasche und rief Killian an.

„Shade", erklang Hawkes Stimme.

„Es ist erledigt. Hex hat den Chip übergeben und die Daten von Webers System kopiert. Sie hätten uns beinahe erwischt, aber zum Glück haben die Wachen unsere Geschichte geglaubt."

„Okay. Devyn und ich bleiben noch ein bisschen, damit wir keinen Verdacht erregen. Sag Hex, dass sie sich ausschlafen soll und wir uns morgen früh treffen. Morgen werden wir besprechen, wie wir den Chip zurückbekommen und Weber zu Fall bringen können."

Cain hatte nicht vor, zuzulassen, dass Hex auch nur ein Auge zumachte. Sein Verlangen pochte unaufhaltsam durch seine Adern.

„Passt auf euch auf", sagte er zu Killian.

„Ist bei ihnen alles in Ordnung?", fragte Hex.

Er nickte. „Wir treffen die beiden morgen früh."

„Okay –"

Cain zog sie auf seinen Schoß. Sie setzte sich rittlings auf ihn, und ihre Lippen pressten sich stürmisch aufeinander.

„Gott ... *Gott*", keuchte Hex und schaukelte mit den Hüften.

Cain legte seine Hände auf ihren Hintern und drückte zu. „So hatte ich mir unser erstes Mal nicht vorgestellt."

Sie biss in seinen Kiefer. „Es war definitiv denkwürdig." Ein weiteres sanftes Knabbern. „Abgesehen davon" – sie suchte seinen Blick –, „solang du nicht auch gekommen bist, ist es theoretisch nicht *unser* erstes Mal." Sie schmiegte sich an ihn und rieb sich an seinem Schwanz.

Cain stöhnte auf. „Und auf der Rückbank einer Limousine wird es auch nicht stattfinden."

„Sicher?", fragte sie atemlos.

„Ganz sicher." Er kippte sie auf den Sitz hinunter, bis sie ausgestreckt dalag. „Ich muss mich ablenken, damit du mich nicht in Versuchung führen kannst."

Sie strahlte ihn an.

Sein Herz machte einen Hüpfer. Sie war so rein und so glücklich. Das war kein aufgesetztes Lächeln, auch kein scheues oder verführerisches Lächeln. Keins der Lächeln, die die Frauen ihm sonst schenkten.

Hex war so viel mehr als das, sie war einfach echt.

Cain sollte sie gar nicht anfassen, aber er würde definitiv nicht aufhören können. Er zog den Ausschnitt ihres Kleids hinunter und ihre von kaum sichtbarer, schwarzer Spitze bedeckten Brüste purzelten heraus.

Cain beugte sich hinunter und saugte an einem ihrer perfekten, rosa Nippel.

„*Oh.*" Hex bog den Rücken durch.

Er ließ sich Zeit. Überschüttete erst ihre eine Brust mit seiner Aufmerksamkeit, dann die andere.

Ihre Hände gruben sich in seine Haare und zogen so heftig daran, dass seine Kopfhaut schmerzte. Das gefiel ihm. Er ließ seine Hand zwischen ihre Beine gleiten. Sie war feucht.

Er musste daran denken, wie eng sie sich angefühlt hatte. In sie hineinzugleiten, hatte sich für ihn wie der Himmel angefühlt.

„Ja, Cain."

Mit zwei Fingern drang er in ihre feuchte Pussy ein. „Ich will meinen Schwanz wieder genau da reinstecken."

„Ja. Bitte. *Jetzt.*"

„Das nächste Mal komme ich in dir drin. Spritze dich voll." Er verpasste ihrem Kitzler einen kleine Schnipser.

Sie schrie auf. *„Gleich ...!"*

Er beugte sich hinunter und küsste sie. „Du wirst noch nicht kommen."

Ihr Gesicht glühte vor Verlangen.

„Das hier ist deine Bestrafung. Du musst abwarten. Und dann darfst du noch mal auf meinem Schwanz kommen."

„Cain –" Ihre Stimme war ein leises Knurren.

Plötzlich bemerkte er, dass die Limousine angehalten hatte. Er zerrte Hex' Rock hinunter und ihren Ausschnitt hoch. Sie sah trotzdem noch vollkommen verrucht aus.

Er drückte die Tür auf und zog sie aus dem Wagen. Sie stolperte hinter ihm her, konnte aber nicht mit seinem Tempo schritthalten.

Cain wirbelte herum, hob sie hoch und warf sie sich kurzerhand über die Schulter.

Er ignorierte die schockierten Blicke der anderen Hotelgäste in der noblen Lobby, während er mit Hex im Gepäck auf den Fahrstuhl zumarschierte.

„Cain!" Sie wand sich hin und her. „Wenn du irgendwem meine intimsten Stellen zeigst –"

Er streichelte ihren Hintern, dann verpasste er ihm einen knappen Schlag. „Benimm dich. Ich werde schon dafür sorgen, dass niemand etwas sieht, das nur für mich bestimmt ist." Im Fahrstuhl hielt er seine Schlüsselkarte an den Leser. Langsam setzte sich die Kabine in Bewegung.

Cain war sich nicht sicher, wie viel länger er noch durchhalten würde.

Er musste sie nehmen, musste seinen Anspruch auf sie deutlich machen.

Der Fahrstuhl wurde langsamer und pingte. Als die Türen aufglitten, schritt Cain eilig den Flur hinunter zur Tür ihrer Suite und hielt auch dort die Schlüsselkarte an das Lesegerät. Als er ins Zimmer trat, bemerkte er, dass das Hotelpersonal einige der Wohnzimmerlampen einge-schaltet hatte.

Cain machte zwei Schritte ins Zimmer hinein, dann sank er auf die Knie. Behutsam legte er Hex auf dem Parkettboden ab. Das Holz war hart, und sie hätte eigent-lich etwas Weiches verdient, aber er konnte sich einfach nicht länger zurückhalten.

Dieses Mal nicht.

Hex blickte zu ihm auf, und er erkannte, dass sie genauso verzweifelt war wie er.

Er griff nach dem Ausschnitt ihres Kleids und riss ihn

entzwei. Sie schnappte nach Luft, und ihre Augen funkelten.

Das machte seine Pixie an.

„Was willst du, Jet?"

Er zerrte sich das Jackett vom Leib, knöpfte sein Hemd auf und streifte es ab. Öffnete den Gürtel und machte den Reißverschluss an seiner Hose auf.

Hex' Blick folgte jeder seiner Bewegungen, dann wanderte er wieder hinauf zu seinen Augen. „Dich. Ich will dich."

Nie zuvor hatten ihm drei Worte mehr bedeutet.

KAPITEL DREIZEHN

Sie starrte hinauf zu dem atemberaubenden Mann, der über ihr kniete.

Er sah aus wie ein finsterer, gefallener Engel. Kurz davor, zu plündern und zu besitzen.

Hex war so was von bereit, besessen zu werden. Ihr Blick wanderte über Cains harte Brust und seine Bauchmuskeln. Diese vielen definierten Muskeln ließen ihn geradezu lächerlich gut aussehen. Sie wusste, dass diese Muskeln nicht nur vom Fitnessstudio, sondern auch von seiner Arbeit kamen.

Seine Augen funkelten heiß und hungrig, während sie über ihren Körper wanderten. Sie lag vollkommen nackt vor ihm. Es war unglaublich heiß gewesen, als er ihr das Kleid vom Leib gerissen hatte.

„Gott, bist du schön", stieß Cain hervor.

Tränen brannten in ihren Augen. Niemand hatte das je zu ihr gesagt und es auch ernst gemeint. Sie konnte sehen, dass dieser Mann – dieser wunderschöne, ambitionierte Mann, der jede haben konnte – es ernst meinte.

„Dir heute Abend beim Arbeiten zuzusehen" – seine Hand glitt ihren Oberkörper hinunter und legte sich über ihren Venushügel – „hat mich so scharf gemacht." Er beugte sich über sie und küsste sie.

Hex stöhnte, und ihre Zunge spielte mit seiner. Cain küsste sie, als würde die Welt untergehen. Als ob er sie mehr bräuchte als alles andere.

Er gab ihr das Gefühl, als stünde sie in Flammen. Als gäbe es nur sie beide auf der ganzen Welt.

Die Hand zwischen ihren Beinen fing an, sie zu streicheln, und zwei Finger drangen in sie ein.

„Ich werde diese enge, kleine Pussy mit meinem harten Schwanz ausfüllen."

Hex stöhnte und bog den Rücken durch. Sie liebte den heiseren Unterton in Cains Stimme.

„Vorhin habe ich kaum mehr als einen Vorgeschmack auf dich bekommen. Ich brauche mehr. Ich brauche dich, Jet."

Er krümmte beide Finger in ihrer Pussy und traf genau den richtigen Punkt. Ihre Hüfte schnellte nach oben und ein undeutlicher Laut drang aus ihren Lippen. „Cain … Bitte." Ihre Fingernägel gruben sich in seine Arme. „*Bitte*."

„So eng, Pixie. Ich kann spüren, wie du dich um meine Finger zusammenziehst. Du bist so feucht. Und das alles nur für mich."

„Ja. Nur für dich. Berühre mich, verdammt noch mal."

„Tue ich doch."

„Mit deinem Schwanz."

Sein Grinsen war teuflisch. Cain öffnete seine Hose und befreite seinen Schwanz.

Sie wollte – nein, sie *brachte* – ihn in sich. Sie leckte sich über die Lippen. Sie wollte Cain wieder ungeschützt in sich spüren. Absolut nichts mehr zwischen ihnen.

Langsam rieb er seinen Schwanz, dann streckte er die Hand aus und kniff in ihren Nippel. Hex schnappte nach Luft. Jeder Zentimeter ihres Körpers war unglaublich empfindlich.

„Wirst du damit klarkommen?" Wieder rieb er seinen herrlichen Schwanz.

„Ja. Bitte fick mich, Cain."

Er beugte sich über sie. Die dicke Spitze seines Teils rieb zwischen ihren Beinen und durch ihre heiße Pussy. Hex schauderte. Das Verlangen in ihrem Innern brüllte förmlich.

Dann rieb der freche Kerl tatsächlich noch mit seinem Schwanz über ihren Kitzler.

„Cain ...!"

Er suchte ihren Blick. „Ich kümmere mich schon um dich, Pixie."

Endlich drängte sein Schwanz gegen ihre Pussy und glitt in sie hinein, nur ein paar Zentimeter. Hex spürte die Dehnung.

Dann, mit einem einzigen Stoß, versank er in ihr.

Sie schnappte nach Luft. *O Gott.*

Cain war vorhin schon in sie eingedrungen, aber jetzt wusste sie seinen Umfang erst wirklich zu schätzen. Wie sehr er sie ausfüllte.

„Fuck ... Jet. Ich ... Es ist perfekt. Du bist perfekt."

Cain bewegte sich, glitt aus ihr hinaus und wieder hinein.

Hex spürte den harten Holzboden unter sich, aber der kümmerte sie nicht. Sie wollte die blauen Flecken. Sie wollte die Spuren. Cains Spuren.

Sie hob die Knie an und drückte ihre Oberschenkel gegen Cains Leisten. Bei jedem seiner tiefen, unnachgiebigen Stöße rauschte ihr alle Luft aus den Lungen.

„Ich wusste es", presste er hervor. „Ich wusste, dass es so sein würde. Dass ich nie genug von dir bekommen würde."

Seine große Hand bewegte sich ihren Körper hinunter und fand ihren Kitzler.

Hex schrie auf. Bei seinen gleichmäßigen, kraftvollen Stößen und dem kreisenden Daumen auf ihrem Kitzler hatte sie keine Chance.

Ihr Orgasmus brach über sie herein und schoss durch ihren Körper. Sie schrie auf, als Wellen der Lust sie überrollten. Es war zu viel und dennoch nicht genug. Sie wollte, dass es niemals aufhörte.

„Ich bin noch lange nicht fertig mit dir, Pixie." Cains Stimme war tief und dunkel.

Seine Hände schoben sich unter ihren Körper und richteten sie auf, ohne dass sein Schwanz aus ihr herausrutschte. Dann setzte er sich zurück und zog sie hoch, bis Hex rittlings auf seinem starken Körper saß.

Ihre Gesichter waren nur Zentimeter voneinander entfernt.

Mit purer Muskelkraft bewegte Cain sie auf seinem Schwanz auf und ab. Sie klammerte sich an seinen Schultern fest, fand ihren Rhythmus und ritt ihn heftig.

Sein Gesicht war angespannt, seine Lippen schmal. Er hörte nicht auf, sie zu ficken, und seine Finger gruben sich in ihre Hüfte. Ihre Nägel bohrten sich in seine breiten Schultern.

„Pixie –"

„Komm, Cain. Komm in mir."

Einmal mehr trieb sie die Berührung seines Schwanzes in den Wahnsinn, und ein zweiter Orgasmus ergriff sie gerade in dem Augenblick, als sich Cains Lippen auf ihre pressten. Es war ein verzweifelter, hungriger Kuss, der sich anfühlte, als würde ein Feuersturm um sie herum toben.

Dann stieß Cain mit aller Macht in sie hinein, bis sein Schwanz sie beinahe schmerzhaft ausfüllte. Er warf den Kopf in den Nacken und stieß ein leises Brüllen aus. Hex beobachtete, wie sich jeder Muskel in diesem prachtvollen Körper anspannte und spürte endlich, wie sein Schwanz pulsierte und die Wärme seiner Erlösung sie durchströmte.

Sie sackte gegen ihn.

Natürlich fing er sie auf. Sie hatte keinen Zweifel daran gehabt.

Seine Hände streichelten über ihren Rücken. Beide waren sie nass geschwitzt.

Ein leises Kichern drang aus ihrem Mund. Cain hatte ihr die Kleider vom Leib gerissen und sie heftigst auf dem harten Holzboden gefickt. Und sie hatte sich noch nie so gut gefühlt.

Cains Faust krallte sich in ihre Haare. „Du gehörst mir, Pixie."

Die Worte hallten in ihr wider. „Dann gehörst du auch mir, Cain." Sie lächelte. „Cain Cavanagh."

Seine Mundwinkel zuckten. „Du hast meinen Nachnamen herausbekommen."

„Ein bisschen was kann ich auch, weißt du." Sie verriet ihm nicht, dass sie gewisse Suchanfragen und Hacks bereits seit Wochen laufen ließ.

Er küsste sie. „Oh, ich weiß."

„Warum Cavanagh?", fragte sie.

„Habe den Namen in irgendeiner Zeitung gelesen. Ich kann mich nicht mehr erinnern, über wen es in dem Artikel ging, aber der Typ sah reich und wichtig aus. Sein Name klang wichtig."

Hex streichelte ihm über die Haare. „Er gefällt mir."

„Ich komme nicht oft dazu, ihn zu benutzen." Cain wurde sehr ruhig. „Ich bin noch immer nicht der Richtige für dich."

Sie verdrehte die Augen. „Ich entscheide, wer richtig für mich ist, und das bist du. Und der nächste Schritt wird sein, dass du mir deine unsterbliche Liebe erklärst."

Er lächelte, und es war verdammt sexy. „Wie wäre es erst mal mit einer Dusche, unter der ich dir deine Pussy lecke, bis du auf meinem Gesicht kommst, und anschließend einem großen, weichen Bett?" Er streichelte ihre Wange. „Ich hatte nicht vor, dich auf dem Fußboden zu ficken."

„Mir hat's gefallen. Ich mochte, dass du es nicht länger abwarten konntest."

Cain stand mit Hex in den Armen auf, und sie hielt sich an ihm fest.

Ihr fiel der Mund auf. „Alter Schwede. Ich kann

mich selbst kaum vom Boden aufraffen, geschweige denn mit jemandem im Arm."

„Du wiegst so gut wie nichts, Pixie." Sie kuschelte sich an ihn, und Cain ging ins Bad.

Daran könnte sie sich wirklich gewöhnen.

AM ABEND zuvor hatten sie die Vorhänge offen gelassen, und nun schien ihm die helle Morgensonne in die Augen. Nicht, dass es ihm etwas ausmachen würde, schließlich hüpfte Hex' Kopf zwischen seinen Beinen auf und ab, während sie ihm den Schwanz lutschte.

„*Fuck*." Cains Hüfte schnellte nach oben.

Er hörte, wie Hex einen erstickten Laut ausstieß und wollte sich etwas aus ihrem Mund herausziehen. Doch ihre Finger gruben sich in seine Oberschenkel, und sie saugte noch heftiger. Als sie seinen Blick suchte, schienen ihre Augen regelrecht zu glühen.

So verdammt schön. Dann rollten seine eigenen Augen in den Schädel, und er kam. Cain stöhnte laut, während sich seine Hand in Hex' seidige Haare krallte. Verdammt. *Verdammt.*

Für eine Sekunde verschwamm seine Sicht. Der Orgasmus war so gut, dass es schon wehtat.

Mit einem Ploppen zog Hex ihren Mund von seinem Schwanz und grinste ihn an. Ihre Lippen waren geschwollen, ihre Haare zerzaust und ihre Wangen gerötet.

Ungeduldig zerrte Cain sie zu sich hinauf, und sie

stieß ein überraschtes Quieken aus, doch dann schmiegte sie sich an ihn.

Im Laufe der Nacht hatte sie ihm jeden Teil ihres Körpers geschenkt. Jeden Zentimeter ihres schmalen, kurvigen Körpers.

Cain nahm eine ihrer Brüste in die Hand und genoss das Gewicht. Mit der Fingerkuppe schnippte er gegen ihren Nippel. Sie stieß ein leises Summen aus und wand sich an ihm.

Hex hatte mit ihm mitgehalten. Sie hatte alles genommen, was er ihr gegeben hatte, und hatte immer noch mehr verlangt. Alles an ihrer Begegnung war heiß, hart und beinahe verzweifelt gewesen. Sie hatte sich an dieser Erfahrung festgeklammert, als ob ihr Leben davon abhängen würde, und hatte es ganz offensichtlich geliebt.

Als er sie jetzt betrachtete, ihre echte Schönheit, wollte Cain ihr noch mehr schenken. Er wollte sie anbeten.

Er hörte nicht auf, ihre Brüste zu liebkosen, dann senkte er den Kopf und küsste sie. Nahm sich alle Zeit der Welt, ihren Mund zu erobern.

Cain wusste nur zu gut, dass die Realität ihn früher oder später einholen würde, aber bis dahin würde er sich nicht hetzen lassen. Dieses Mal nicht.

Er veränderte die Position ihres Körpers und führte ihre Brust zu seinem Mund. Er saugte an ihrem Nippel, bis Hex sich unter ihm wand.

„Meine wunderschöne Pixie", murmelte er. Er legte sie auf die Bettdecke und für eine Sekunde stellte er sich vor, er würde pinke Spitzen in ihren Haaren sehen.

Seine Hand wanderte über ihren Körper und erforschte jede Kurve und jede Vertiefung.

„Brauchst du mich?" Das hatte er nicht laut aussprechen wollen. Die Worte waren einfach so herausgerutscht, und jetzt zog sich sein Herz zusammen.

Ihr Blick fixierte ihn wie ein Laserziel.

„Ich brauche dich", erwiderte sie. „Alles von dir. Immer."

Ihre Worte entfachten etwas tief in seinem Innern. Er konnte diese Verbindung zwischen ihnen nicht leugnen. Dieses unsichtbare Band, das er beinahe körperlich spüren konnte.

Würde sie ihn je lieben können? Könnte dieses perfekte, intelligente Wesen eines Tages einen Mann lieben, der nie zuvor geliebt worden war?

Sie drückte sich gegen ihn und presste ihren Mund gegen seinen Hals. Ihre Zähne strichen sanft über seinen Puls.

Behutsam schob Cain sie zurück aufs Bett. Dann wanderte sein Mund ihren Körper hinunter, biss kurz in ihren Bauch, bevor er ihre Beine auseinanderschob. „Ich habe Hunger auf was Süßes."

Er leckte sie, und ihre Hüfte schnellte seinem Mund entgegen. Ihre Schreie waren süß und eifrig.

„Fuck, Jet, du bist so feucht."

„Ich mochte es, deinen großen Schwanz zu lutschen."

Gott, er liebte dieses freche Mundwerk. Er saugte an ihrem Kitzler, und Hex stieß ein kehliges Stöhnen aus.

„Nicht aufhören ... *bitte*."

Mit zwei Fingern drang er in sie ein, während er

weiter ihren Kitzler leckte. Wenn es nach ihm ginge, würde er liebend gern den ganzen Tag hier verbringen.

„Ich komme gleich", wimmerte sie und krallte sich an den Laken fest.

„Noch nicht."

„Cain –"

„Bald, Pixie." Er kniete sich hin und rollte sie auf den Bauch. Dieser süße Körper. Seine Hand strich über ihren Rücken. Ihre Haut hatte eine perfekt goldene Farbe, die er sich für alle Ewigkeit einprägen würde. Er streichelte ihre Hintern, dann versanken seine Finger zwischen ihren Arschbacken.

Ihre Pussy war warm und feucht. Hex wand sich in den Laken.

Als Cain über sie krabbelte, war sein Schwanz bereits wieder hart.

Er drang von hinten in sie ein. Sie stöhnte auf und krallte die Fäuste in die Bettwäsche. „*Cain.*"

„Ich will, dass du mich spürst." Er beugte sich über sie und biss in ihren Nacken. „Niemand sonst wird jemals wieder da eindringen. Nur meiner. Nur mein Schwanz."

Sie hob sich ihm entgegen. „*Ja.*"

Cain biss die Zähne zusammen und spürte Verlangen durch sein Innerstes rauschen. Er musste dagegen ankämpfen, nicht auf der Stelle zu kommen. Hex fühlte sich so verdammt gut an.

Er verlangsamte seine Stöße. Dieses Mal würde er sich nicht hetzen lassen. Er schob seine Hand unter ihren Körper und berührte ihren Kitzler. „Wie ist das, Pixie?"

„Du weißt, dass es gut ist."

„Wie sehr willst du mich?"

Sie spreizte die Beine weiter, und seine Stöße wurden schneller.

Fuck, er liebte es, dabei zuzusehen, wie sein Schwanz in sie eindrang und wie ihr Körper ihn empfing. Er würde nicht mehr lange durchhalten.

Cain streichelte ihren geschwollenen Kitzler. „Sei eine brave Pixie und komm jetzt für mich."

Sie stieß ein summendes Geräusch aus, und er spürte, wie sich ihr ganzer Körper anspannte.

Sein nächster Stoß war heftiger, und Hex zerschellte. Und während sie zuckte und bebte, war es sein Name, den sie rief.

Cain stieß tiefer in sie hinein und verlor einmal mehr die Kontrolle. Wusste sie, dass sie ihn besaß? Der Geheim-Agent Shade diente nur noch einer Herrin und gab sich nur noch einer Person hin – Jet *Hex* Adler.

Mit seinem nächsten Stoß kam auch er. Cain stöhnte laut und tief. Sein Schwanz pulsierte, dann ergoss er sich in sie.

Mit bebender Brust beugte er sich hinunter und küsste ihre Schultern. Sie drehte den Kopf, und er drückte seine Lippen auf ihre.

„Cain", seufzte sie glücklich.

Davon würde er niemals genug bekommen. Von Hex' weichem, sexy Körper unter ihm, sein Schwanz in ihrer süßen Pussy, wie sie seinen Namen murmelte.

Der Blödmann, der sie betrogen hatte, hatte keinen Schimmer, was für einen Preis er sich hatte entgehen lassen. Gott sei Dank.

Die Vorstellung, wie ein anderer Mann anfasste, was

Cain gehörte, ließ finstere Gedanken in ihm aufsteigen. Es wäre so einfach, dieses Arschloch verschwinden zu lassen.

„Hey." Sie stupste ihn an. „Wohin auch immer du gerade verschwunden bist, komm zurück. Du steckst noch immer in mir drin, also denke bitte nur an mich."

Er musste lächeln. „Ich denke immer nur an dich."

„Gut. Und jetzt habe ich eine sehr wichtige Mission für dich."

Er runzelte die Stirn. Was zur Hölle brauchte sie? Sollte er irgendwo einbrechen oder –

Ihre Zungenspitze stupste gegen seine Lippen. „Ich bin am Verhungern und ich will wirklich ganz dringend frisch gebackene Croissants essen."

Cain grinste sie an und drückte ihren Hintern.

„Echte Pariser Croissants, Cain. Ich bin mir sicher, du weißt, wo man die herbekommt."

„Möglicherweise kenne ich da einen Laden."

„Wo?"

Zärtlich biss er in ihre Unterlippe. „Agentengeheimnis, Pixie. Eins, das du niemals aus mir herausbekommen wirst."

Ihre Augen wurden schmal, und ihre Fingerspitzen strichen über seine Brust. „Ich könnte es versuchen."

Fuck. Noch nie zuvor hatte er sich im Bett mit einer Frau geneckt und Witze gemacht. Sanft berührte er ihren Kiefer. Das gefiel ihm. Sehr.

Aber nicht einmal ansatzweise so sehr, wie ihm Hex gefiel.

KAPITEL VIERZEHN

O *mein Gott.* Diese Croissants waren einfach unglaublich köstlich und blättrig und *mmmh*. Hex leckte sich die Finger.

Cain war ein Wundertäter.

Sie blickte auf. Er saß am Tisch, ihr gegenüber, und trug eine Cargohose und ein T-Shirt. Der schwarze Baumwollstoff spannte sich über seine Brust, und der Saum der Ärmel schnitt in seinen dicken Bizeps. Heiß. Sein glühender Blick ruhte auf ihr, und er beobachtete sie dabei, wie sie aß. Ein Schauder durchfuhr sie. Ihr Bauch war voller Croissant und nun gesellte sich Verlangen dazu.

Dieser Mann, dieser umwerfende, sexy Mann, hatte sie die ganze Nacht über angebetet. Absichtlich leckte sie wieder ihren Finger und spürte, wie sein Blick zu ihrem Mund wanderte.

„Jet", knurrte er.

Sie grinste. Es machte solchen Spaß und war megaheiß, ihn auf diese Weise zu ärgern.

Und sie liebte ihn.

Sie zuckte zusammen und warf um ein Haar ihr Glas Orangensaft um. „Ups." Sie fing das Glas auf und atmete tief durch.

„Alles in Ordnung?"

„Ja. Du hast Croissants besorgt, also bin ich eine sehr glückliche Frau." Sie wusste, dass sie plapperte.

„Ganz abgesehen von den acht Orgasmen."

Acht? Wow. „Die waren nicht schlecht, stimmt. Ist alles ein bisschen verschwommen."

Cain beugte sich zu ihr. „Muss ich deiner Erinnerung auf die Sprünge helfen?" Seine Hand glitt ihr Bein hinauf. Hex trug eine Leggings, aber sie konnte seine Berührung durchaus spüren. Sie presste die Beine zusammen.

„Hast du da Bartbrand?" Er liebkoste ihren inneren Oberschenkel.

„Warum siehst du nicht nach?"

Seine dunklen Augen blitzten auf, und er wollte sich gerade auf sie zubewegen, als es an der Tür klopfte.

„Mist." Cain stand auf und zog den Schritt seiner Hose zurecht. Dann machte er die Tür auf, um Killian und Devyn hereinzulassen.

„Ihr habt ja gar nicht das Schloss geknackt", bemerkte er.

„Ich dachte, das lassen wir heute besser bleiben", feixte Devyn grinsend.

„Guten Morgen." Killian warf einen Blick auf Hex. „Geht es dir gut?"

Sie nickte.

Devyns Blick fiel auf den Tisch. „Oh, Croissants."

Sie stibitzte sich eins davon, dann musterte sie Hex. Die Augen des Rotschopfs wurden schmal, und ihr Blick flog zu Cain. Ein riesiges Grinsen breitete sich auf Devyns Gesicht aus.

Hex kämpfte gegen die Schamesröte an. Ihre Freundin wusste mit Sicherheit ganz genau, was Cain und sie getrieben hatten.

„Wie ich sehe, hattet ihr beiden einen guten Morgen." Devyn zwinkerte ihr zu. „Habt eure ... Croissants genossen." Sie biss in das Hörnchen. „Scheiße, sind die gut."

„Ich bin Webers Dateien durchgegangen", kam Killian zur Sache. „Super Arbeit, Jet, dass du sie von seinem Computer übertragen hast."

Ein kurzer Anflug von Schuldgefühlen stieg in Hex auf. Sie hatte kaum noch einen Gedanken an Weber verschwendet. Sie war zu beschäftigt damit gewesen, mit Cain ins Bett zu springen.

Sie räusperte sich und griff nach ihrem Tablet. „Ich sehe mir die Daten gleich genauer an. Gibt es genug, um ihn zu verhaften?"

„Wir haben mit Interpol gesprochen", erklärte Killian. „Sie erstellen gerade die Haftbefehle."

„Wir müssen ihn so bald wie möglich dingfest machen und die Drohnendaten zurückholen." Cain goss Hex einen Kaffee ein und reichte ihr die Tasse.

Sie lächelte ihn dankbar an und spürte, wie Killian sie beobachtete. Gott, sie kam sich vor wie ein Schulmädchen, das von seinem strengen Dad beaufsichtigt wurde. Sie nippte an ihrer Tasse. Ah, Koffein.

Ihr Tablet pingte, und sie sah stirnrunzelnd auf den Bildschirm. Eine Benachrichtigung war eingegangen.

„Hex?", forderte Killian sie auf.

„Moment." Sie eilte zu ihrem Laptop und tippte darauf herum. „Ich habe gestern Abend noch schnell Webers Telefonleitungen angezapft, wo wir schon mal da waren."

Cains Augenbrauen schossen in die Höhe. „Wann?"

„Als wir in seinem Büro waren."

Er schüttelte den Kopf. „Verdammt, bist du gut."

Ein wohliges Gefühl breitete sich in ihr aus. „Ich weiß." Auf dem Laptopbildschirm überflog sie das Transkript des Telefonats. „O Fuck."

„Sprich mit uns, Hex." Killian trat zu ihr.

Sie blickte auf und spürte, wie Sorge in ihr aufstieg. „Weber hat mit dem Red Clan telefoniert."

„Was ist der Red Clan?", fragte Killian.

„Das albanische Verbrechersyndikat, das die Drohnentechnik kaufen will."

Ihre drei Kollegen erstarrten.

„Sie haben einen Zeitpunkt für die Übergabe abgemacht."

„Wann?", fragte Cain.

„Morgen Nachmittag."

„Verdammt." Cain drehte sich herum und stemmte die Hände in die Hüften. „Wir dürfen nicht zulassen, dass diese Technologie in Feindeshand fällt."

„Ich weiß." Killian runzelte die Stirn. „Wir müssen Weber verhaften und den Datenchip sichern." Er blickte eindringlich in die Runde. „So bald wie möglich."

Cain nickte. „Kannst du Interpol Feuer unterm

ANNA HACKETT

Hintern machen? Dafür sorgen, dass die Haftbefehle
schneller ausgestellt werden?"

„Ich rufe noch mal bei ihnen an oder gehe zur Not
persönlich vorbei, wenn es sein muss."

„Wir brauchen einen Plan B, falls die Haftbefehle
nicht rechtzeitig fertig sind", bemerkte Devyn.

„Wir schleichen uns rein und klauen den Chip",
erklärte Killian.

„Aber dann geht uns Weber durch die Lappen."
Cain schüttelte den Kopf. „Das kann ich nicht zulassen."
Er warf Hex einen flüchtigen Blick zu, dann wandte er
ihn wieder ab. „Ich bin autorisiert, sicherzustellen, dass
Weber ausgeschaltet wird."

Die Hackerin schnappte nach Luft. Sie hatte
Gerüchte darüber gehört, dass Cain oft als CIA-
Auftragsmörder fungierte, wenn es verlangt wurde.

Was machte das mit einem Menschen? Mit einem
Mann, der ohnehin schon glaubte, er sei nicht gut genug
für ein echtes Leben?

Tja, sie würde ihn jedenfalls nicht länger
glauben lassen, dass er nichts weiter sei als ein
namenloser Schatten der CIA. Sie würde ihn mit
allem lieben, was sie hatte, und ihm eine Alternative
aufzeigen.

„Lass mich erst sehen, ob ich die Haftbefehle
bekommen kann", sagte Killian. „Ich würde Weber sehr
gern in einer Gefängniszelle sehen."

„Wo soll das Treffen stattfinden?", fragte Cain.

Hex blickte auf ihren Bildschirm. „Auf Webers
Anwesen. Am Bootshaus."

Cain nickte. „Überprüfe weiterhin seine Anrufe.

Hoffen wir mal, dass wir Weber bis heute Abend in Handschellen gelegt haben."

CAIN HATTE GERADE einen Anruf beendet, als Killian in sein Schlafzimmer trat.

Er hörte Hex und Devyns Stimmen aus dem Wohnzimmer. Hex lachte über irgendwas, und Cain verkniff sich ein Lächeln.

„Du bist vollkommen geliefert", erklärte Killian.

Cain blinzelte. „Hä?"

„Du. Wie du dastehst und Herzchen in den Augen hast, nur weil Jet gelacht hat."

„Leck mich, Hawke. Genauso siehst du jedes Mal aus, wenn Devyn ins Zimmer kommt."

„Ich weiß." Killian sah deswegen kein bisschen beunruhigt aus. „Geh vorsichtig mit ihr um." Killian stopfte die Hände in die Hosentaschen. „Und ich will wissen, was deine Absichten mit ihr sind."

„Absichten? Wir sind nicht mehr im Mittelalter, und du bist nicht ihr Vater."

Killian starrte ihn einfach nur an. Plötzlich verspürte Cain am ganzen Körper ein Kribbeln und er rieb sich den Nacken. „Ich weiß es nicht. Ich will sie. Zur Hölle, ich brauche sie, aber ich bin ganz sicher nicht das, was sie braucht."

„Das solltest du sie entscheiden lassen."

Cain fuhr sich mit den Fingern durch die Haare. „Ich bin ein Mörder, Killian."

„Ich auch. Das hält mich aber nicht davon ab, Devyn

zu lieben. Es hilft mir, besser in der Lage zu sein, sie zu beschützen." Er warf Cain ein reumütiges Lächeln zu. „Sofern sie mich denn lässt."

Cain musste das Thema wechseln. „Die Haftbefehle?"

Frustration machte sich in Killians Ausdruck bemerkbar. „Noch immer nichts."

Fuck. Cain wollte Weber rechtmäßig zu Fall bringen und sich nicht einfach auf sein Anwesen schleichen und ihn umbringen.

Aber er würde tun, was er tun musste. Das tat er immer. Es würde mehr Menschenleben kosten, wenn er Weber nicht aufhielt.

„Irgendjemand bremst den Prozess aus", sagte er.

Killian nickte. „Vermutlich hat Weber Freunde in den hohen Rängen."

Plötzlich kam Hex ins Zimmer gestürzt, Devyn dicht hinter sich. Hex sah kreidebleich aus.

Cain erstarrte. „Was ist los?"

„Ich habe gerade herausgefunden, dass Weber ein verschlüsseltes E-Mail-Konto hat. Er hat es gut versteckt, und ich schätze, er wollte nicht, dass es je gefunden wird. Er hat dem Red Clan gerade eine E-Mail geschrieben. Wir haben ein Problem. Ein *großes* Problem."

Cain packte ihre Schulter. „Was?"

„Er hat das Treffen vorverschoben. Die Albaner kommen heute Abend schon an. Weber wird die Daten *heute Nacht* im Bootshaus verkaufen."

Cain lief ein eisiger Schauer den Rücken hinunter. *Fuck.* Er suchte Killians Blick. „Jemand hat ihn gewarnt."

„Wir müssen ihn aufhalten", sagte Killian.

Cain nickte. „Wir haben keine Wahl. Wir müssen uns reinschleichen, den Chip mit den Daten sichern und ..."

„Weber neutralisieren", erklärte Hex nüchtern.

Sie blickte ihn unverwandt an. Cain erkannte Verständnis in ihren Augen.

„Er ist ein skrupelloser Krimineller, Cain. Er hat unzählige Menschen verletzt. Und wofür? Mehr Geld? Mehr Macht?" Sie reckte das Kinn. „Ich bin seine Dateien durchgegangen. Er hat mit Frauen und Kindern gehandelt, er hat Waffen an Terroristen verkauft, er hat Regierungsgeheimnisse gestohlen. Er mag in seinem noblen Anwesen sitzen und von seinem Mahagonischreibtisch aus seine Geschäfte leiten, aber seine Hände sind schmutzig. Er muss zu Fall gebracht werden."

„In Ordnung. Lasst uns den Zugriff planen", sagte Devyn.

„Der Rest des Teams ist bereits auf dem Weg hierher", erklärte Killian.

Cains Kopf flog zu ihm herum. „Wie bitte?"

„Ich habe ihnen gestern Bescheid gesagt. Nur für alle Fälle. Sie landen in zwei Stunden. Matteo, Nick, Hadley, Bram und Boone Hendrix. Ich denke darüber nach, ihm einen Job anzubieten, und will ihn vorher noch mal in Aktion erleben."

„Er wird den Job nicht annehmen", bemerkte Hex. „Ich weiß, dass er gut ist, aber er ist Einzelgänger. Während seiner Zeit bei den Ghost Ops ... Er hat Kameraden verloren. Ich glaube nicht, dass er auf der Suche nach einem anderen Team ist. Außerdem würde es Atlas in New York City nicht gefallen."

„Gott, dieser Hund ist einfach so umwerfend", bemerkte Devyn. „Genau wie sein Herrchen."

Ihr Mann starrte sie finster an. „Wir planen gerade eine wichtige Mission, schon vergessen?"

Devyn lächelte. „Richtig. Keine Sorge, Hawke, du bist noch immer der heißeste Typ, der mir je unter die Augen gekommen ist."

Cains und Hex' Blicke trafen sich und er verdrehte die Augen. Sie lächelte.

„Vergiss das bloß nie, Mrs. Hawke", mahnte Killian sie.

Devyn schmiegte sich an ihn. „Niemals. Ich weiß, was für ein Glückspilz ich bin, dass du mich endlich geschnappt hast."

Hex grinste die beiden an.

„Okay, starten wir mit der ersten Planung. Damit wir bereit sind, sobald der Rest des Teams eintrifft." Cain rief sich Webers Anwesen in Erinnerung. „Weber hat eine ganze Armee von Sicherheitsmitarbeitern."

„Damit werden wir schon klarkommen", erwiderte Killian.

Cain warf Hex einen beiläufigen Blick zu. „Es ist vermutlich am besten, wenn du hierbleibst. Wir nutzen das Hotel als Einsatzzentrale."

Sie prustete. „Netter Versuch, Bond, aber im Leben nicht. Ich bringe mehrere Drohnen mit und kümmere mich vor Ort um Kommunikation und Aufklärung."

Fuck. Er hasste die Vorstellung, dass sie in der Nähe von Weber, seinen Wachen oder diesen verfluchten Albanern war. Cain rang mit seinen Gefühlen.

Sie warf ihm ein schwaches Lächeln zu. „Ich werde

klarkommen, Cain. Ich vertraue meinem Team. Und ich vertraue dir." Sie berührte seine Hand.

Drauf geschissen. Es war ihm egal, dass Killian und Devyn im Zimmer waren. Er hob Hex in die Arme und küsste sie. Allzu bereitwillig klammerte sie sich an ihn, schlang die Beine um seine Taille und küsste ihn zurück.

Killian stieß ein unglückliches Grummeln aus.

Devyn lachte über ihren Mann.

„Die Mission", versuchte Killian es erneut.

Cain stellte sie ab und strich noch einmal mit dem Daumen über ihre Wange.

Dann machten sie sich an die Arbeit.

KILLIAN HATTE Waffen und Ausrüstung organisiert, einschließlich schusssicherer Westen und Nachtsichtgeräte. Die Sachen würden in Kürze geliefert werden.

Cain und Killian hatten den Grundriss von Webers Anwesen aufgerufen und verglichen ihn mit hoch aufgelösten, detaillierten Luftaufnahmen eines CIA-Satelliten.

Der Esstisch hatte sich in ihren Planungstisch verwandelt.

Cain drehte den Kopf und sah, wie Hex über ihren Computer gebeugt dasaß und die Finger über die Tastatur fliegen ließ. Devyn saß auf der Couch und ging die Luftaufnahmen durch.

Es klopfte an der Tür, und Killian ging hinüber und öffnete sie.

Das Sentinel-Security-Team marschierte in die Suite.

„Da sind wir", sagte Hadley, die so elegant aussah wie eh und je. Sie ging direkt auf Hex zu und zog sie in eine feste Umarmung. „Geht es dir gut?"

„Bestens."

„Ich habe gehört, es ging ziemlich wild zu." Auch Nick umarmte sie fest.

„Na ja, du kennst mich", erwiderte Hex. „Wo ich bin, ist einfach immer was los."

Cain merkte, wie er sich anspannte. Etwas in ihm mochte es nicht, Hex in den Armen eines anderen Mannes zu sehen. Völlig egal, dass dieser Mann seine eigene Frau hatte und ein Freund von Hex war. Cain stopfte die Hände in die Taschen und versuchte, sich zu beruhigen.

Matteo und Bram umarmten Hex ebenfalls. Cain behielt den attraktiven Italiener und den schroffen Iren genauestens im Auge.

„Wie gehts Addie?", fragte Hex Bram. „Geht es den Babys gut?"

„Ihr geht es gut." Ein schwaches Lächeln huschte über Brams Gesicht. „Gabbi und Lainie sehen nach ihr, solang ich fort bin."

Der Letzte im Bunde, der Kerl, der noch an der Tür herumlungerte, war Boone Hendrix. Er war groß und durchtrainiert und trug eine abgetragene Jeans und ein graues T-Shirt. Er war die Sorte Mann, von dem Cain sich sicher war, dass er früher der Goldjunge der Highschool und Star-Quarterback des Footballteams gewesen war.

Cain wusste bereits, dass der Kerl gut in seinem Job war. Früher hatte Boone zu den Ghost Ops gehört. Nur die Besten der Besten der Special Forces aus allen militärischen Bereichen wurden für das Ghost-Ops-Team ausgewählt. Um die härtesten und gnadenlosesten Missionen durchzuführen.

Vander Norcross von Norcross Security war Commander eines Ghost-Ops-Teams gewesen, und Boone hatte unter ihm gedient.

Boone erwiderte seinen Blick und nickte ihm zu. „Shade."

„Hendrix."

„Okay, Leute, hört zu." Killian trat vor seine Truppe. „Macht es euch bequem. Hex schickt euch Dossiers mit allen wichtigen Informationen auf eure Handys."

Überall im Zimmer piepten Handys.

„Im Dossier findet ihr alles, was wir über Markus Weber – alias Flèche d'Or – und sein Anwesen haben. Er wird versuchen, den Chip mit den Drohnendaten heute Abend an ein albanisches Verbrechersyndikat namens Red Clan zu verkaufen. Das müssen wir um jeden Preis verhindern. Also machen wir uns an die Arbeit."

Cain musste zugeben, dass das Team von Sentinel Security wirklich gut war. Er beobachtete sie dabei, wie sie planten, Fragen stellten und mühelos zusammenarbeiteten. Sie kannten sich gut, ihre Stärken und Schwächen.

Er selbst arbeitete meistens allein und in den Schatten. Wie es wohl wäre, Teil eines solchen Teams zu sein?

Kopfschüttelnd zwang er sich, sich auf die Mission zu konzentrieren. Er durfte jetzt an nichts anderes denken als an Weber.

Als er sich umdrehte, sah er, dass Hex zwei schwere

Koffer aufgeklappt hatte, die das Team mitgebracht hatte. Einer der Koffer war etwas kleiner als der andere. Gerade zog sie Ausrüstungsgegenstände aus den Koffern, und Cain erkannte, dass es sich um Drohnen handelte – eine große und eine kleine.

„Was hast du da?" Er setzte sich so dicht neben sie, dass sich ihre Arme berührten. Er brauchte den Kontakt.

„Ich kontrolliere meine Drohnen. Das hier ist Condor." Sie zeigte auf das größere der beiden Geräte. „Und das hier ist Swift. Ich benutze sie zur Überwachung und für die Bestimmung von Wärmesignaturen."

„Die hier ist ja riesig." Cain musterte Condor. Die Drohne sah aus wie eine Spinne mit langen Beinen und hatte insgesamt einen Durchmesser von etwa anderthalb Metern.

„Das ist eine modifizierte Schwerlastdrohne. Damit kann man Fracht transportieren. Außerdem ist sie mit einer Waffe und Kameras ausgerüstet. Ich werde sie weit oben fliegen lassen. Swift wird die Schleicharbeit übernehmen."

„Ich dachte, das wäre meine Aufgabe."

„Du wirst niemals so gut schleichen können wie Swift."

Cain streichelte ihr über die Haare. „Wirst du auf dich aufpassen?"

„Ja." Ihr Ausdruck wurde ernst. „Versprich mir, dass du das auch tust."

Er hatte es sich zur Gewohnheit gemacht, keine derartigen Versprechen zu geben, weil er seine Missionen erfüllen musste, koste es, was es wolle. Doch in diesem Moment wollte er es gern versprechen. Hex zuliebe.

Ihre Lippen wurden schmal. „Komm zu mir zurück, Cain, oder ich werde richtig sauer. Ich werde jedes einzelne deiner Elektrogeräte hacken. Ich werde deine Bankkonten leerräumen. Ich werde –"

„Schon verstanden." Er senkte den Kopf und küsste sie.

Und lenkte sie so von der Tatsache ab, dass er ihr das Versprechen nicht gegeben hatte.

KAPITEL FÜNFZEHN

I m SUV herrschte Schweigen, während sie zu Webers Anwesen fuhren.

„Alles okay?" Hadley streckte die Hand aus und berührte Hex' Knie. Ihr war aufgefallen, dass Hex nervös damit auf und ab wippte.

„Ich bin vor Missionen immer nervös." Hex zwang sich ihrer Freundin zuliebe ein Lächeln auf die Lippen. „Du kennst mich. Ich kann einfach nicht still sitzen."

„Es wird alles gut gehen."

Hadley war ganz in Schwarz gekleidet und sah arschcool aus. Hex starrte auf Cains Hinterkopf, der auf dem Beifahrersitz saß. Killian saß hinterm Steuer und Devyn auf der anderen Seite von Hadley. Der Rest des Teams folgte ihnen im zweiten BMW-SUV. Die Drohnen waren im Kofferraum verstaut.

Hex atmete tief durch. Cain würde nichts passieren. Er war der legendäre Shade.

Aber sie erinnerte sich an Devyns Worte. Cain

würde alles tun, um seine Mission durchzuziehen. Ihr Mann war ein Held, das wusste sie, selbst wenn er es selbst nicht zu wissen schien.

Vor den Fenstern zogen die riesigen Villen von Vandœuvres an ihnen vorbei. Einige davon waren alte Gebäude mit historischem Charme, andere hingegen modern und aalglatt.

Am Straßenrand, außerhalb der Sicht der Häuser, hielten sie an. Die Bäume an dieser Stelle waren hoch und dicht, was perfekten Sichtschutz bot. Sie stiegen aus den Autos und der zweite SUV hielt hinter ihnen an. Hex wusste, dass sich Webers Anwesen direkt hinter der nächsten Anhöhe befand.

Der Rest des Teams verließ ebenfalls den Wagen, und Hex warf einen bewundernden Blick auf diese knallharten Typen, die einfach alle zum Anbeißen aussahen. Nick und Matteo, deren äußeren Erscheinungsbilder nicht unterschiedlicher sein könnten, grinsten sich an. Der muskulöse und bärtige Nick mit seinem rauen Auftreten und der gut aussehende, charmante Matteo. Bram, stoisch wie immer, hielt sich im Hintergrund, aber Hex spürte, dass er ein wenig entspannter war als sonst. Addie in seinem Leben zu haben und Zwillinge mit ihr zu erwarten, hatte ihn verändert.

Neben Bram stand Boone Hendrix. Er war groß und muskulös und ließ Hex immer denken, dass er auch sehr gut die Hauptrolle in einem Marvel-Film spielen könnte. Der ehemalige Special-Forces-Soldat hatte ihnen und ihren Freunden von Norcross Security schon früher gelegentlich ausgeholfen.

„Okay, zuhören, Leute." Killian trat vor die Truppe. „Hex wird hier bei den Autos bleiben und die Drohnen in die Luft bringen. Wir nähern uns dem Bootshaus aus verschiedenen Richtungen und arbeiten in Zweierteams. Ich muss euch nicht daran erinnern, eurem Partner den Rücken freizuhalten."

„Webers Wachen sind extrem gut", übernahm Cain. „Das sind nicht irgendwelche dahergelaufenen Sicherheitsmitarbeiter. Sie sind allesamt Ex-Militärs, einige ehemalige Special Forces. Bleibt also wachsam."

„Setzt sie außer Gefecht", fuhr Killian fort. „Je mehr wir von ihnen ausschalten, umso einfacher wird es sein, an Weber und den Chip heranzukommen."

„Wenn wir gute Arbeit leisten, haben wir ihn dingfest gemacht, bevor unsere albanischen Freunde auftauchen", fügte Devyn hinzu.

Hex hörte zu, während ihre Kollegen den Einsatz besprachen, und musterte die ernsten Gesichter. Keiner von ihnen wirkte nervös. Sie waren diese Arbeit gewöhnt. Ihr Blick verweilte auf Cain. Sein Ausdruck verriet nichts, während er Killian zuhörte.

Sie stieß einen Seufzer aus und wuchtete die Koffer mit den Drohnen aus dem SUV. Als sie Condors Kiste heraushob, schnaufte sie heftig. Anschließend baute sie die Drohnen zusammen und kontrollierte die Fernbedienungen.

Sie hörte das Knirschen von Stiefeln im Kies und blickte auf. Cain stand vor ihr und beobachtete sie. Der Rest des Teams befand sich in der Nähe, kontrollierte die Waffen und machte sich für die Mission bereit.

„Ist es so weit?", fragte sie.

„Es ist so weit."

Hex nickte. Sie musste ihre Drohnen in die Luft steigen lassen. „Sei vorsichtig, Bond."

„Es ist nicht meine Aufgabe, vorsichtig zu sein." Sein Ausdruck war ernst.

Sie packte Cain am Kragen. „Jetzt ist es das. Du bist kein verdammter einsamer Wolf mehr. Du hast Freunde, denen du wichtig bist. Du hast" – sie war sich nicht sicher, welches Wort sie benutzen sollte – „mich. Du hast mich. Und ich habe Pläne für uns und dafür brauche ich dich in einem Stück."

Ein schwaches Lächeln huschte über seine Lippen.

„Ich will noch mehr Orgasmen." Sie trat auf ihn zu, bis sich ihre Körper berührten. „Ich will mehr Bartbrand. Möglicherweise will ich sogar, dass mir noch öfter der Hintern versohlt wird."

„Pixie." Cain senkte den Kopf und streifte mit seinen Lippen über ihre. „Ich kann nicht mit einem Steifen zu einer Mission aufbrechen."

„Pass auf dich auf, Cain Cavanagh. Ich warte auf dich."

Hex sah die Emotionen, die in seinen Augen brodelten. Sie wollte ihm ganz dringend sagen, dass sie ihn liebte, aber sie wollte ihn nicht aus dem Konzept bringen. Er musste sich auf die Mission konzentrieren.

Dann küsste er sie – heftig, leidenschaftlich und durchzogen von heißem Verlangen.

„Hey, wann ist das denn passiert?", erklang Nicks tiefe Stimme neben ihnen.

„Das brodelt schon seit einer ganzen Weile", erwiderte Devyn.

Cain trat einen Schritt zurück, musterte Hex noch einmal von Kopf bis Fuß, dann drehte er sich um und ging davon.

Hadley kam zu ihr. „Heiß."

„Klappe. Du hast deinen eigenen Kerl."

Hadley berührte ihren Arm. „Wir sind bald zurück."

Hex sah dem Team hinterher, als es in der Dunkelheit verschwand. Sie griff nach ihrem Tablet und aktivierte die Drohnen. Condor startete als Erster und stieg senkrecht in die Luft. Sie tippte auf dem Tablet herum und aktivierte die Nachtsicht- und Wärmebildkamera.

Als Nächstes schwirrte Swift mit einem surrenden Geräusch in die Höhe. Die Drohne war kleiner und aerodynamischer. Sie flog höher und höher, bis die Nacht sie verschluckte.

Hex lehnte sich an den SUV und aktivierte ihr In-Ear.

Sie stellte sich vor, wie ihr Team sich dem Bootshaus näherte. Dann griff sie nach dem Laptop auf der Rückbank des SUVs und klappte ihn auf. Sofort erschienen alle Teammitglieder auf dem Bildschirm.

Jedes Zweierteam bestand aus farbigen Formen, die verstohlen über Webers Rasen schlichen.

Cain war mit Boone in einem Team, und die beiden befanden sich in unmittelbarer Nähe zum Bootshaus. Hex markierte sie, dann den Rest des Teams.

Jetzt tauchten auch die unscharfen Bewegungen und Wärmesignaturen von Webers Wachen auf.

Leise gab sie diese Information an ihr Team weiter. Auf dem Bildschirm verfolgte sie, wie sie sich alle vorsichtig dem Gebäude näherten, und lenkte Swift direkt über das Dach des Bootshauses.

„Vier Wärmesignaturen im Bootshaus, im südlichen Teil." Das Haus war ein verdammter Palast, mit riesigen Fenstern ringsum. Es ein „Bootshaus" zu nennen, war die Untertreibung des Jahrhunderts.

Plötzlich tauchte eine neue Wärmesignatur auf dem Bildschirm auf. Ganz in der Nähe von Cain und Boone.

Scheiße. Hex drückte auf ihr In-Ear. „Shade, ihr bekommt Besuch."

„Ich sehe ihn."

Eine Sekunde später griff Cains Wärmesignatur die Wache an. Hex verfolgte den Kampf auf dem Bildschirm und wünschte, sie könnte mehr Einzelheiten ausmachen. Ihr Magen war vor Sorge wie verknotet. *Verdammt.* War die Wache bewaffnet? Hatte sie eine Pistole oder ein Messer?

Doch dann sah sie, wie Cains Wärmesignatur die nun regungslose Wache davonzerrte und in einem Beet liegen ließ.

„Neutralisiert." Seine Stimme klang kühl und unbeeindruckt durch ihr In-Ear.

Erleichtert atmete Hex aus.

„Wir betreten jetzt den südlichen Teil des Bootshauses", sagte Cain.

„Verstanden", erwiderte Killian.

Hex ließ Swift einen engen Kreis über das Bootshaus fliegen. Je mehr Einzelheiten sie sammeln konnte, umso sicherer war ihr Team – umso sicherer war Cain.

Sie starrte auf ihre Bildschirme. Es würde schon ganz bald überstanden sein.

ES WAR EINE WARME NACHT, und Cain liefen bereits Schweißtropfen den Nacken hinunter.

Die Wache hatte er gefesselt und geknebelt im Garten, zwischen Büschen versteckt, liegengelassen. Boone Hendrix schlich lautlos neben ihm her.

Sie näherten sich dem Bootshaus. Für ein paar Boote war das ein verdammt nobles Gebäude. Die beiden Seiten des Bootshauses bestanden aus nichts als boden-tiefen Fenstern und hohen Decken. Eine schmale Brücke verband die Hälften miteinander, und auf der Seeseite ragten mehrere Stege ins Wasser.

Cain hielt inne, Boone stand direkt hinter ihm. Er lauschte in die Nacht. Es waren keinerlei Geräusche der Wachen oder Gesprächsfetzen zu hören. Er blickte über den See, dann zum Nachthimmel. Er wusste, dass Hex' Drohnen irgendwo dort oben waren und ihn im Auge behielten.

Wortlos deutete er auf das Bootshaus. Mit einem Nicken nahm Boone seine Position ein.

Cain zog leise eine Seitentür auf. Es war niemand in unmittelbarer Nähe, doch aus dem Inneren des Gebäudes drangen gedämpfte Stimmen zu ihm.

Boone und er schlichen sich hinein.

„Wir sind drin."

„Verstanden. Wir gehen an der Ostseite rein." Wolfs Stimme.

Wieder hörte Cain das Murmeln von Stimmen, vermischt mit dem seichten Plätschern des Wassers. Das Bootshaus bestand aus zwei Stockwerken, doch die obere

Etage schien lediglich eine Art offenes Zwischengeschoss zu sein, damit auch große Boote bequem andocken konnten. Links von ihnen ankerte eine Yacht. An den Wänden hingen unzählige Gegenstände, die man für den See brauchte – Netze, Ruder, Angelzubehör. Weitere Berge von Ausrüstung lagen in ordentlichen Stapeln auf dem Boden.

Vorsichtig schlich Cain vorwärts und achtete darauf, sich im Schatten zu halten. Er spähte um einen Turm von Kisten.

Weber und drei Wachen standen vor ihm. Der Kerl trug wie immer einen Anzug, und Cain fragte sich, ob er darin wohl schlief. Die Wachen waren massige Kerle, an deren Hüftholstern Pistolen steckten.

Weber warf einen Blick auf seine Uhr. „Ihre Landung wurde bestätigt?"

„Ja, *Monsieur*", erwiderte eine der Wachen.

„Gut." Weber lächelte. „Auf uns wartet ein hübscher Zahltag."

Arschloch. Für dich wird es keinen Zahltag geben. Dich erwartet nur eine Kugel oder eine Gefängniszelle.

Urplötzlich hallten Schüsse durch das Bootshaus.

Weber und seine Wachen wirbelten herum und hechteten in Deckung.

„Fuck." Hades Stimme erklang in Cains In-Ear. „Zwei Wachen sind aus einer Seitentür aufgetaucht. Wir mussten angreifen."

Innerlich fluchte Cain. Dinge gingen schief, das taten sie immer.

„Die Wärmebildkamera hat sie nicht registriert", ertönte Hex' Stimme.

„Sieht aus, als ob sie gerade aus einer Kühlkammer gekommen wären", erklärte Wolf. „Vielleicht wird dort der Fang aufbewahrt?"

„Das muss sie abgeschirmt haben", erwiderte Hex.

Verdammt.

Weitere Schüsse knallten. Cain biss die Zähne zusammen, und seine Hand fuhr zu seiner Glock. Er hörte, wie Weber und seine Wachen aufgebracht miteinander redeten.

„Findet heraus, was hier verdammt noch mal vor sich geht", brüllte Weber jemanden an.

Einer der Wachmänner hob sein Handy ans Ohr.

„Ich bin getroffen", knurrte Wolf in seinem In-Ear. „Kein Notfall."

Fuck. Cain zog seine Pistole. Boone tat es ihm gleich.

„Ich kümmere mich um dich", erklärte Hades. „Wir sind in Deckung, aber Wolf blutet und wir sitzen fest."

„Bleibt in Deckung", befahl Killians ruhige Stimme. „Wir kommen."

Scheiße. Es flog ihnen alles um die Ohren.

„Killian", erklang Hex' drängende Stimme. „Es kommen weitere Wachen aus der Villa auf euch zu. Eine große Gruppe."

Killian fluchte.

Verdammt. Cains Finger zogen sich um den Griff seiner Waffe zusammen. Weber musste zusätzliche Wachen angeheuert haben.

„Steel, wir müssen sie aufhalten, bevor sie am Boots-haus ankommen", sagte Hadley.

„Striker und Excalibur, ihr kümmert euch darum",

befahl Killian. „Hellfire und ich geben euch Rücken-deckung."

„Boone und ich holen Wolf und Hades da raus", erklärte Cain.

Cain nickte seinem Partner zu. Boone und er schli-chen entlang der inneren Wand durch das Bootshaus. Er hörte, wie Wolf und Hades das Feuer erwiderten.

„Erledigt sie!", bellte Wolf. „Wer auch immer es ist, erschießt sie."

Scheiße. Cain eilte vorwärts.

Dann entdeckte er Wolf und Hades, die hinter einem aufgebockten Holzboot festsaßen.

Außerdem erblickte er entlang der Wand mehrere Treibstofftanks. Mist. Er hoffte inständig, dass die nicht explodierten.

„Ich schleiche mich aus der anderen Richtung an und schalte die neuen Wachen aus", erklärte Boone leise.

Cain nickte. „Sei vorsichtig."

Sie mussten Wolf und Hades da rausholen und dann diesen gottverdammten Chip sichern.

„Hex, pass auf, dass du Weber nicht aus den Augen verlierst", sagte Cain. „Wir dürfen ihn nicht entkommen lassen."

„Verstanden, Shade."

Ihre Stimme war Balsam für seine Seele. Beruhigend und gefasst. Er wollte, dass diese Mission endlich vorbei war, damit er zu ihr zurückkehren konnte.

Er hatte keinen Schimmer, was dann zu tun war, aber das würde er schon herausbekommen. Vielleicht würde er endlich Killians Jobangebot annehmen.

Cain näherte sich leise dem Schusswechsel. Er hörte, wie Boone in den Kampf eingriff.

Auch von draußen drangen Schüsse zu ihm. Er sah, wie Webers Kopf herumflog und sich sein Ausdruck verhärtete.

Weber hörte die Schüsse ebenfalls und bekam es nun langsam mit der Angst zu tun, dass ihm sein lukrativer Deal durch die Lappen gehen könnte.

Cain schlich sich an eine der Wachen heran, die gerade feuerte. Sie war völlig auf Hades und Wolf konzentriert und bemerkte Cain nicht. Sein Deckname war nicht ohne Grund Shade.

Er trat hinter den Mann, dann riss er ihn zurück. Der Typ ließ seine Pistole fallen, ballte die Fäuste und fing an, um sich zu schlagen.

Mit zwei gut platzierten rechten Haken ließ Cain ihn zu Boden gehen, dann fesselte er seine Hände mit Kabelbindern. Er griff nach der Pistole des Kerls und mit zwei Waffen in den Händen erhob er sich schließlich.

Sein Fokus war konzentriert und klar. Er erblickte drei Wachen, feuerte, wirbelte herum und feuerte erneut. Dann kniete er sich hin und schoss ein weiteres Mal. Alle drei Männer gingen zu Boden.

Cain erhob sich wieder und ging auf seine beiden Teamkameraden zu. Hinter einem Turm von Kisten tauchte Hades auf und feuerte nach links.

Wolf lehnte an der Seite des Holzboots. Ein Ärmel seines Hemds war blutgetränkt.

Cain beugte sich über ihn und schlang seinen Arm um Wolfs Oberkörper.

„Verschwinden wir." Er wuchtete ihn hoch.

„Danke", grummelte Wolf.

Er blutete stark, schien allerdings bei klarem Verstand zu sein, also hoffte Cain, dass die Verletzung nicht allzu schlimm war.

Plötzlich erklang Hex' panische Stimme in ihren In-Ears. „Cain! Direkt vor euch gerät eine Wärmesignatur vollkommen außer Kontrolle. Irgendwas brennt da und es wird immer heißer."

O Fuck. Er suchte Hades' Blick. „Da standen Treibstofftanks. Schnell!"

Hades fuhr herum und rannte los, während er auf die verbleibenden Wachen schoss, um den Weg freizumachen. Sie mussten es nach draußen schaffen.

Cain und Wolf strauchelten hinter ihm her, und Cain hörte Wolf stöhnen, aber er wurde nicht langsamer.

„Boone", brüllte Cain. „Sieh zu, dass du hier rauskommst."

„Ich bin schon draußen", erwiderte der andere Mann.

Vor ihnen rannte Hades durch die Tür.

Fast geschafft.

Cain warf einen Blick zurück und sah, wie die Flammen die Tanks erfassten.

Scheiße.

Wolf und er würden es nicht mehr bis zur Tür schaffen. Aber sie befanden sich in der Nähe der großen Fenster. Cain drehte sich um und schoss auf die Scheiben.

Das Glas zersplitterte.

„Hier entlang." Unsanft stieß er Wolf in Richtung des neuen Fluchtweges.

Der Typ hielt nicht einmal inne. Er sprang einfach durch das zerbrochene Fenster.

Cain hielt sich am Rahmen fest und machte sich bereit, Wolf zu folgen.

Ka-wumm.

Genau in der Sekunde, als Cain sprang, explodierten die Treibstofftanks.

Weitere Fensterscheiben zersplitterten, und ein Feuerball verschlang ihn.

KAPITEL SECHSZEHN

O Gott, bitte lass Wolf nichts passiert sein.

Hex hasste es, wenn jemand aus ihrem Team verletzt wurden. Sie knabberte an ihrem Fingernagel und lauschte dem Schusswechsel. Auf dem Bildschirm verfolgte sie, wie die Wärmesignatur des Bootshauses immer weiter anwuchs.

„Komm schon, Cain. Raus da." Auf dem Bildschirm herrschte absolutes Chaos, und die große Wärmesignatur machte es ihr beinahe unmöglich, zu erkennen, was genau dort vor sich ging.

„Ich bin draußen." Es war Wolfs Stimme, angespannt vor Schmerzen.

Wo war Cain? Er und Wolf waren zusammen gewesen. Hex hörte Glas splittern, dann eine laute Explosion.

Sie zuckte zusammen. Sogar von ihrem Standort aus konnte sie die Vibration der Explosion in der Luft spüren.

Das Herz schlug ihr bis in den Hals.

„Fuck, Hex, hast du Shade auf dem Bildschirm?", fragte Wolf.

„Ich kann nichts erkennen. Eine Hälfte des Bootshauses steht in Flammen und blockiert alles."

„Scheiße. Er war direkt hinter mir, und dann war da dieser Feuerball ..."

Als Wolfs Stimme verebbte, lief ihr ein heiß-kalter Schauder den Rücken hinunter.

Nein. *Nein*. Sie konnte ihn nicht verlieren. „Hat er es rausgeschafft? Hast du gesehen, ob er rausgekommen ist?"

„Nein." Es entstand eine kurze Pause. „Ich habe nur gesehen, wie er vom Feuerball verschluckt wurde."

Weitere Schüsse hallten durch die Leitung. Hex presste eine Hand auf ihre Brust, dort, wo ihr Herz unerträglich hämmerte.

Sie hatte Webers Wärmesignatur verloren. Sie hatte keine Ahnung, wo er war.

Aber sie konnte an nichts anderes denken als an Cain.

Sie drückte einen Finger auf ihren In-Ear. „Shade? Shade! Wo bist du?"

Stille.

Eine Stille, die sie zerriss.

Cain.

„Ich bin hier."

Seine tiefe Stimme überwältigte sie. Sie atmete zitternd ein, und ihre Hände waren nervös ineinander verschlungen. „Geht es dir gut? Bist du verletzt?"

Ihr war bewusst, dass sie ein wenig hysterisch klang.

„Mir geht es gut, Pixie. Ein bisschen verkokelt, aber gut."

Ein bisschen verkokelt? Bei derart knallharten Typen könnte das auch Verbrennungen dritten Grades bedeuten.

„Shade –"

„Versprochen. Beim Sprung aus dem Fenster habe ich mein In-Ear verloren, und es hat einen Augenblick gedauert, bis ich es wiedergefunden hatte. Aber mir gehts gut. Moment –"

Hex erstarrte.

„Ich kann Weber sehen. Er überquert gerade die Brücke zur anderen Seite des Bootshauses." Cains Tonfall verhärtete sich. „Es sind zwei Wachen bei ihm. Dieser Teil des Bootshauses brennt nicht. Ich folge ihnen."

Hex schnappte sich ihr Tablet. „Du brauchst Verstärkung."

„Hades muss Wolf hier rausbringen. Steel hat selbst alle Hände voll zu tun." Cain fluchte. „Da kommt ein Motorboot über den See angefahren."

Fluchend rief Hex das Luftbild ihrer Drohne auf und entdeckte das schnittige Motorboot, das auf das Bootshaus zuraste.

„Vier Personen an Bord", sagte sie.

„Das muss der Red Clan sein. Ich *muss* mir den Datenchip schnappen, bevor Weber ihn übergeben kann."

„Shade, ich komme", erklang Boones Stimme. „Ich bin auf der anderen Seite des Feuers. Ich schlage mich irgendwie zu dir durch. Bin gleich da."

Hex kaute auf ihrer Unterlippe herum. „Shade, warte auf Boone."

„Kann ich nicht. Das Boot ist jede Sekunde hier. Ich darf nicht riskieren, dass sie den Chip in die Finger bekommen."

Sie schloss für eine Sekunde die Augen. „Okay, ich lasse die Drohne näher ran fliegen." Sie konzentrierte sich auf den Bildschirm. Darauf, Cain zu helfen.

Die Drohnenaufnahmen zeigten Killian, Devyn, Hadley und Bram, die weiterhin den Ansturm der Verstärkung aus der Villa zurückschlugen.

„Im Bootshaus sind drei Wärmesignaturen zu erkennen. Nein, Moment. Gerade sind noch zwei dazugekommen." Wenn man die vier Personen vom Boot noch dazurechnete, war Cain hoffnungslos in der Unterzahl.

„Kinderspiel", bemerkte er träge.

Hex verdrehte die Augen. „Übermut ist keine Tugend."

Sie entdeckte Boone, der sich zügig durch den Garten bewegte. Er war noch immer weit von Cain entfernt, näherte sich ihm allerdings schnell.

Dann bemerkte sie zwei Wärmesignaturen in den Bäumen in der Nähe von ihm.

„Boone, es kommen zwei Angreifer auf dich zu. Westlich von dir. Zehn Meter entfernt."

„Danke, Hex. Ich sehe sie."

Die beiden Wachen würden Boone nur weiter darin aufhalten, endlich zu Cain zu stoßen.

Ihre Nervosität ließ ihre Brust eng werden. *Komm zurück zu mir, Cain Cavanagh.*

„Ich betrete jetzt das Bootshaus", erklang Cains Stimme.

Hex lokalisierte seine Wärmesignatur und wechselte auf die HD-Nachtsichtkamera. Cain kletterte gerade an der Seitenwand des Bootshauses hinauf.

Gott, er bewegte sich wie der verdammte Spider-Man. Sie beobachtete, wie er kurz innehielt, ein Fenster aufdrückte und hineinschlüpfte.

Ihm wird nichts passieren. Ihm wird nichts passieren.

Sie hörte ein Geräusch hinter sich.

Hex zückte ihre SIG Sauer und wirbelte herum.

Hades und Wolf humpelten zwischen den Bäumen hervor.

Nicks Hemd war blutgetränkt.

Scheiße. Hex eilte um den SUV herum und schnappte sich den Erste-Hilfe-Kasten aus dem Kofferraum.

„Lainie wird stinksauer sein", murmelte sie.

Vorsichtig setzte Matteo Nick auf der Straße neben dem SUV ab. Nick lehnte sich an den Wagen und stöhnte leise.

„Ja, meine Kleine wird nicht erfreut sein." Sein Gesicht war schmerzverzerrt.

„Hier." Hex hielt Matteo den Verbandskasten hin.

Er klappte ihn eilig auf. „Zuerst Schmerzmittel, dann flicke ich dich vorläufig zusammen."

Nick grunzte.

Sobald sie sich vergewissert hatte, dass es Wolf einigermaßen gut ging, eilte Hex zurück zu ihrem Mini-Kommandozentrum. Boone war wieder unterwegs.

Killian und die anderen drei waren noch immer in ihren Kampf verwickelt.

Das Schnellboot stellte den Motor aus und glitt nun lautlos ins Bootshaus.

„Shade, die Albaner sind da", informierte Hex ihn.

„Ich sehe sie."

Er klang so ruhig, so gefasst. So etwas hatte er schon Dutzende Male gemacht. Er war gut darin und blühte in solchen Situationen regelrecht auf. Würde er das jemals aufgeben können?

Sie sah zu, wie die Albaner von Bord gingen.

Jetzt hieß es Cain allein gegen neun Gangster.

CAIN SCHLICH ÜBER DAS ZWISCHENGESCHOSS. Er hörte, wie Weber sich unterhielt.

„Da sind sie", bemerkte der Geschäftsmann.

Cain ging am Geländer in die Hocke. Er sah, wie das kleine Motorboot ins Haus fuhr.

Es waren vier Personen an Bord. Drei Männer und eine große, stark aussehende Frau. Alle hatten todernste Mienen und waren schwer bewaffnet.

Cain atmete tief durch.

Unter ihm lächelte Weber – flankiert von zwei Wachen – die Neuankömmlinge an. Cain wusste, dass sich noch zwei weitere Wachen irgendwo im Gebäude aufhielten, allerdings konnte er sie im Augenblick nicht entdecken.

Er durfte diese Leute auf keinen Fall mit den Drohnendaten entkommen lassen.

„Weber", grüßte einer der Albaner mit starkem Akzent.

„Dobroshi. Willkommen."

„Warum brennt Ihr Bootshaus?", fragte Dobroshi berechtigterweise. „Gibt es Probleme?"

„Nichts, womit mein Sicherheitsteam nicht klarkäme." Weber zuckte mit den Schultern. „Ich habe Feinde, aber darüber brauchen Sie sich nicht den Kopf zu zerbrechen."

Die Albaner wechselten Blicke.

Dann riss Dobroshi das Kinn hoch. „Bringen wir es hinter uns. Sie haben die Drohnendaten?"

Weber hielt den Chip hoch, und Cain erstarrte.

Die Albaner traten näher.

„Erst das Geld", unterbrach Weber.

Die Frau trat mit einem Tablet in der Hand zu ihm.

Weber zückte sein Handy. Eine Sekunde später piepte sein Telefon.

„Die Überweisung ist angekommen." Weber lächelte. „Es war mir ein Vergnügen, mit Ihnen Geschäfte zu machen."

Dobroshi grunzte unverbindlich.

Cain fokussierte sich. Er hatte keine andere Option mehr. Er *musste* diesen Datenchip zerstören.

Noch einmal atmete er tief durch, packte das Geländer und schwang sich darüber. In der anderen Hand hielt er seine Pistole, mit der er noch im Flug auf eine der Wachen feuerte, die sofort zu Boden ging. Er schoss auf die zweite Wache, aber der Kerl hechtete bereits in Deckung.

Cain krachte mit Weber zusammen, und die beiden Männer stürzten zu Boden. Cain hörte Knochen brechen, und der Geschäftsmann brüllte vor Schmerzen auf.

Der Datenchip fiel ihm aus der Hand, segelte durch die Luft und schlitterte über den Betonboden.

„Mein Arm!" Weber hielt sich den Arm, der eindeutig gebrochen war.

Cain riss den Kopf hoch. Alle vier Albaner hatten ihre Waffen gezückt.

Er rollte über den Beton, während Pistolenkugeln auf den Boden prasselten. Dann sprang er auf und warf sich hinter einen Stapel Kisten.

Fuck.

Überall schlugen Kugeln ein. Er sah, wie Weber ebenfalls über den Boden robbte.

Verdammt, Cain musste an den Chip rankommen.

Er spähte um die Kisten herum. Der Chip lag noch immer auf dem Boden, doch nun eilte einer der Albaner darauf zu.

Cain berührte seinen In-Ear. „Ich sitze fest."

„Shade?"

Hex' Stimme. Er schloss die Augen. „Die Albaner schießen und sie kriegen jeden Augenblick den Chip in die Finger."

Scheiße. Das durfte er nicht zulassen. Er lud seine Pistole nach.

„Bereit machen, Shade", erklang Boones tiefe Stimme.

Eine Sekunde später regnete ein Kugelhagel vom Zwischengeschoss herunter.

Cain hob den Blick und entdeckte Boone, der auf die Albaner zielte. Sie versuchten hektisch Deckung zu finden.

Sofort rannte Cain hinter den Kisten hervor und stürzte sich auf den Chip. Seine Fingerspitzen streiften ihn.

Doch eine Kugel pfiff an ihm vorbei. Fluchend hechtete er zur Seite und ging erneut in Deckung. Er hatte den Chip nicht erwischt.

Cain ging in die Hocke und hob den Blick.

Dobroshi hatte sich den Datenchip geschnappt und starrte Cain finster an. Dann machte der Kerl auf dem Absatz kehrt und rannte zu seinem Boot. Nur unbeholfen konnte er den Leichen seiner Kollegen ausweichen.

Der Kugelhagel verebbte. Als Cain zum Zwischengeschoss hinaufblickte, sah er, wie Boone mit einer weiteren Wache rang, die von irgendwoher aufgetaucht war. Cain sprintete hinter Dobroshi her.

Der Albaner sprang in sein Motorboot, das bedrohlich hin und her schaukelte.

Cain wurde nicht langsamer. Er nahm Anlauf, dann sprang auch er.

Er segelte durch die Luft und krachte in Dobroshi.

Sie stürzten auf den Boden des Boots und rangen in dem beengten Raum erbittert miteinander.

Fuck, war der Kerl stark. Sein Körper bestand aus purer Muskelmasse. Cain rammte ihm den Ellbogen in den Magen, dann kämpfte er grunzend darum, die Oberhand zu gewinnen und Dobroshi unter sich festzuhalten. Doch Dobroshi konterte und rammte Cain ebenfalls seinen Ellbogen in den Bauch. Alle Luft rauschte aus Cains Lungen, und er biss die Zähne zusammen.

Aber er ließ nicht locker.

Er schaffte es, Dobroshi in den Schwitzkasten zu nehmen.

„Fallen lassen", spuckte Cain aus.

Der Kerl zuckte und versuchte verzweifelt, Luft zu schnappen.

Cain zog seinen Arm fester zusammen. „Lass ihn fallen, Arschloch."

„Fick dich", knirschte Dobroshi auf Albanisch.

„Nein, danke", erwiderte Cain ebenfalls auf Albanisch.

Er verstärkte den Griff noch einmal mehr. Endlich erschlaffte der Körper des Mannes, und der Chip fiel ihm aus seinen dicken Wurstfingern.

Cain ließ den bewusstlosen Dobroshi zu Boden sacken.

Keuchend hievte Cain ihn über die Reling des Boots. Mit einem lauten Platschen landete der Kerl im Wasser und sank wie ein Stein.

Cain wirbelte herum und griff nach dem Chip. Fest krallten sich seine Finger darum.

Er tippte auf sein In-Ear. „Ich habe den Chip."

„Gott sei Dank", erwiderte Hex. „Und jetzt verschwinde da!"

Cain ließ seinen Blick durch das Bootshaus schweifen. Wo war Weber? Er konnte ihn nirgendwo entdecken. War er tot? War er davongerannt?

Er stieg vom Boot und durchquerte den Raum.

Plötzlich wurde es stockduster.

Er erstarrte. „Hex, wir haben kein Licht mehr."

„Bin schon dran."

Ein kratzendes Geräusch ertönte. Cain wirbelte herum, dann hörte er das Klirren von Metall.

Was zur Hölle war das?

Plötzlich rammte ihn jemand von hinten. Cain stürzte auf den harten Betonboden.

Scheiße.

Er rollte zur Seite, doch im selben Moment trat jemand nach ihm. Eine Hand riss ihm den Chip aus den Fingern.

„Sie hätten beinahe alles ruiniert."

Weber. Sein dunkler Schatten ragte über Cain auf.

Cain knirschte mit den Zähnen, während sich seine Augen an die Dunkelheit gewöhnten. „Ihr kleines Imperium wird noch heute Nacht untergehen, Weber."

„Nein, *Sie* werden heute Nacht untergehen."

Cain orientierte sich an der Stimme des Mannes und rappelte sich auf. Weber war kein Kämpfer und wusste nicht, dass Cain ausgezeichnete Nachtsichtfähigkeiten hatte. Er fuhr herum und schlug Weber ins Gesicht.

Dieser heulte auf, und Cain riss den Datenchip wieder an sich. Dann warf er ihn auf den Boden.

Das Licht ging wieder an.

Weber starrte ihn an, als Cain mit der Ferse seines Stiefels auf den Chip trat und ihn zu Staub zermalmte.

„Nein! Ich hätte ihn weiterverkaufen können", rief Weber.

„Sie werden überhaupt nichts mehr verkaufen."

Webers Ausdruck veränderte sich, und Cain konnte sehen, dass etwas in seinem Verstand durchbrannte. Seine Miene verzog sich in eine hässliche Fratze, und von dem weltgewandten, wohlhabenden Geschäftsmann war nichts mehr zu sehen.

Brüllend warf er sich auf Cain.

Er krachte mit aller Kraft in ihn hinein. Cain taumelte einen Schritt zurück.

Aber anstatt den Betonboden zu treffen, trat sein Fuß ins Nichts.

Cain fiel, fluchte laut und landete in einem tiefen Loch im Boden des Bootshauses. Trübes Wasser reichte ihm bis zu den Knien.

Was zur Hölle?

Über ihm ertönte ein kreischendes Scheppern, als Weber ein großes Metallgitter über dem Loch zufallen ließ.

Lachend verrammelte Weber das Gitter mit einem Vorhängeschloss. Sein gebrochener Arm hing schlaff an seiner Seite hinunter, und Blut tränkte seine Kleidung.

„Ich bin immer für den Notfall vorbereitet. Das Bootshaus ist voller Sprengsätze. Die habe ich extra legen lassen, für den Fall, dass ich meine Spuren verwischen muss." Finster starrte er auf Cain hinunter. „Oder unerwünschte Probleme beseitigen muss."

Er hob sein Handy und drückte auf eine Taste. Dann hielt er es so, dass Cain den Timer auf dem Display sehen konnte. In leuchtend roten Ziffern sah er die angezeigten fünf Minuten, die langsam herunterzählten.

Weber lächelte. „Genießen Sie das Feuerwerk, so nah kommen Sie diesem Spektakel nie wieder."

Dann machte er auf dem Absatz kehrt und humpelte davon.

Fuck. Cain trat gegen die Wand seines Kerkers. *Fuck.*

KAPITEL SIEBZEHN

Nervös tippte Hex mit den Zehen auf den Boden. Sie wollte endlich wissen, was los war.

„Der Datenchip ist zerstört."

Der Klang von Cains kräftiger Stimme ließ sie einen Seufzer der Erleichterung ausstoßen, und sie lächelte. „Großartige Arbeit."

„Aber Weber konnte entkommen. Er ist verletzt. Boone, bist du da?"

„Ich bin da. Die restlichen Wachen sind außer Gefecht gesetzt. Ich kann Weber sehen."

„Halte ihn auf."

Hex runzelte die Stirn. Warum hielt Cain ihn nicht auf?

„Bin dran", erwiderte Boone.

„Und es sollen sich alle vom Gebäude fernhalten", fuhr Cain fort. Dann stieß er einen schweren Seufzer aus. „Weber hat überall im Bootshaus Sprengstoff gelegt."

Was? Hex ließ vor Schreck beinahe das Tablet fallen. Ganz in der Nähe hörte sie Nick und Matteo fluchen.

„Shade?", erklang Killians Stimme.

„Es ist unmöglich, den Zündmechanismus auszuschalten. Weber hat vorgesorgt, um seine Spuren zu verwischen. Uns bleiben schätzungsweise noch" – Cain verstummte für eine Sekunde – „viereinhalb Minuten, bevor alles in die Luft fliegt."

„Cain, sieh zu, dass du da rauskommst", drängte Hex.

Die drei Sekunden Schweigen fühlten sich wie eine Ewigkeit an.

„Das kann ich nicht, Pixie. Er hat mich hier eingesperrt."

Ihr Herz setzte für eine Sekunde aus. „Nein –"

„Es bleibt keine Zeit mehr, um mich zu befreien. Es ist zu riskant."

„*Nein.*" Es kam Hex vor, als ob ihr der Boden unter den Füßen weggerissen würde. Nick oder Matteo, einer von beiden, legte ihr die Hand auf die Schulter. „Cain. Verschwinde da!"

„Ich würde, wenn ich könnte, Jet. Für dich würde ich alles tun."

Ein Schluchzen drang aus ihrem Hals.

„Leute, gebt uns kurz ein bisschen Privatsphäre", bat Cain ruhig.

Hex hörte, wie Nick und Matteo zur Seite traten und sich ihre Verbindungen ausschalteten. Ihr In-Ear war plötzlich gruselig leise.

„Pixie, ich wollte nicht, dass es so endet."

„Cain ..." Tränen rollten über ihre Wangen.

„Dich kennenzulernen ... verdammt, du hast meine gesamte geordnete, einfache Existenz auf den Kopf gestellt. Du warst das Beste, was mir je passiert ist."

Die Tränen tropften ihr vom Kinn.

„Du hast mich herausgefordert, du hast mich zum Lachen gebracht und du hast mich heißgemacht. Du hast mich dazu gebracht, zu fühlen, Pixie. Etwas, was ich mein ganzes Leben lang gemieden habe wie die Pest."

„Cain, ich kann dich nicht verlieren. *Bitte.*"

„Wenn ich könnte –" Er stieß einen harschen Atem aus.

„Ich liebe dich, Cain Cavanagh."

„Fuck. Jet." Seine Stimme klang gequält.

„Du bist alles, was ich je wollte. Du siehst mich, und ich sehe dich. Deine Eltern waren das Letzte, deine Pflegeeltern haben dich im Stich gelassen, Max hat dir nicht immer das geben können, was du brauchtest, aber du wirst geliebt, verdammt noch mal. Ich liebe dich."

„Jet –"

„Und ich werde dich *nicht* sterben lassen." Eilig wirbelte sie herum. Sie konnte hören, wie er durch die Leitung ihren Namen rief, aber sie war zu beschäftigt, als darauf zu reagieren. Ihre Gedanken überschlugen sich. Sie musste ihn irgendwie befreien.

Ganz in der Nähe hörte sie Schüsse.

„Wolf, Hades." Es war Bram. „Es sind weitere Wachen zu euch unterwegs."

Obwohl Nick verletzt war, waren die beiden Männer augenblicklich in Alarmbereitschaft. Sie zückten ihre Waffen.

„Hex, verschwinde hier und geh in Deckung", knurrte Nick.

Nein. Mit hämmerndem Herzen griff sie nach ihrem Tablet und wischte darauf herum.

Über einer Anhöhe tauchte ein Mann auf und feuerte in ihre Richtung.

Nick nahm ihn ins Visier, schoss und ließ ihn zu Boden gehen.

Hex fokussierte sich auf ihr Tablet. Dann hörte sie ein tiefes Surren in der Luft.

Condor kam aus dem Himmel hinuntergeschwebt. Sie tippte erneut etwas in ihr Tablet und die Drohne blieb direkt über ihr in der Luft stehen. Hex ließ das Tablet fallen.

„Hex!", brüllte Matteo

Ihre Finger krallten sich um die Arme der Drohne, dann erhob sich Condor in die Luft und folgte der Flugbahn, die Hex auf dem Tablet programmiert hatte.

Die Drohne flog vorwärts und riss Hex von den Füßen.

O Gott. Sie klammerte sich mit aller Kraft fest, und ihr Körper schwang hin und her.

Condor sauste über die Anhöhe, während Hex unter der Drohne baumelte. Sie erreichten Webers Grundstück. Kühle Luft schlug ihr entgegen, und ihre Haare tanzten im Wind.

Vor ihr tauchte das Bootshaus auf, dessen eine Hälfte lichterloh brannte. In der Nähe der Villa blitzen immer wieder rote Funken auf. Das zweite Feuergefecht war noch immer in vollem Gange.

Condor sank tiefer. Hex kratzte am Maximalgewicht für die Cargodrohne, aber wie es schien, konnte sie sie problemlos tragen. Sie flogen auf den nördlichen Teil des Bootshauses zu, der Teil, der noch nicht in Flammen stand.

Wie viel Zeit blieb noch, bis die Sprengsätze explodierten? Hex' Mund war staubtrocken. Sie musste schneller als die Bomben sein und Cain retten.

„Jet?" Seine Stimme erklang in ihrem Ohr.

„Ja?"

„Wo bist du?"

„Wirst du gleich sehen."

„Wenn du auch nur in die Nähe dieses verfickten Bootshauses kommst, wartet eine amtliche Bestrafung auf dich. Eine riesige Bestrafung. Du wirst eine ganze Woche nicht auf deinem wunden Hintern sitzen können."

Angst und Panik schnürten ihr den Hals zu. Nicht wegen Cains Drohung, sondern weil er in Gefahr schwebte. Sie wollte diesen Mann. Wollte ihn lieben und mit ihm zusammen ein Leben aufbauen. Wollte mit ihm zusammen alt werden.

„Damit kannst du mir nicht drohen, Bond." Ihre Stimme war belegt.

„Jet, verdammt noch mal." Ein harscher Atemzug. „Ich muss wissen, dass du in Sicherheit bist. Wenn du in Sicherheit bist, war es das alles wert."

„Du weißt, dass ich nicht besonders gut darin bin, Befehle zu befolgen."

Die Drohne sackte ab, und Hex schnappte nach Luft. Sie hatten das Bootshaus fast erreicht.

Eine Wache auf dem Rasen bemerkte sie und zielte auf sie. Sie schluckte ihren Schrei hinunter und schloss die Augen. Zum Glück erwischte sie keine der Kugeln.

Sie klammerte sich weiter fest und starrte wieder nach vorn. *Fast geschafft.*

„Ich werde dich nicht sterben lassen, Cain. Ich werde dich nicht im Stich lassen. Ich werde dich nie verlassen."

Sie flog direkt auf eins der riesigen Fenster zu und hob die Füße an.

Zeit, den Mann zu retten, den sie liebte.

***

ES BLIEB VERMUTLICH NICHT MEHR viel Zeit, bis die Sprengsätze detonierten. Cain kam es fast vor, als ob er das Ticken des Countdowns hören konnte.

Er holte tief Luft. Was zur Hölle machte Jet? Seine Brust war so verdammt eng. Er krallte die Finger um das Gitter über seinem Kopf. Das Verlies hatte er bereits abgesucht – ringsum nichts als solider Beton. Es gab keinen Ausweg.

Der einzige Silberstreifen war, dass das Bootshaus zu weit entfernt war, als dass sie es bis hierher schaffen könnte.

Cain schloss die Augen und sah vor seinem inneren Auge ihr Gesicht. Sie lächelte ihn an. Warf ihm eine freche Bemerkung zu.

Sie würde in Sicherheit sein. Ihr würde nichts passieren. Killian, Devyn und die anderen würden sich um sie kümmern.

Ein Knistern riss ihn zurück in die Realität, und er blickte in die Richtung, aus der das Geräusch kam. Flammen züngelten empor.

Scheiße. Das Feuer auf der anderen Seite des Bootshauses hatte sich ausgebreitet und kam nun gefährlich nah. Er stieß den Atem aus. Das würde schon bald keinen Unterschied mehr machen.

Plötzlich zersplitterte Glas.

Sein Kopf flog herum.

Dann fiel ihm der Mund auf, und sein ganzer Körper erstarrte.

Durch das Gitter seines Gefängnisses sah er zu, wie eine große Drohne durch eins der riesigen Fenster krachte.

Und an dieser Drohne hing Hex.

Nein. Nein. *Nein.*

Die Drohne blieb in der Luft stehen, und Hex ließ sich zu Boden fallen.

Sie fand ihre Balance und blickte sich suchend um. Dann entdeckte sie ihn und kam herübergerannt.

„Verschwinde hier!", brüllte Cain.

Hex warf ihm einen entschlossenen Blick zu. „Nicht ohne dich." Sie zückte eine Pistole, zielte und feuerte auf das Vorhängeschloss. Sie trat das Schloss ab, griff nach dem Gitter und wuchtete es hoch.

„Scheiße, ist das schwer", keuchte sie.

Das Gitter schwang auf.

„Condor, nach Hause", rief Hex.

Die Drohne schwang sich in die Höhe und schoss durch das zerbrochene Fenster davon.

Cain konnte an nichts anderes denken als an die Tatsache, dass jede Sekunde diese Bombe explodieren würde.

„Bestrafung." Er sprang aus dem Loch und ergriff Hex' Hand.

Sie warf ihm ein Grinsen zu. „Was immer du austeilst, ich bin dabei, Cain Cavanagh."

Er wollte sie küssen, aber dafür war jetzt keine Zeit. Sonst würden sie es nicht aus dem Bootshaus schaffen, bevor alles in die Luft flog.

Er hielt ihre Hand fest und rannte auf das Wasser zu. „Wir müssen –"

Cain spürte das dumpfe Grollen bis in die Knochen, bevor er es überhaupt hörte.

Ka-Wumm.

Er blickte nicht zurück. Ihnen blieb keine Zeit mehr.

Cain rannte schneller und zerrte Hex hinter sich her, aber sie stolperte. Er riss sie von den Füßen und in seine Arme, dann sprintete er weiter.

Ka-Wumm. Ka-Wumm.

Keine Zeit, in ein Boot zu steigen. Er kam am Ende des Stegs an und sprang.

Platschend landeten sie im Wasser. Cain drückte Hex an sich und blickte hinauf zur Wasseroberfläche.

Orange Flammen breiteten sich über dem See aus.

Er strampelte mit den Beinen und entfernte sich vom Bootshaus. Die Schockwellen der Explosion rissen selbst noch im Wasser an seinem Körper. Trümmerteile schlugen über ihnen im See ein.

Cain schirmte ihren Körper mit seinem eigenen ab, schwamm so schnell er konnte und zog sie auf den See hinaus.

Endlich tauchten sie auf, um Luft zu holen.

„Heilige Scheiße", stieß Hex aus.

Er drehte sich um. *Um Gottes willen.* Eine Seite des Bootshauses stand lichterloh in Flammen, die andere

Seite war ... verschwunden. Dem Erdboden gleich-gemacht.

Flammen loderten in den Nachthimmel hinauf.

„Mist, ich habe mein In-Ear verloren", murmelte Hex.

„Bist du verrückt geworden?" Cain krallte die Hände in ihre Schultern. „Du bist mit einer verdammten Drohne in ein Gebäude geflogen, das jeden Augenblick explodieren würde. Hast du eine Todessehnsucht, oder was?"

„Nein." Ihre Augen blitzten auf. „Der sture, dickköp-fige Mann, den ich liebe, saß in der Falle, und ich konnte ihn nicht einfach sterben lassen!"

„Jet." *Fuck.*

Seine Emotionen brachen über ihn herein. Er riss sie an sich und küsste sie.

Hex stieß einen kleinen Laut aus, dann schlang sie die Beine um seine Taille. Es war ein Leichtes für ihn, sie beide über Wasser zu halten.

Cain küsste sie verzweifelt und legte all seine Angst in diesen Kuss.

Hex biss ihm fest in die Unterlippe. „Cain, ich kann ohne dich nicht leben. Du bist mir wichtig."

Scheiße. Es fühlte sich an, als hätte sie in seinen Brustkorb gegriffen, sein Herz in ihre Faust gekrallt und zusammengedrückt. Sie erweckte ihn zum Leben.

Hex blinzelte, und das Seewasser glitzerte an ihren Wimpern. „Gibt es etwas, was du mir sagen möchtest?"

Sein Herz hämmerte wie wild. „Vielleicht."

Sie lächelte ihn an. „Bist du auch mutig genug, es mir zu sagen?"

„Ich denke darüber nach." Seine Hand wanderte nach unten, und er drückte ihren Hintern, dann zog er sie wieder fest an sich. „Ich bin noch immer nicht gut genug für dich."

Hex verdrehte die Augen.

„Ich werde weiterhin Fehler machen. Ich werde dich wütend machen."

„Oh, daran habe ich keinen Zweifel."

Cain presste seine Stirn gegen ihre. „Jet Adler, ich liebe dich."

Ihre Augen blickten ihn weich an. „Wirklich?"

„Ja. Du hast mir keine Wahl gelassen. Du bist intelligent, wunderschön, kompetent, nicht auf den Mund gefallen, nie –"

Sie ballte die Faust. „Wenn du niedlich sagst, Cain, schlage ich dich."

Er grinste. „Du liebst mich. Du hast mir gezeigt, wie es geht. Du bist die mutigste Frau, die ich kenne."

Sie lächelte. „Ich weiß nicht, Devyn macht mir ordentlich Konkurrenz."

Er nahm ihr Gesicht in die Hände. „Die mutigste Frau, weil du dich auf mich eingelassen hast. Du hast keinen Rückzieher gemacht und mich nicht aufgegeben."

„Was für ein Glück, dass ich dich einfach wirklich liebe." Sanft strich sie mit ihren Lippen über seine.

„Shade? Hex? Seid ihr da?"

Plötzlich wurde Cain bewusst, dass er schon seit einer Weile diese Stimme in seinem Ohr hörte. Killians schneidender Bariton.

„Hex ist in das verdammte Bootshaus geflogen!", rief

jetzt Hadley panisch. „Direkt, bevor es in die Luft geflogen ist."

Cain berührte sein In-Ear. „Wir sind hier. Uns ist nichts passiert. Wir sind im See."

Am anderen Ende der Leitung brach ein erleichtertes Stimmengewirr aus.

Hex strahlte ihn an, und er erwiderte ihr Lächeln. Er drückte ihr einen Kuss auf die Wange. „Um deine Bestrafung wirst du nicht herumkommen."

Sie grinste. „Das will ich auch hoffen."

KAPITEL ACHTZEHN

H ex sah zu, wie die Flammen Webers Bootshaus verschlangen.

Es war vorbei.

Die Daten waren nicht in Feindeshand gefallen. Halbherzig fragte sie sich, ob Weber entkommen war. Doch in diesem Augenblick, während sie mit dem Mann, den sie liebte, im Genfer See schwamm, war ihr das vollkommen egal.

Wenn man sie fragte, hatten sie gewonnen.

Ihr Blick fiel auf Cain. *Sie* hatte gewonnen.

Cain liebte sie.

Das Dröhnen eines Motors lenkte ihre Aufmerksamkeit auf sich, und Hex entdeckte ein Speedboot, das schnurgerade durch das Wasser schnitt und auf sie zugeschossen kam. Killian stand am Steuerrad, Devyn an seiner Seite.

Als das Boot neben ihnen angehalten hatte, beugte sich Devyn über die Reling und streckte ihre Hand aus. „Wir sind verdammt froh, euch beide zu sehen."

Hex ergriff Devyns Hand, und Cain schob sie von hinten an, während sie unbeholfen ins Boot kraxelte. Es war nicht gerade einfach, vor allem nicht mit ihren triefend nassen Sachen.

Eine Sekunde später schwang sich Cain dank seiner irren Muskelkraft mit einer fließenden Bewegung ins Boot. Klar, bei ihm sah es total einfach aus.

„Geht es euch gut?" Killian legte Hex eine Decke um die Schultern.

Sie grinste. „Wer hat denn was gegen eine Runde Nachtbaden im See?"

Killian zog eine Augenbraue hoch. „Oder einen Drohnenflug in ein explodierendes Gebäude?"

Cain stieß ein unglückliches Grunzen aus.

„Deswegen hat er hier mich schon ausgeschimpft", erklärte Hex.

„Und er ist noch lange nicht fertig damit." Cain setzte sich neben sie, dann zog er sie auf seinen Schoß und küsste sie leidenschaftlich.

Killian stieß irgendein undefinierbares Geräusch aus.

„Ich denke, du gewöhnst dich besser dran, Hawke", amüsierte sich Devyn.

Hex summte leise und erwiderte Cains Kuss.

Als er die Lippen von ihren löste, presste er sein Kinn auf ihren Scheitel. „Ich plane weiterhin, dir als Teil deiner Strafe einen feuerroten Hintern zu verpassen."

„Zu viel Informationen!" Devyn hob die Hand, um ihn zu unterbrechen, lächelte aber.

Killian war mittlerweile verstummt und lenkte das Boot wortlos zum Ufer.

Das gesamte Sentinel-Security-Team wartete auf sie.

Auf dem Anwesen waren Feuerwehrleute dabei, den Brand zu löschen, und das Grundstück wimmelte nur so vor Polizeibeamten. Nick wurde gerade von Rettungssanitätern verarztet.

Die überlebenden Wachen wurden von den Polizisten abgeführt.

„Was ist mit Weber?", fragte Cain.

Killian deutete mit dem Kinn in eine Richtung.

Hex drehte sich um und erblickte Weber, der auf dem Boden saß und seinen gebrochenen Arm festhielt. Sein Gesicht war blutig und geschwollen. Er würde zwei astreine Veilchen davontragen.

Mit verschränkten Armen stand Boone neben ihm Wache.

„Er wollte türmen, aber Boone hat ihn aufgehalten", erklärte Killian.

„Und ihn windelweich geprügelt", fügte Devyn hinzu.

Zwei Gestalten in Anzügen – eine Frau und ein Mann – tauchten aus dem Gewimmel auf.

„Wie es aussieht, hat Interpol es auch endlich hergeschafft", bemerkte Killian trocken. „Nachdem die harte Arbeit erledigt ist." Er ging hinüber und begrüßte die beiden Beamten.

„Wir haben gewonnen", sagte Hex.

„Allerdings, Pixie." Cain zog sie fest an sich.

„Ist das der Moment, in dem du in den Sonnenuntergang davonreitest?", fragte sie leise.

„Die Sonne ist doch schon längst untergegangen." Sein Blick wanderte über die Szene. „Aber ja. Normalerweise veranstalte ich das Chaos, um meinen Job durchzuziehen, und lasse die anderen dann die Aufräumarbeiten machen."

Sie biss sich auf die Unterlippe und fingerte an ihrer Decke herum.

Sein Arm zog sich um sie zusammen. „Aber heute sieht mein Plan nur noch vor, dich zurück ins Hotel zu bringen, aufzuwärmen und unter der Dusche zu ficken."

Wärme stieg in ihr auf. „Klingt nach einem ziemlich guten Plan."

EIN PAAR STUNDEN später trat Hex aus der Dusche und wickelte sich in ein fluffiges, großes Handtuch.

Sie war gründlich aufgewärmt, und ihre Beine fühlten sich an wie Wackelpudding, dank all der Dinge, die Cain unter dem warmen Wasser mit ihr angestellt hatte. Nachdem er sie mehrfach zum Schreien gebracht hatte, war er irgendwann aus der Dusche verschwunden, damit sie sich in Ruhe die Haare waschen konnte. Sie griff nach einem zweiten Handtuch und wickelte es sich um den Kopf.

Morgen früh würden sie alle zusammen zurück nach New York fliegen. Sie freute sich darauf, endlich wieder in ihre Kommandozentrale und ihre Wohnung zurück-zukehren.

Ihr Magen zog sich zusammen. Und sie konnte es nicht erwarten, mit Cain darüber zu sprechen, wie es mit ihnen weitergehen würde.

Sie kaute auf ihrer Unterlippe herum. Würde er immerzu auf Missionen unterwegs sein und gelegentlich bei ihr vorbeisehen? Wie zur Hölle sollte sie mit dieser ständigen Sorge leben, weil er an irgendwelchen gefährlichen Orten unterwegs war, und sie nicht einmal wusste, wo?

Im Schlafzimmer zog sie ihren Pyjama an. Als sie in den Wohnbereich hinaustrat, war Cain nirgendwo zu sehen. Hex warf einen Blick auf den See. Er war noch immer atemberaubend, aber sie war froh, dass sie nicht länger darin herumschwamm.

Interpol hatte Weber verhaftet. Die CIA hatte seine Personalien. Die Drohnentechnik war in Sicherheit.

Hex ging zu Cains Schlafzimmer und blieb wie angewurzelt im Türrahmen stehen.

Cain stand neben dem Bett. Komplett angezogen mit Jeans und einem schwarzen Henley-Hemd. Seine Lederjacke lag auf dem Bett neben einem Koffer, den er gerade packte.

Der Anblick war wie ein Schlag ins Gesicht, und ein eisiger Schauer lief ihr den Rücken hinunter. Das da war kein Mann, der sich bettfertig machte.

Cain hob den Kopf und sah sie mit einem unlesbaren Ausdruck an.

„Du reist ab." Ihre Stimme klang hölzern und hohl.

Noch eine Person, die behauptet hatte, Hex würde ihr etwas bedeuten, und sie trotzdem wieder sitzen ließ.

„Mein Boss hat angerufen", erklärte Cain. „Es gibt noch ein paar Dinge, die ich erledigen muss."

Sie presste die Lippen zusammen. Sie würde nicht weinen. Vielleicht hatte etwas in ihr immer schon gewusst, dass es hierzu kommen würde.

Sie sah, wie Cains Blick auf ihren Mund fiel.

„Jet –"

Sie schüttelte den Kopf. „Du brauchst nichts zu sagen."

Er warf ein T-Shirt in den Koffer und kam zu ihr herüber. „Wo ist meine streitlustige Pixie?"

Sie hob eine Hand, um ihn aufzuhalten.

Cain wurde ruhig. „Ich dachte, ich sollte dir noch eine Chance geben."

Sie legte den Kopf zur Seite. „Wofür?"

„Ich werde nie gut genug für dich sein. Ich weiß nicht, ob ich dich so lieben kann, wie du es verdient hast."

Heiße Wut bohrte sich durch das Eis um ihr Herz. „Tu nicht so, als ob es hier um mich ginge, Cain. Wenn du abhauen willst, hau ab." Sie reckte das Kinn. „Aber lüg mich nicht an. Gott, wenn du mich nicht liebst, dann hättest du es nicht sagen sollen."

„Dich nicht lieben?" Er griff nach ihren Schultern. „Ich liebe dich so sehr, ich kann an nichts anderes denken als an dich."

Sie sträubte sich gegen seinen Griff und trommelte gegen seine harte Brust. „Warum verschwindest du dann?"

„Ich gehe nur, wenn du das willst. Ich wollte zur CIA-Zentrale fliegen, um einige Dinge zu klären und dann meine Kündigung einzureichen."

Hex erstarrte. „Was?"

„Ich habe Killians Jobangebot bei Sentinel angenommen."

Sie blinzelte.

„Ich habe dich nie angelogen. Ich liebe dich, Jet."

Die Luft rauschte zurück in ihre Lungen. Sie wich

einen Schritt zurück, blickte sich suchend um und schnappte sich dann ein Buch vom Nachttischschrank. Und schmiss es nach Cain.

Zum Glück hatte er gute Reflexe und duckte sich rechtzeitig.

„Du hast mir gerade das Herz herausgerissen, Cain! Ich dachte –"

Er zog sie in die Arme und warf sie aufs Bett. Sein großer Körper beugte sich über sie.

„Willst du mich?", fragte er. „In deinem Leben?"

„Ja", wisperte sie.

„So, wie ich bin? Mit allen Narben und Makeln und –"

„*Ja.*" Sie nahm sein Gesicht in die Hände. „Ich sehe das alles, zusammen mit den ganzen guten Dingen. Und ich liebe sie alle."

Er küsste sie. Es war ein langer, heftiger Kuss, der keinen Zweifel daran ließ, wie er für sie empfand.

„Dann bekommst du mich, Pixie. Für immer. Ich lasse dich *nie* wieder gehen."

Sie lächelte, und seine Liebe erfüllte sie wie strahlender Sonnenschein. „Halt dich besser fest, Bond, denn es wird eine verdammt wilde Reise."

CAIN NIPPTE AN SEINEM BOURBON. Das Sitzpolster des Separees war bequem, und es war noch früh, also war im Ember noch nicht viel los. Später würden Massen von Gästen den Club füllen, immer auf der Suche nach Spaß oder Ablenkung.

Er war in Langley gewesen und hatte seine Kündigung eingereicht, sehr zum Entsetzen seines Chefs. Cain hatte seine offenen Fälle abgeschlossen oder an andere Agenten übergeben.

Die meisten seiner Kollegen waren schockiert gewesen, ihn gehen zu sehen.

Sobald er zurück in New York war, würde er sich eine Woche Urlaub gönnen. Er hatte bereits eine Yacht angemietet. Hex und er würden für einen Segeltörn auf die Bahamas fliegen. Nur sie beide. Und hoffentlich mit einer Handvoll winziger Bikinis für Hex im Gepäck. Cain lächelte. Von einem seiner Kontakte hatte er zudem hervorragendes Satelliteninternet organisiert, damit sie weiterhin online bleiben konnte.

Zumindest dann, wenn sie nicht mit anderen Dingen beschäftigt war.

Er hatte nicht lange gebraucht, um seine beinahe leere Wohnung in D. C. zu räumen. Sein Mietvertrag hatte eine monatliche Kündigungsfrist, also war es kein Problem gewesen, dass er so kurzfristig ausgezogen war.

Jetzt befand er sich auf einem Abstecher nach New Orleans, um eine letzte Sache zu erledigen.

Und dann konnte er endlich zu seiner Pixie zurück.

Cain lächelte. Sie hatten sich tagsüber Nachrichten geschrieben und jeden Abend miteinander telefoniert. Er war eine ganze Woche fort gewesen und konnte es kaum noch abwarten, sie endlich wiederzusehen. Abgesehen von den Telefonaten hatte er sie zu zwei ausgesprochen erinnerungswürdigen Videosex-Sessions überreden können. Sein Schwanz zuckte. Er konnte es wirklich *kaum* erwarten, nach New York zurückzukehren.

Die Mitarbeitertür am Ende des Embers ging auf, und zwei Männer schlenderten in den Gastraum.

Dante trug eine schwarze Anzughose und ein schwarzes Hemd. Seine welligen, dunklen Haare waren zerzaust. Der andere Kerl war ein paar Zentimeter größer als Dante, ein wenig schlanker und ein bisschen muskulöser.

Dantes Bruder Colton.

Er trug schwarze Motorradstiefel, abgewetzte Jeans und ein schwarzes T-Shirt, das keinen Zweifel daran ließ, wie durchtrainiert er war. Schwarze Tattoos bedeckten seine Unterarme.

Colton war Kopfgeldjäger. Ein guter. Er nahm nur die härtesten Fälle an. Soweit Cain gehört hatte, hatte Colton bei seinem letzten Auftrag einen Serienmörder geschnappt, der aus der Haft ausgebrochen war und mehrere College-Studenten umgebracht hatte.

Die beiden Brüder entdeckten ihn, und Colton hob grüßend die Hand.

Cain nickte ihnen zu.

Coltons Haare waren kürzer und etwas heller als Dantes, und er hatte eisblaue Augen und einen gestutzten Bart. Die beiden Brüder sahen sich nicht besonders ähnlich.

Cain wusste, dass die Fury Brüder – alle fünf – nicht blutsverwandt waren. Ihre Verwandtschaft basierte auf Bruderschaft und einer schweren Kindheit. Sie waren gemeinsam in Pflegefamilien aufgewachsen. Von klein auf hatten sie sich gegenseitig den Rücken freigehalten.

Früher hätte Cain für so eine Familie alles gegeben. Doch jetzt musste er an Hex, Killian, Devyn und die anderen denken. Er hatte seine eigene, kleine Familie gefunden.

Colton schlenderte an Cains Separee vorbei, aber Dante ließ sich neben ihm auf die Sitzbank sinken.

„Shade."

„Dante."

Dante blickte an Cains Schulter vorbei und runzelte die Augenbrauen.

Als Cain sich umdrehte, fiel sein Blick auf eine Frau, die in Freizeitkleidung und mit einer Tasche in der Hand den Club durchquerte. Sie steuerte auf die Mitarbeitertür zu. Von mittlerer Statur, mit auffälligen Kurven und einem Gesicht, das sie hinter eindeutig schwarz gefärbten Haaren versteckte. Es passte nicht zu ihr. Sie hatte die Schultern hochgezogen und ging zügig, beinahe gehetzt.

Eine Frau, die etwas zu verbergen hatte und hoffte, niemand würde sie bemerken.

„Ein Problem?", fragte Cain.

Dante stieß ein leises Geräusch aus und sah der Frau hinterher, die in der Tür verschwand. „Kann ich noch nicht sagen. Neue Angestellte."

„Steckt sie in Schwierigkeiten?"

Dantes Ausdruck verfinsterte sich. „Fall sie das tut, werde ich es herausfinden. Und mich darum kümmern. Ich passe auf meine Leute auf."

Cain nickte. Daran hatte er keinen Zweifel. Dieser Ruf eilte den Fury Brüdern voraus.

Dante steckte die Hand in die Hosentasche und fischte eine kleine, schwarze Schatulle heraus, die er auf den Tisch legte. „Ich habe, worum du mich gebeten hast. War nicht einfach."

Aufregung ergriff Cain. Er streckte die Hand nach der Box aus und klappte sie auf. Ein Lächeln breitete sich auf seinem Gesicht aus. „Perfekt. Ich schulde dir was."

„Du hast mir das Geld bereits überwiesen. Du schuldest mir absolut gar nichts." Dantes Mundwinkel zuckten. „Ich habe dich noch nie so lächeln sehen. Sie muss wirklich was Besonderes sein."

„Das ist sie." Cain ließ die Schatulle zuschnappen, steckte sie ein und stand auf. „Falls du jemals etwas brauchen solltest, Fury, ruf einfach ein. Und wenn du mal in New York City bist, komm uns besuchen. Ich stelle sie dir vor."

„Du hängst den Agentenjob also tatsächlich an den Nagel?"

„Absolut. Ohne das geringste Bedauern." Es stimmte. Und ihm wurde plötzlich klar, dass ihn seine Arbeit schon lange nicht mehr erfüllt hatte. Er war nur einfach davon überzeugt gewesen, dass es nichts anderes für ihn geben könnte. Er hatte die Verbindung mit Hex gebraucht, um zu begreifen, dass er mehr verdient hatte.

Dante erhob sich ebenfalls und streckte Cain die Hand hin. „Viel Glück. Ich erwarte eine Einladung zur Hochzeit."

Cain schüttelte seine Hand und nickte. „Keine Frage."

Jetzt war es endlich an der Zeit, zu seiner Pixie zurückzukehren.

KAPITEL NEUNZEHN

M it der Hüfte stieß Hex ihre Wohnungstür auf.
Es war ein langer Tag gewesen. Sie musste unbedingt etwas essen. Im Eingangsbereich schaltete sie das Licht an und warf ihren Hausschlüssel auf den Beistelltisch.

Gott, sie liebte ihren kurzen Arbeitsweg einfach. Sie rieb sich den verspannten Nachen. Seit einer Woche war sie zurück in New York City. Zum Glück hatte Austin ihr Reich nicht allzu sehr durcheinandergebracht, während sie weg gewesen war. In ein paar Tagen würde ihre Mom von ihrer Kreuzfahrt zurückkehren. Sie würde ausrasten, wenn Hex ihr erzählte, dass sie verliebt war.

Sie seufzte, als sie ins schummrige Wohnzimmer ging. Eine ganze Woche ohne Cain. Es war albern, ihn so sehr zu vermissen. Es war ja nicht so, als ob sie zusammenwohnen würden – verdammt, er war noch nicht ein Mal in ihrer Wohnung gewesen –, aber sie hatte bereits jetzt das Gefühl, als ob er in dieser Woche ein riesiges Loch in ihrem Leben hinterlassen hätte.

Manchmal fragte sie sich, ob sie vielleicht einfach vollkommen verrückt war und ihn sich nur eingebildet hatte.

Sie prustete leise. Die lange Serie von Nachrichten auf ihrem Handy bewies, dass er echt war. Obwohl sie heute noch nicht viel von ihm gehört hatte.

War er womöglich auf einer letzten Mission? Vielleicht arbeitete er mit irgendeiner umwerfenden Agentin zusammen?

Hör auf. Sie schnitt der Stimme in ihrem Kopf das Wort ab. Cain war eine Menge Dinge, aber er war nicht untreu.

Dunkle Schatten hüllten ihr Wohnzimmer ein. Hex starrte in Richtung ihrer Küche und seufzte erneut. Sie hatte keine Lust, für sich allein zu kochen. Vielleicht würde sie einfach Eier und Toast machen.

Plötzlich blieb sie wie angewurzelt stehen und ließ ihren Blick durch die Dunkelheit schweifen. Irgendetwas stimmte nicht ...

Ihre Instinkte regten sich. Sie stellte ihre Tasche auf dem Esstisch ab und fischte zügig ihre SIG heraus. Im Schatten blitzte eine Bewegung auf.

Mit hämmerndem Herzen zielte Hex auf den schwarzen Fleck in der Dunkelheit. Sie wusste, dass das Gebäude hervorragende Sicherheitsvorkehrungen aufwies, weil sie die selbst installiert hatte und regelmäßig überprüfte. Niemand sollte hier sein.

„Rauskommen oder ich schieße."

Ein leises Glucksen drang links von ihr aus den Schatten. Sie wirbelte herum.

„Du wirst nicht auf mich schießen."

Cain. Sein tiefer Tonfall versprühte einen Hauch von Necken. Seine Stimme hüllte Hex ein und ließ sie ganz schwindelig werden. Allerdings senkte sie ihre Pistole noch nicht. „Vielleicht ja doch. Als Strafe, weil du mir Angst eingejagt hast."

„Nichts jagt meiner Pixie Angst ein." Er trat aus den Schatten ins Licht.

Ihr Puls beschleunigte sich. Gott, der Mann war einfach so unfassbar heiß. Und er gehörte ihr.

Sie legte die Pistole auf den Tisch und rannte auf Cain zu. Als sie in seine Arme sprang, fing er sie auf.

„Jet –"

Ihre Lippen pressten sich aufeinander. Hex klammerte sich an ihm fest. Der Kuss war voller Intensität. Sie legte all ihre Gefühle hinein.

„Hab dich vermisst." Sie knabberte an seiner Unterlippe, dann wanderte ihr Mund seinen Kiefer und seinen Hals hinauf und biss sanft hinein.

Cain stöhnte auf, und seine Hände legten sich auf ihren Hintern. „Ich habe dich jede Sekunde vermisst, die wir getrennt waren."

Sein Mund eroberte ihren. Hex spürte die Gewalt seines Kusses – die Sehnsucht, das Verlangen, die Liebe.

Sie stöhnte leise und vergrub ihre Finger in seinen herrlichen, dichten Haaren. Cain drehte sich um und setzte sie auf der Kante des Esstisches ab.

„Das gefällt mir." Er spielte mit den neuen, pinken Spitzen in ihren Haaren.

Hex lächelte ihn an. „Ich konnte es einfach nicht mehr abwarten, endlich wieder ein bisschen Farbe reinzubringen. Ich bin zu einem Friseur hier in der Nähe gegangen. Meine Mom wird nicht besonders glücklich darüber sein."

Seine Finger streichelten ihre Wangen, und er stöhnte leise. „Scheiße, ich konnte es nicht erwarten, endlich zu dir zurückzukommen."

„Bleibst du?" Sie konnte nicht verhindern, dass sich ein Hauch von Zweifel in ihre Stimme schlich.

Cain trat näher auf sie zu, und seine Lippen streiften ihre. „Ich bleibe."

Der nächste Kuss ließ sie in Flammen aufgehen und war durchdrungen von ungezügeltem, brutalem Verlangen.

Als Erstes waren die Knöpfe seines schwarzen Hemds dran, dann zerrte Cain Hex' Oberteil über ihren Kopf. Schließlich rissen sie sich, wie hormonge-steuerte Teenager, auch den Rest ihrer Klamotten vom Körper.

Hex rutschte vom Tisch und hopste unbeholfen herum, während sie versuchte, ihren Slip auszuziehen.

Irre elegant, Jet. Doch Cain beobachtete sie mit glühender Begierde, also machte ihm ihr Mangel an Anmut offensichtlich nichts aus. Sie zog ihn hinunter auf den Fußboden.

Cain runzelte die Stirn. „Das ist zu hart für deine weiche Haut."

Sie grinste ihn an. „Macht nichts, denn du wirst unten liegen."

Sie schob ihn auf den Rücken. Sein herrlicher Schwanz wurde ihr perfekt präsentiert. Hex griff danach und rieb ihn kräftig.

Ein Stöhnen drang aus Cains Lippen, und Hex setzte

sich rittlings auf ihn. „Keine Zeit für Vorspiel. Ich muss dich in mir spüren. Es ist zu lange her."

Seine Hände gruben sich in ihre Taille und drückten sie. „Viel zu lang."

Sie hob ihr Becken etwas an, dann lenkte sie Cains harten Schwanz zwischen ihre Beine und ließ sich langsam sinken, bis er tief in ihr vergraben war.

Als Cain sie ganz ausfüllte, stöhnte sie auf. Sie hatte ihn so sehr vermisst. Seinen Körper. Was er sie empfinden ließ.

„Fuck, Pixie." Seine Stimme war so tief.

Hex hob und senkte die Hüfte im gleichmäßigen Rhythmus und spürte, wie diese dicken Zentimeter tief in sie eindrangen. Sie stemmte sich mit den Händen auf Cains Brust ab und grub ihre Fingernägel in seine harten Muskeln.

Dann konnte sie nichts weiter tun, als es zu genießen.

Sie ritt ihn heftig, und ihre Hüfte klatschte gegen seine. Cains Hände hielten ihre Taille fest und trieben sie an. Gott, diese Emotionen auf seinem Gesicht: Verlangen, Begierde, Liebe.

„Jet."

„*Cain.*"

„Verdammt, ich liebe dich einfach so sehr." Seine Hüfte schnellte empor und erwiderte Hex' Herabsinken.

Sie beugte sich hinunter und küsste ihn. Es war so gut, so intensiv. Sie veränderte den Winkel ihres Beckens, und Cain erwischte genau die richtige Stelle. Eine Sekunde später zerschellte Hex.

Ihr Höhepunkt rauschte durch sie hindurch wie fließende Wärme, und ihr ganzer Körper erbebte vor Ekstase.

Dann gruben sich Cains Finger in ihre Haut, als auch er mit einem leisen Stöhnen kam. *„Pixie. Ich komme in meiner Pixie."*

Sie spürte eine zweite Woge unfassbarer Lust durch sich hindurchströmen.

Schließlich sackte sie auf Cain zusammen. Ihr ganzer Körper war völlig kraftlos. „Ich bin so froh, dass du endlich zu Hause bist."

Seine große Hand legte sich auf ihren Hinterkopf. „Ich hatte nie ein Zuhause."

Hex hob den Kopf. „Jetzt hast du eins." Sie blickte sich in ihrer Wohnung um. Laute Farbakzente dominierten die Einrichtung – in der Kunst, in den Kissen auf der Couch, im Nippes auf den Regalen. Das meiste davon war grellpink oder dunkeltürkis. Nicht gerade Dinge, die *knallharter Typ* schrien. „Du kannst verändern und dazutun, was immer du willst." Sie lächelte. „Wir machen es zu unserer Wohnung."

Seine Hand zog sie fester an sich, und er setzte sich auf, sodass sie auf seinem Schoß saß. „Ich hab da noch eine Sache."

Fragend zog sie eine Augenbraue hoch und sah zu, wie Cain nach seiner achtlos zur Seite geworfenen Hose griff. Er wühlte in der Tasche herum, dann zog er eine kleine Schatulle hervor.

Für eine Sekunde blieb Hex das Herz stehen, bevor es mit ohrenbetäubendem Wummern weiterschlug. Sie starrte in Cains Augen.

Zum ersten Mal überhaupt bemerkte sie so etwas wie Unsicherheit in seinem hübschen Gesicht.

„Jet, du gehörst mir. Ich will dich auf jede nur erdenkliche Art. Und ich will, dass auch jedes Arschloch da draußen weiß, dass du mir gehörst."

Ein leises Kichern drang aus ihren Lippen.

Cain warf ihr ein sexy Lächeln zu. „Jeder soll es wissen." Er klappte die Schatulle auf.

Hex schnappte nach Luft. Es war ein wunderschöner Ring mit einem ovalen, leuchtend pinken Edelstein.

„Das ist ein rosa Saphir. Ein Kontakt hat ihn für mich aufgetrieben. Diese leuchtende Variante ist sehr selten. Genau wie die Frau, die ich liebe."

Sie streckte ihre Hand aus. „Ich will diesen Ring." Sie suchte seinen Blick. „Und ich will dich. Ja, ich werde dich heiraten, Cain Cavanagh."

Er steckte ihr den Ring an den Finger.

Als Dank dafür schlug sie ihm auf den Arm. „Mein Gott, du machst mir auf dem Küchenboden einen Antrag, während wir beide splitterfasernackt sind."

Sein Blick wanderte über ihren Körper. „Tut mir überhaupt nicht leid."

Sie lachte. Ihr auch nicht. Sie schlang die Arme um Cains Hals und küsste ihn.

Einen Moment später erhob sich Cain und demonstrierte seine unglaubliche Kraft, die sie so liebte.

„Schlafzimmer", erklärte er. „Ich will meine Verlobte lieben."

Ein paar Monate später

CAIN BETRAT das piekfeine Restaurant in Manhattan und zog eine Augenbraue hoch. Wie nett von diesem Hacker-Arschloch, das sie gleich zu Fall bringen würden, sich einen so noblen Laden zum Lunch auszusuchen.

Eine Kellnerin bemerkte ihn und blieb stehen, um ihm einen langen, interessierten Blick zuzuwerfen. Er lächelte, ging jedoch weiter.

Er hatte eine Frau und keinerlei Interesse an irgendeiner anderen. Abgesehen davon würde seine streitlustige Tech-Göttin seine sämtlichen Geräte lahmlegen, wenn er eine andere Frau auch nur ansah.

Was ihm überhaupt nichts ausmachte. Er wollte nur Hex.

An einem Tisch entdeckte er Devyn und Nick, die wie zwei Arbeitskollegen in ihrer Mittagspause wirkten. Allein, an einem anderen Tisch am Fenster, saß Kevin Sanders – auch bekannt als Vagabond, der Hacker.

Cains Blick verweilte nicht lange auf dem Kerl. Er wusste bereits, dass Sanders siebenundzwanzig Jahre alt war, eins fünfundsiebzig groß, schlank und mit braunen Haaren. Tagsüber arbeitete er als Programmierer, aber in seiner Freizeit hackte er Regierungs- und Unternehmensserver, stahl sensible Daten und drohte damit, diese Informationen zu veröffentlichen, wenn man ihm nicht ein beachtliches Lösegeld zahlte.

Es musste nicht erwähnt werden, dass niemand besonders glücklich darüber war. Vor allem nicht das regionale FBI-Büro, das erst kürzlich von ihm gehackt

worden war. Die Regierung hatte Sentinel Security angeheuert, um Sanders das Handwerk zu legen.

Cains Blick fiel auf die Frau, die am entfernten Ende
der Bar saß. Seine Mundwinkel zuckten.

Seine Pixie trug einen engen, grauen Rock und ein
grünes Seidentanktop. Die Haare hatte sie offengelassen
und die pinken Spitzen streiften fast ihre schlanken
Schultern. Cains Herz zog sich zusammen, und sein
Schwanz wurde ganz erregt.

Ja, das ist mein Mädchen.

Er zwang sich, am entgegengesetzten Ende der Bar
Platz zu nehmen. Sanders durfte noch keinen Verdacht
hegen.

Nachdem der Typ verhaftet worden war, würde
Cain Anspruch auf seine Frau geltend machen, sie nach
Hause zerren, und seine Finger unter diesem Rock
verschwinden lassen.

Nach Hause.

In den letzten Monaten war Hex völlig darin aufge-
gangen, aus ihrer Wohnung auch ein Zuhause für ihn zu
erschaffen. Zusammen hatten sie ein paar Dinge umde-
koriert. Fast jeden Abend kochten sie nun zusammen
und am Wochenende schleppte sie ihn voller Begeisterung mit – zu Picknicks, Konzerten, in Museen oder auf
lange Spaziergänge durch Manhattan, bei denen sie
Touristen spielten.

Sie brachte ihn zum Lachen. Im Bett erwachte sie für
ihn zum Leben. Und bei der Arbeit warf sie ihm noch
immer freche Bemerkungen zu und ließ ihm nichts
durchgehen.

Jet *Hex* Adler war verdammt noch mal das Beste, was ihm je passiert war.

Und das Zweitbeste war es gewesen, Killians Jobangebot anzunehmen. Cain liebte es, bei Sentinel Security zu arbeiten.

Er bestellte ein Bier, das er nicht trinken würde. Im Augenwinkel sah er, wie Sanders ein Steak aß und selbstgefällig vor sich hin grinste.

Der Typ rechnete heute mit einer hübschen Auszahlung für seinen letzten Hack.

Von der Kohle wirst du keinen Cent zu sehen bekommen, Arschloch. Cain tat so, als ob er an seinem Bier nippte, während er einen Blick ans gegenüberliegende Ende der Bar warf. Dort tippte Hex gelangweilt auf ihrem Tablet herum. Eine Geschäftsfrau, die in ihrer Mittagspause arbeitete.

Als Letzter kam Killian mit offenem Sakko ins Restaurant geschlendert. Den Blick starr auf Sanders gerichtet, ging er an Cain vorbei.

Showtime.

Als Killian sich Sanders' Tisch näherte, blickte der Hacker auf und erstarrte. Er wusste ganz genau, wer Killian Hawke war.

„Versuchen Sie keine Dummheiten, Kevin." Killian ließ sich dem Mann gegenüber auf den Stuhl fallen.

„Wer sind Sie?", stammelte Kevin.

Killian beugte sich vor und senkte die Stimme, die jedoch weiterhin glasklar durch Cains In-Ear drang. „Verschwenden Sie nicht meine Zeit. Wir wissen, dass Sie Vagabond sind. Ihr kleines Spielchen endet heute."

„Vagabond? Dafür haben Sie keinerlei Beweise." Sanders plusterte sich förmlich auf.

Killian lächelte. „Tja, Sie haben es gerade selbst bestätigt, indem Sie nicht nachgefragt haben, wer oder was Vagabond ist. Abgesehen davon ist meine Hackerin einfach besser als Sie."

„Niemand ist besser als ich", blaffte Sanders.

Cain lächelte. *Was für ein Idiot.*

Sanders Handy klingelte. Er zog es aus der Tasche und starrte auf den Bildschirm. „Was zur Hölle?"

Cain hörte, wie Minion-Stimmen das Restaurant erfüllten. Er schluckte ein Lachen hinunter und warf seiner Verlobten einen Blick zu. Sie wischte auf ihrem Tablet herum und grinste. Dann hob sie den Blick und zwinkerte ihm zu.

Verdammt, jetzt wurde er natürlich sofort steinhart.

„Meine Hackerin hat sich Zugang zu Ihrem System verschafft", erklärte Killian. „Sie hat sämtliche Hacks heruntergeladen, die Sie jemals ausgeführt haben. Das ist genau der Beweis, den wir brauchen."

Sanders entschied sich dafür, es mit Dummheiten zu versuchen. Er sprang auf und rannte in Cains Richtung davon.

Cain erhob sich von seinem Barhocker und streckte das Bein aus. Sanders stolperte darüber und flog mit einem verschluckten Schrei auf die Fliesen.

„Schön hiergeblieben, Kev." Cain krallte sich Sanders Hemdkragen und rammte ihn mit dem Gesicht voran in einen der Tische. Teller und Gläser klirrten.

Sanders stöhnte und atmete hektisch ein und aus. „Ich habe nichts getan!"

Cain prustete. „Ja, klar."

Das Klackern von Absätzen ließ Cain aufblicken und er sah, wie Hex zu ihnen trat.

„Da ist ja unsere Hackerin." Als Sanders versuchte, den Kopf zu heben, drückte Cain ihn fester hinunter auf die Tischplatte. „Sie sieht nicht nur besser aus als Sie, sie ist auch hundertmal besser mit einem Computer."

„Tausendmal." Hex beugte sich zu Sanders hinunter. „Ich habe alles. Sogar Ihre versteckten Dateien. Keine schlechte Firewall, die Sie da haben, und ich mochte auch Ihre kleinen versteckten Fallen, aber letztlich bin ich auch da locker durchgekommen."

Devyn, Killian und Nick traten zu ihnen.

„Ich übernehme ab hier." Nick schnappte sich den wehleidigen Hacker und riss seinen Oberkörper hoch.

„Gute Arbeit, Leute", erklärte Killian, als er nach Devyns Hand griff. „Wir sehen uns in der Zentrale."

Während die anderen das Restaurant verließen, trat Sentinels Hackerin zu Cain. „Gott, ich liebe es einfach, dir beim *arschcool Sein* zuzusehen." Ihre Wangen waren gerötet.

„Ist dein Slip feucht, Pixie?", murmelte Cain.

Sie biss sich auf die Unterlippe. „Wenn du mir einen Drink ausgibst, Bond, lasse ich es dich herausfinden."

Sie machte auf dem Absatz kehrt und stolzierte mit unübersehbarem Hüftschwung zur Bar zurück. Diese kleine Neckerei verlangte nur so nach einer Bestrafung.

Plötzlich trat ein Kerl in einem Anzug auf sie zu. „Jet?"

Sie drehte sich zu ihm um und blinzelte. „Brandon."

Cain runzelte die Stirn. Dieser Blödmann von Ex.

Brandon Doyle. Cain hatte bereits alles über ihn recherchiert.

„Du siehst gut aus." Brandon lächelte, und der Blick dieses Arschlochs wanderte unverhohlen über Hex' Körper.

„Danke." Sie drehte sich wieder zur Bar um.

Brandon griff nach ihrem Arm. „Kann ich dich zum Mittagessen einladen? Ich ... ich bin nicht mehr mit Brandice zusammen."

Nein, war er nicht. Das Model hatte ihn abserviert, als er bei seiner Firma für eine Beförderung übersehen worden war.

„Ähm, definitiv nicht, Brandon", erwiderte Hex ziemlich säuerlich.

„Hör zu, ich weiß, dass ich Scheiße gebaut habe." Entschuldigend breitete Brandon die Hände aus. „Dich zu verlassen, war das Dümmste, was ich je getan habe."

Die Hackerin zog eine ungläubige Augenbraue hoch. „Mich zu betrügen, meinst du wohl."

Cain hatte die Schnauze voll.

Er marschierte zu ihr und drückte seinen großen Körper an ihren Rücken. Finster starrte er Brandon an.

Der Kerl erstarrte.

„Allerdings war es das Beste, was du für mich tun konntest", fuhr Hex fort. „Brandon, das hier ist mein Verlobter Cain. Er war früher bei der CIA."

„Äh ..." Brandon schluckte.

Dann senkte sie die Stimme. „Er kennt Hunderte von Methoden, jemanden umzubringen."

Fuck, Cain hätte am liebsten laut aufgelacht, doch sein Gesicht verriet nichts. „Tausende."

Brandon wich einen Schritt zurück. „Hör zu –"

„Sorry, aber wir müssen wirklich los", unterbrach Cain. „Ich verspüre das dringende Bedürfnis, meine Verlobte zu vögeln. Und zwar heftig." Er schob Hex vor sich her.

Sie verließen das Restaurant.

Sie kicherte. „Hast du sein Gesicht gesehen?"

„Ja." Cain senkte den Kopf und biss in ihr Ohr. „Aber ich habe das ernst gemeint, ich muss dich vögeln. Leg 'nen Zahn zu."

Hex warf ihm einen Blick über die Schulter zu. Cain konnte Verlangen und Liebe in ihren Augen tanzen sehen. „Ich liebe dich, Bond."

„Und ich liebe dich, Pixie."

EPILOG

Ein Jahr später

H ex nippte an ihrem schaumigen Cocktail – der den passenden Namen *I Do* trug – und summte zufrieden. „Gott, ist der lecker."

Hadley, die in ihrem trägerlosen, pinken Brautjung-fernkleid einfach umwerfend aussah, schüttelte den Kopf. „Du bist so ruhig. Ich war an meinem Hochzeitstag ein einziges Wrack."

Hex verdrehte die Augen. Hadley war an ihrem Hochzeitstag, wie immer, atemberaubend gewesen. Sie hatte wunderschön ausgesehen und vor Liebe nur so gestrahlt, als sie den Gang hinunter auf Bennett zuge-schritten war. Die beiden hatten auf einem stattlichen Anwesen vor den Toren Londons geheiratet, und alles daran hatte Hex an einen Jane-Austen-Roman erinnert.

Wieder nippte sie an ihrem Drink, dann schlug sie die Beine übereinander und bewunderte ihre weißen Riemchen-High-Heels. „Es gibt nichts, weswegen ich mich stressen müsste. Die Sonne scheint, ich habe den besten Job der Welt, und heute heirate ich den Mann, den ich liebe."

Ihr Herz hämmerte wie verrückt. Heute würde sie zu Jet *Hex* Cavanagh werden. Sie konnte es kaum erwarten.

Cain gehörte sowieso schon längst ihr. Er hatte sich gut an das zivile Leben gewöhnt. Killian und Devyn hatten ihm sehr dabei geholfen, auch wenn es hier und da ein paar Stolpersteine gegeben hatte. Aber man konnte nicht beinahe sein ganzes Leben Undercover-Agent sein und diese antrainierte Wachsamkeit dann von heute auf morgen einfach abschalten.

Sie wusste, dass Cain immer die Straße absuchen, eine Waffe tragen und übermäßig beschützend sein würde. Damit konnte sie leben.

„Deshalb sind Vegas-Hochzeiten das Allerbeste." Devyn saß auf einem Tisch und nippte an ihrem *I Do*. Ihr eng anliegendes Kleid hatte ein blassrosa Mieder und einen dunkelrosa Rock. „Schnell, einfach, unkompliziert."

„Ja, aber du hattest uns nicht eingeladen", erwiderte Hex, „und darüber bin ich immer noch sauer."

„Killian hatte es eilig." Ein geheimnisvolles Lächeln breitete sich auf den Lippen des Rotschopfes aus.

Lainie steckte den Kopf ins Zelt. Wie alle von Hex' Freundinnen trug auch sie ein pinkes Kleid. Ihres bestand aus zartrosa Satin. „Es ist so weit."

Oh. Ihr Puls beschleunigte sich. Mit einem letzten großen Schluck trank Hex ihren Cocktail aus und stellte das Glas auf dem Ankleidetisch im Zelt ab, das extra aufgestellt worden war, damit sie sich darin fertig machen konnte. Sie erhob sich.

Der Spiegel neben dem Ankleidetisch rahmte sie perfekt ein. Sie hatte sich für ein kurzes Brautkleid entschieden. Es bestand aus einem zarten Spitzenoberteil mit langen Ärmeln und einem tiefen V-Ausschnitt. Den kurzen, frechen Rock, der verspielt um ihre Beine schwang, liebte sie einfach. Ihre Haare waren offen, hatten die gewohnten lebhaft pinken Spitzen, die sich von ihrer dunklen Haarfarbe absetzten, und ihr Make-up war frisch und natürlich.

„Bereit?" Lächelnd hielt Hadley ihr den Brautstrauß aus Lilien und Dahlien hin, deren Blüten alle unterschiedlichen Pinkschattierungen hatten.

„Bereit." Hex leckte sich über die Lippen. „Ist er da draußen?"

Devyn nickte. „Aber so was von."

„Und er sieht irre heiß aus", fügte Hadley hinzu.

„Glotz' meinen Mann nicht so an." Hex warf ihrer Freundin einen gespielt finsteren Blick zu. „Meinen zukünftigen Ehemann."

Die weiße Zeltöffnung schwang erneut auf und Hex' Mutter stand da. Sie trug ein wunderschönes, türkises Kleid mit pinken Blumen darauf. Ihre Augen blickten ihre Tochter sanft an. „Du siehst umwerfend aus, mein süßes Mädchen."

„Danke, Mom."

Ihre Mutter zog sie in eine Umarmung. „Er wartet auf dich." Ihre Mom lächelte. „Er sieht heiß aus."

„*Mom!*" Als Hex' Mutter aus dem Urlaub zurückgekommen war und herausgefunden hatte, dass Hex verlobt war, war sie völlig schockiert gewesen. Zunächst hatte sie der Sache nicht recht getraut, doch Cain hatte sie schließlich überzeugt. Mittlerweile liebte Bonnie Adler ihren zukünftigen Schwiegersohn innig.

Die Braut blickte sich zu ihren Freundinnen um. „Auf gehts."

Beschäftigtes Treiben brach aus. Devyn hielt die Zeltplane auf, und Hex schlüpfte hindurch.

Es war ein herrlicher Tag mit einem wolkenlosen, blauen Himmel. Die Hochzeitszeremonie fand auf der Dachterrasse der Sentinel-Security-Zentrale statt, die für diesen Anlass extra in einen festlichen Ort verwandelt worden war. Überall standen Kübel mit üppigen Pflanzen und bunten Blumen herum, die meisten davon natürlich pink. Vor sich erblickte Hex die Reihen weißer Klappstühle, auf denen die Gäste Platz genommen hatten.

Ein Streichquartett begann zu spielen, und Musik erfüllte die Luft.

„Bereit?" Ihre Mom bot ihr ihren Arm an. Sie führte ihre Tochter an ihrem besonderen Tag zum Altar.

„Mehr als alles andere. Ich liebe ihn, Mom."

„Und er liebt dich." Bonnie Adler drückte ihrer Tochter einen Kuss auf die Wange. „Euch beide und eure Freunde zu erleben, hat meinen Glauben an die Liebe wiederhergestellt."

Hadley tauchte neben ihnen auf und lächelte. „Okay, bringen wir dich endlich unter die Haube, denn wenn wir noch länger hier herumtrödeln, kommt dein Mann noch rüber und sucht nach dir."

Die anderen zogen los, um ihre Plätze einzunehmen.

Hadley war Hex' einzige offizielle Brautjungfer, und Killian stand als Trauzeuge neben Cain.

Die Musik des Quartetts schwoll an. Hadley schritt als Erste den Gang hinunter und sah erwartungsgemäß atemberaubend aus. Hex hielt sich am Arm ihrer Mutter fest, während sie Hadley folgten.

Als sie den Gang hinuntergingen, lächelte Hex ihre Gäste an. Sie entdeckte Addie und Bram, die jeweils einen der Zwillinge – Fiona und Murphy – auf dem Arm hielten. Neben ihnen saß Bennett, der den Blick nicht von seiner Frau abwenden konnte, während sie den Gang hinunterschritt. Dann kamen Nick und Lainie sowie Nicks Schwester Nola. Matteo hatte seinen Arm um eine freudeschluchzende Gabbi gelegt.

In der Reihe dahinter saßen Remi und Mav und der ganze Rest von Mavs milliardenschweren Freunden und deren Ehefrauen. Auf der anderen Seite des Mittelgangs saß der versammelte Norcross-Clan. Hex verkniff sich ein Grinsen. Für den unwahrscheinlichen Fall, dass eine kleine Armee die Hochzeit stürmen sollte, würden sie es gründlich bereuen. Die versammelten Hochzeitsgäste lieferten genug Feuerkraft, um jeden Angreifer in die Flucht zu schlagen.

Killians Schwester und ihr Mann, Cam Morgan, waren ebenfalls da. Vander Norcross und seine Frau Brynn saßen zusammen mit seinen Brüdern und den restlichen Norcross-Angestellten, jeweils begleitet von ihren Partnern.

Der Tech-Guru von Norcross Security, Ace Oliveira, stand am Ende einer Stuhlreihe und wippte seine kleine Tochter auf der Hüfte. Das quengelige Mädchen trug ein knalliges pinkes Kleid. Ace und Hex' Blicke trafen sich, und er zwinkerte ihr zu.

All ihre Freunde – ihre Familie – waren hier. Nina und Ellen. Santi, der Bombenspezialist von Sentinel Security. Austin aus der Cybersicherheit. Das Team von der Rezeption. Die vielen Gesichter verschwammen, aber Hex war unendlich dankbar dafür, dass sie alle hier waren.

Dann hob sie den Blick, und es verschlug ihr den Atem.

Cain wartete auf sie, mit Killian an seiner Seite. Doch sie hatte nur noch Augen für den Mann, den sie gleich heiraten würde. Der Mann, auf den sie nun ihren Anspruch festigen würde.

Er trug ein weißes Hemd, das am Hals ein wenig offen stand, und eine dunkelgraue Weste. Seine Haare hatte er in seinen typischen Man Bun hochgebunden.

Er sah heiß aus.

Hex würde es niemals müde werden, ihn anzusehen.

Seine dunklen Augen starrten sie unverwandt an.

Am Ende des Ganges blieb Bonnie stehen. „Geh, mein Schatz. So, wie er dich ansieht, wird sogar mir ganz heiß."

„Ich liebe dich, Mom." Sie drückte ihrer Mom einen Kuss auf die Wange.

Dann war Cain da und streckte die Hand nach ihr aus. Die Braut legte ihre Hand in die ihres Bräutigams.

„Hey", murmelte sie.

„Du siehst wunderschön aus, Jet." Seine Augen waren voller ehrlicher Emotionen. „Danke, dass du mich dazu gebracht hast, mich in dich zu verlieben."

„Bring mich nicht zum Weinen." Sie hielt sich an seiner Hand fest. „Wollen wir heiraten?"

„Mehr als alles andere, was ich je in meinem Leben gewollt habe."

„Dann nichts wie los, denn ich gehöre dir, Cain Cavanagh. Jetzt und für immer."

„SHADE, ein verheirateter Mann."

Cain drehte sich um und erblickte Vander Norcross, der ihm ein Glas mit einer bernsteinfarbenen Flüssigkeit darin hinhielt.

„Ich hoffe, das ist Bourbon." Cain nahm das Glas entgegen.

„Ist es. Knob Greek. Habe gehört, das ist dein Lieblingswhiskey."

Um sie herum war die Hochzeitsfeier in vollem Gange. Cain hatte gut gegessen und mit seiner frisch angetrauten Ehefrau getanzt.

Ehefrau. *Scheiße*. Er konnte sich das Lächeln nicht verkneifen.

Sie stießen an.

„Herzlichen Glückwunsch", sagte Vander.

„Danke." Cain sah, wie der Kerl seine eigene, langhaarige Frau betrachtete, ein Detective bei der Polizei, die sich gerade mit Hex, Hadley und Devyn unterhielt.

„Das Eheleben bekommt dir, wie es scheint", bemerkte Cain.

Vander nickte. Es lag eine nicht zu leugnende Intensität in seiner Ausstrahlung. Cain erkannten einen Krieger, wenn er ihn sah. Er wusste, dass Vander gefährlich war, seine Familie und seine Freunde beschützte und dabei half, den Frieden in San Francisco zu wahren.

„Ich hätte nie geglaubt, dass ich mal heiraten würde." Stirnrunzelnd blickte Vander in seinen Drink. „Ich hatte immer Sorge, dass es zu gefährlich wäre, wenn ich eine Frau liebe."

Cain nippte an dem wirklich sehr guten Bourbon. „Ich hatte immer Sorge, dass ich Jet nicht geben kann, was sie braucht." Er hielt inne. „Du hast diese Angst überwunden."

„Nicht wirklich, aber Brynn ist sehr stur. Sogar, als ich mich in sie verliebt habe, hatte ich Angst, dass ich ... durchdrehen würde, falls ihr jemand etwas antun sollte." Ein schwaches Lächeln breitete sich auf Vanders Gesicht aus. „Zum Glück kann Brynn sehr gut auf sich selbst aufpassen. Und soweit ich sehen kann, gibst du Jet alles, was sie braucht."

Cain warf einen Blick in die Richtung seiner Frau. Sie lachte über irgendetwas. Wie immer war sie ganz sie selbst, ohne sich zurückzuhalten. „Ich glaube, wir sind beide verdammt große Glückspilze, dass wir Frauen gefunden haben, die uns nie aufgegeben haben."

„Darauf kann ich nur anstoßen", erwiderte Vander. „So, und jetzt muss ich meine Frau, in irgendeine schummrige Ecke entführen."

Die Band wechselte zu einem schwungvollen Lied, und eine Schar Hochzeitsgäste stürmte die Tanzfläche. Es wurde langsam Nacht in New York City, und die Lichter auf der Dachterrasse erleuchteten langsam.

Cain entdeckte Dante Fury, der an einem Geländer

lehnte. Er ging hinüber, um seinem Freund Gesellschaft zu leisten.

„Fury."

Dante drehte sich um. „Shade. Oder sollte ich jetzt besser Cain sagen?"

Cain nickte. „Shade ist Vergangenheit."

Es stimmte. Er war nicht länger der Mann, der er früher gewesen war. Shade war verschlossen gewesen und hatte niemanden an sich herangelassen. Hex zu lieben und von ihr geliebt zu werden, hatte ihn verändert.

„Mein Glückwunsch", sagte Dante. „Sie scheint eine verdammt tolle Frau zu sein."

„Das ist sie." Cain schwenkte das Eis in seinem Glas. „Ich habe gehört, du hattest in New Orleans ordentlich zu tun."

„Allerdings. Meine Brüder und ich hatten ein paar Auseinandersetzungen ... mit Leuten, die verletzen wollten, was uns gehört." Dantes Tonfall verfinsterte sich. „Jetzt bereuen sie ihre Entscheidungen. Wir beschützen unsere Leute. Immer."

„Wenn ihr Hilfe braucht, ich bin da", sagte Cain.

„Danke, Cain."

Während Dante davonschlenderte, dachte Cain über die Menschen nach, die ihm wichtig waren. Die Verbindungen, die er aufgebaut hatte. Im Laufe des letzten Jahres hatte er mehr und mehr Menschen in sein Leben hineingelassen.

Er war nicht länger allein.

Ein tiefes *Wuff* ertönte, gefolgt vom Lachen seiner frisch Angetrauten. Cain blickte auf und sah, wie sie einen großen Schäferhund streichelte. Der wunderschöne Hund trug eine pinke Fliege und gehörte zu Boone Hendrix. Der Mann stand neben Hex und schüttelte verwundert den Kopf.

Boone hatte Killians Angebot, für Sentinel Security zu arbeiten, abgelehnt. Äußerlich wirkte der Kerl gelassen, aber Cain konnte die dunklen Schatten seiner Dämonen erkennen, auch wenn Boone sie ziemlich gut versteckte.

Ja, Cain erkannte in Boone ein Stück seines alten Selbst wieder. Er wusste, dass Boone zurzeit die Einsamkeit seiner Farm in Vermont brauchte. Cain hoffte, dass der Kerl fand, wonach er suchte.

Hex blickte auf und bemerkte, wie Cain sie beobachtete. Sie warf ihm einen Kuss zu.

Er stellte sein Glas ab und ging zu ihr hinüber.

„Boone, versucht dein Hund etwa, mir die Frau auszuspannen?"

„Kann gut sein", erwiderte Boone. „Atlas hat eine Schwäche für hübsche Damen." Er pfiff leise, und sein Hund lief zu ihm hinüber. „Komm, Atlas. Geben wir den Frischvermählten ein bisschen Privatsphäre."

„Hallo, Mrs. Cavanagh." Cain zog sie an sich.

„Das gefällt mir", sagte sie.

„Mir auch." Er senkte den Kopf und küsste sie, bis sie leise seufzte.

„Wir können noch nicht verschwinden", stieß sie atemlos aus.

„Wir könnten uns rausschleichen. Ich muss wirklich ganz dringend meine Ehefrau ficken."

Wieder stöhnte Hex auf. „Ich muss noch den Brautstrauß werfen."

„Dann wirf ihn halt, und dann lass uns endlich abhauen." Er biss ihr in den Hals und spürte, wie sie erschauderte. „Ich verspreche dir, es wird sich lohnen." Seine Hand wanderte hinunter und drückte ihren Hintern.

Seine Frau trat einen Schritt zurück. „Warte kurz, ich bin gleich wieder da." Sie rannte hinüber zu Devyn, Hadley und den anderen.

Hex und er waren verheiratet. Sie gehörte ihm. Für immer. Er vertraute seiner Pixie. Sie würde ihn nie betrügen oder verlassen oder im Stich lassen. Sie würde ihm immer den Rücken stärken. Und er wusste, dass sie ihm genauso vertraute.

Killian tauchte neben ihm auf. „Du siehst selbstzufrieden aus."

„Vermutlich genauso wie du, jedes Mal, wenn du Devyn ansiehst."

„Und du siehst glücklich aus."

„Ich schätze, ich hätte früher auf dich hören sollen. Die richtige Frau zu erobern ... ist das Beste der Welt."

Killian lächelte. „Sich zu verlieben, ist eine Reise. Wir müssen alle die Höhen und Tiefen durchlaufen, aber das ist es wert."

„Absolut." Cain legte Killian die Hand auf die Schulter. „Danke, dass du für mich da bist, Steel. Dass du mich nicht aufgegeben hast."

Killian nickte. „Immer."

Ein vertrautes Surren erfüllte die Luft.

Cain blickte in den Himmel und entdeckte Swift – Hex' Drohne –, die über das Dach segelte und an deren Armen der farbenfrohe Brautstrauß befestigt war.

„*All the single ladies* – ab auf die Tanzfläche!", rief Hex, die ihr Tablet in der Hand hielt.

Eine kleine Gruppe von Frauen versammelte sich auf dem Parkett, und Cain lachte, als die Drohne über das Grüppchen flog. Pinke Blumen regneten hinunter auf die Frauen, und Jubel und Applaus erhob sich.

Sie war wirklich einzigartig, seine Frau. Es gab nichts an ihr, was er ändern wollte.

Hex sah zu ihm und strahlte ihn an. Glück und Liebe erfüllten ihn.

Irgendwo, das wusste er, würde Max über all das hier vor sich hin grummeln.

„Tut mir leid, alter Mann. Ich bereue nichts."

Dann trat Cain auf seine Braut zu, damit auch er endlich seinen Anspruch auf sie festigen konnte, wenn sie nun endlich mit ihrer Hochzeitsnacht begannen.

Ich hoffe, dir hat die Geschichte von Jet und Cain gefallen!

DIE SERIE rund um das Team von Sentinel Security geht mit Stone weiter - Eine Sentinel Security-Novelle - kommt bald. In diesem Band lernst du Magnolia "Nola" Newhouse und Knox "Stone" Holman. **Lies weiter und erhalte einen Vorgeschmack auf das erste Kapitel.**

ANNA HACKETT

Verpasse nichts! Für Informationen über Neuerscheinungen, kostenlose Bücher und andere Geschenke, melde dich für meine VIP-Mailingliste an und erhalte deine kostenlose Bücherbox, bestehend aus drei englischen Liebesromanen, in denen es auch an Action nicht fehlt.

Hier klicken und anmelden: www.annahackett.com

Would you like a FREE BOX SET of my books?

VORGESCHMACK: STONE

Das On the Rocks war voll. Nola Newhouse bahnte sich ihren Weg durch die Tür in den angesagtesten Irish Pub in Chelsea. Mit ihrer Handtasche unter den Arm geklemmt, machte sie sich auf den Weg zur Bar. Nach einer anstrengenden Arbeitswoche brauchte sie einen Cocktail. *Sofort.*

Ihre Füße pochten, denn ihre neuen High Heels von Dolce & Gabbana sahen zwar göttlich aus, taten aber auch höllisch weh. Sie unterdrückte ein schmerzhaftes Keuchen. Die Anschaffung hatte sich gelohnt, aber sie konnte es kaum erwarten, sie auszuziehen, wenn sie endlich in ihrer Wohnung war.

Sie quetschte sich auf einen Platz an der polierten Holztheke und gab dem Barkeeper ein Zeichen. Da sie oft hierherkam, hatte sie die Cocktailkarte bereits auswendig gelernt. „Einen Celtic Martini, bitte."

Der junge Mann, der ein schwarzes Hemd mit einer grünen Schürze trug, lächelte sie an.

„Kommt sofort."

Nola drehte sich um und sah sich in der Bar um. Überall glänzendes Holz, und die Wände waren mit gerahmten Fotos von der grünen irischen Landschaft oder dem Prozess der Whiskyherstellung bedeckt. Das On the Rocks war stolz auf seine umfangreiche Sammlung irischer Whiskys, welche ihr Bruder und seine Arbeitskollegen sehr zu schätzen wussten.

Genau wie sie waren viele Männer und Frauen in Anzügen da, die das Ende der Arbeitswoche feierten. Nola traf sich mit ihrem Bruder und seiner Frau sowie seinen Arbeitskollegen auf ein paar Drinks.

Ihr Blick fiel auf ihre silberne Longines-Uhr, die sie kürzlich von ihrem Vater geschenkt bekommen hatte. Es war noch früh. Nick und die anderen würden erst später eintreffen.

Die Uhr ließ sie an ihren Vater denken, und sie rollte mit den Augen. Charles Newhouse war reich und versnobt. Er redete immer schlecht über Nick, der eigentlich nur Nolas Halbbruder war.

Nick war ein ehemaliger Navy SEAL und jetzt ein

fester Bestandteil der besten Sicherheitsfirma in New York City – Sentinel Security –, die von dem legendären Draufgänger Killian Hawke geleitet wurde.

Aber wenn man nicht gerade einen Anzug trug, ein schickes Chefbüro sein Eigen nannte und viel Geld verdiente, war ihr Vater nicht beeindruckt. Geld und Prestige waren die einzigen Zeichen von Erfolg, die er anerkannte.

„Hier, bitte."

Der Barkeeper ließ ihr Glas über die glänzende Oberfläche der Theke gleiten. Nola bezahlte und lächelte dankbar. Sie hob es an und gönnte sich einen großen Schluck der zitronigen Köstlichkeit.

Ihr Vater hatte ihr diese Woche jeden Tag eine Sprachnachricht hinterlassen. Er wollte sie mit einem hochkarätigen Börsenmakler verkuppeln, den er kannte.

Nein, danke. Sie hatte sich schon einmal auf ein von ihrem Vater arrangiertes Blind Date eingelassen. Einmal hatte gereicht. Nicht, dass Dating-Apps sich als viel besser erwiesen hätten.

Sie hatte die Nase gestrichen voll von New Yorker Anzugträgern. Ihre letzten Dates hätten kaum enttäuschender sein können.

Ihr Handy vibrierte. Als sie es aus ihrer Handtasche zog, sah sie eine Nachricht von ihrer Assistentin Grace.

Du hast das Objekt bekommen, Nola! Das Penthouse im High Line Tower.

Ja! Nola grinste. Das fantastische Penthouse stand zum Verkauf, und sie hatte hart dafür gekämpft, dass sie als Maklerin ausgewählt wurde.

„Du, Magnolia Newhouse, wirst dieses wundervolle

Penthouse verkaufen." Sie nahm einen weiteren Schluck von ihrem Martini und tippte dann eine Nachricht ein. Sie begann mit einem Emoji, das ein Champagnerglas zeigte.

Ich wusste, dass wir es schaffen würden.

Ich habe Joanne bereits deinen Plan für die Gestaltung des Hauses geschickt. Sie wird ihr Team dazu bringen, alles heute Abend zu inszenieren.

Es gab einen guten Grund, warum ich dich eingestellt habe. Du bekommst einen großen Bonus, wenn ich das Baby verkaufe.

Daran werde ich dich erinnern. Wenn du irgendwelche Änderungen an den Möbeln vornehmen willst, lass es mich wissen.

Ich werde es mir morgen ansehen.

Nola überprüfte im Geiste ihren Terminkalender. Sie arbeitete immer samstags, und sie konnte einige Termine verschieben, um das Penthouse zu besichtigen. Sie hatte bereits eine Reihe von Ideen, wie sie es vermarkten wollte, und ein paar Kunden, die Interesse daran haben könnten.

Ihre Provision würde sehr hoch ausfallen, was natürlich ziemlich verlockend war. In ihrer Zukunft lagen definitiv mehr Designerschuhe. Außerdem konnte sie sich mit den Babygeschenken für ihre Nichte austoben.

Nick und seine Frau Lainie bekamen ein Kind. Lainie war Nolas beste Freundin. Sie konnte kaum glauben, dass ihre beiden Lieblingsmenschen ein Baby bekommen würden. Nola hatte vor, die coole Tante zu sein, und obendrein hatten die beiden sie auch noch gebeten, ganz offiziell Patentante zu werden.

Ein Baby. Ihr Bruder und ihre beste Freundin erwarteten ein Baby.

Nola lächelte, aber all die Freude, die sie für die beiden empfand, überdeckte nicht ganz das hohle Gefühl, das sie mit aller Kraft zu ignorieren versuchte. Sie wusste, was es war. Neid. Sie nahm einen größeren Schluck von ihrem Getränk.

Sie seufzte. Auch sie wollte ein Baby. Ihr zweiunddreißigster Geburtstag stand bevor, und sie hatte begonnen, das Ticken ihrer biologischen Uhr zu hören. Natürlich war sie sich bewusst, dass die Fruchtbarkeit einer Frau nach fünfunddreißig Jahren nachließ.

Doch zuerst wollte sie einen Mann. Einen guten. Wenn er außerdem noch attraktiv und gut im Bett wäre, wäre das ein zusätzlicher Bonus.

Aber den richtigen Mann zu finden, war anscheinend nicht so einfach.

Sie nahm wieder einen Schluck und genoss das Gefühl, einen Teil ihres Stresses loszuwerden.

Ihr Blick fiel auf einen Mann, der durch die Menge schritt.

Nola erstarrte mit ihrem Glas vor dem Mund. *Heilige Scheiße.*

Ihr Herz raste. *Silberfuchs-Alarm.*

Der Mann war groß und hatte sehr breite Schultern.

Er trug dunkle Jeans, ein graues Hemd und darüber einen Blazer. Legerer gekleidet als die meisten Männer um ihn herum, aber es stand ihm ausgezeichnet. Sein Jackett verbarg kaum seine muskulösen Schultern.

Er hatte dunkles Haar, das an den Schläfen bereits grau war. Sein Gesicht war schroff und braun gebrannt, und sein Kiefer sah aus, als wäre er aus Stein gemeißelt worden. Er war von einem kurzen Bart bedeckt, der ebenfalls schon silberne Stellen hatte.

Sie wusste sofort, dass er ein Mann war, der sich am liebsten draußen aufhielt. Wahrscheinlich arbeitete er mit seinen Händen. Ihr Blick senkte sich. Er hatte große Hände. Fähig aussehende Hände.

Sie hob den Blick, und ihre Augen trafen sich.

Sofort spürte Nola ein warmes Gefühl in ihrem Bauch.

Dann bewegte sich die Menge, und sie verlor ihn aus den Augen.

Wow. Sie widerstand dem Drang, sich Luft zuzufächeln, wandte sich wieder der Theke zu und bestellte einen zweiten Drink.

„Hey Süße. Suchst du Gesellschaft?"

Nola sah zur Seite und bemerkte einen Mann, der sich an sie angeschlichen hatte. Sie schätzte, dass er in seinen Vierzigern war. Sein Anzug war zerknittert und er roch, als hätte er in seinem Rasierwasser gebadet. Außerdem duzte er sie einfach. Verdammt unhöflich.

„Nein, danke." Schnell setzte sie ein höfliches Lächeln auf. „Ich bin mit Freunden verabredet."

„Warum siehst du dann so einsam aus?"

Ihre Lippen wurden schmal. „Bin ich nicht."

„Ich muss dir einfach sagen, dass dieser Rock –", sein Blick glitt über ihren Körper, über ihren knielangen, figurbetonten, marineblauen Rock, „– ziemlich heiß ist."

Pfui. „Hör mal, keiner deiner Sprüche wird dafür sorgen, dass du die Aufmerksamkeit einer Frau gewinnst."

„Ernsthaft?"

„Ernsthaft. Zeig doch mal ein wenig Respekt und benimm dich wie ein Mensch."

Der Schock auf seinem Gesicht wurde von Wut ersetzt. „Schlampe."

Sie rollte die Augen. „Und das funktioniert *auf gar keinen Fall.*" Schnell nahm sie ihr Glas, drehte sich um und verschwand in der Menge.

Und stieß fast mit einer harten Brust zusammen.

„Oje, tut mir leid." Mit einer Mischung aus Glück und Reflexen hob sie ihr Glas an, ohne einen Tropfen zu verschütten. „Fast hätte ich mein Getränk über Sie verschüttet." Sie sah auf.

Direkt in die grauen Augen des Silberfuchses.

Eine große Hand hielt ihren Ellbogen und half ihr, ihr Gleichgewicht zu halten. Nolas Puls hämmerte wie verrückt. Seine Brust war aus der Nähe betrachtet noch viel breiter, und sie konnte sein verführerisches, frisches Rasierwasser riechen – ein einfacher Duft mit einem Hauch von Limetten und Holz.

„Geht es Ihnen gut?" Seine Stimme war ein tiefes Grollen.

„Ja." Gott, warum klang sie so atemlos?

Der Silberfuchs sah über sie hinweg und hob die Brauen. „Belästigt der Kerl Sie?"

Nola sah zurück und bemerkte, dass der Idiot von der Theke versuchte, ihr zu folgen. Als er jedoch einen Blick auf den heißen Silberfuchs warf, eilte er sofort von dannen.

Sie lächelte. „Jetzt nicht mehr."

Knox Holman hatte nicht damit gerechnet, in die Bar zu kommen und von einer winzigen, quirligen Elfe mit kurzem, schwarzem Haar und großen, blauen Augen von den Socken gehauen zu werden.

Ganz zu schweigen von dem kleinen, kurvigen Körper und dem engen Rock.

Er hatte vorgehabt, mit seinen neuen Arbeitskollegen ein paar Bierchen zu trinken und dann in seine neue Wohnung zurückzukehren. Die, um ehrlich zu sein, hauptsächlich aus Kartons bestand, aber er würde sie irgendwann wohl auspacken.

Natürlich wusste er, dass es einige Zeit dauern würde, sich an das Leben in New York City zu gewöhnen. Es war ganz anders als Camp Pendleton und Kalifornien.

Aber er hatte auch gewusst, dass es Zeit für eine Veränderung war.

„Danke für die Beinahe-Rettung." Die sexy Elfe lächelte ihn an.

Verdammt, sie war umwerfend. Und sie roch gut.

Ihre weiße Bluse war weit genug aufgeknöpft, um einen Hauch von Dekolleté zu sehen.

„Sieht so aus, als wären Sie auch allein klargekommen." Er warf einen Blick auf den Rücken des Trottels, der sie genervt hatte.

„Ich bin eine Single-Frau in New York City. Das bedeutet, ich habe einige Erfahrung." Sie nahm einen Schluck von ihrem Drink.

Single. Das Wort hallte in seinem Kopf wider, während er ihre Lippen betrachtete. Sie schlossen sich über den zarten Rand ihres Glases und brachten ihn auf Ideen. Ideen, was er sonst noch gern von diesen hübschen Lippen umschlungen sehen würde.

Verdammt! Knox hob seine Bierflasche und nahm einen Schluck. Er war siebenundvierzig. Viel zu alt, um von der Lust umgehauen zu werden.

„Ich heiße Nola. Wir können uns duzen, oder?", fragte sie.

„Gern. Ich bin Knox."

„Es ist schön, dich kennenzulernen, Knox." Sie legte den Kopf schief. „Militär?"

„Früher mal. Woher weißt du das?"

„Mein Bruder war bei der Navy."

„Da habe ich die bessere Wahl getroffen. Marines."

Jemand stieß gegen sie, und Knox stellte sich schützend vor Nola. Er nahm ihren Arm und führte sie in den hinteren Bereich der überfüllten Bar. Schließlich fand er ein ruhiges, sicheres Plätzchen an der Wand.

„Was bringt dich nach New York, Knox?"

„Woher weißt du, dass ich nicht von hier komme?"

Sie lachte. „Der Akzent und das Fehlen der Wichtigtuerei."

Er hob sein Kinn an. Ihr Lachen gefiel ihm. „Ein neuer Job. Habe heute erst angefangen."

„Glückwunsch." Sie stieß ihr Glas an seine Flasche. „Hast du schon eine Wohnung gefunden? Ich bin Maklerin."

„Ja. Mein neuer Arbeitgeber hat mir geholfen." Es war ein zusätzlicher Bonus, dass sein neuer Job auch eine Unterkunft stellte.

„Wie praktisch", erwiderte Nola. „Gefällt dir der Big Apple bisher?"

„Nicht wirklich." Er lehnte sich näher zu ihr und atmete ihren Duft ein. Irgendetwas Würziges. Ziemlich sexy. „Aber so langsam wird es."

Sie lächelte. „Ich habe dich vorhin schon gesehen." Ihre Augen wurden wärmer.

Verdammt, es gefiel ihm zu wissen, dass sie sich zu ihm hingezogen fühlte. Sein Ego konnte damit ziemlich gut leben. Er wollte unbedingt herausfinden, wie sie sich an ihn gepresst anfühlte. Es war wirklich lange her, seit ihn eine Frau so umgehauen hatte.

„Ich habe dich auch gesehen. Ich dachte, du siehst aus wie eine sexy Elfe."

Verdammt, klang das etwa peinlich?

Ein zartes Rot zierte Nolas Wangen. Sie sah erfreut aus. Er hatte noch nie jemanden kennengelernt, der genau das, was er fühlte, auf seinem Gesicht zeigte.

Er war es gewohnt, vorsichtig zu sein. Er war jahrelang ein Marine Raider gewesen – die Spezialeinheit der

Marines – und hatte dann die letzten fünf Jahre geholfen, neue Rekruten auszubilden.

„Ich fand, dass du ein ziemlich heißer Silberfuchs bist", murmelte sie.

Knox widerstand dem Drang, an seinem Kragen zu zerren. „Magst du die Arbeit in der Immobilienbranche?"

„Ja, sehr. Es ist eine Herausforderung, die besten Eigenschaften einer Immobilie zu präsentieren und sie richtig zu vermarkten. Und dann auch noch den richtigen Käufer zu finden. Ich habe gerade ein großes Objekt bekommen."

„Glückwunsch."

Ihr Blick fiel auf seinen Hals. „Du hast ein Tattoo."

Er wusste, dass sie wohl nur einen kleinen Blick auf die Tinte erhaschen konnte, die sich über seine Schulter zog. „Ein paar."

Bei dem Ausdruck in ihren Augen zuckte sein Schwanz. Er wusste, dass sie sich fragte, wie die Motive wohl aussahen, die er trug.

„Ich habe auch eins", gestand sie. „Aber nur ein kleines."

Er musterte sie. „Wo?"

Sie lächelte. „Das ist ein Geheimnis."

Und schon war er durch ihr kokettes Lächeln hart wie ein Stein.

Knox wollte genau wissen, wo sich die Tinte auf ihrem kurvigen Körper befand. Verdammt, er war viel zu alt zum Flirten, aber es fühlte sich gut an. Aber ihm war auch klar, dass sie ziemlich jung war.

„Wie alt bist du eigentlich?", fragte er.

Sie hob ihr Glas. „Alt genug, um zu trinken."

Er spannte sich an.

„Mach dich locker, Knox. Ich bin einunddreißig, aber die große Zwei kommt mit großen Schritten näher."

Bei ihren Worten lehnte er sich mit der Schulter an die Wand. „Du klingst nicht froh darüber. Vertrau mir, zweiunddreißig ist bei mir ziemlich lange her."

Sie sah ihn an und rieb nachdenklich ihr Kinn. „Fünfundvierzig?"

„Fast. Siebenundvierzig."

Sie rollte die Augen. „Also uralt."

Er streckte seine Hand aus, packte ihre Hüfte und drückte zu. „Vorsicht, Elfe."

Flink trat sie einen Schritt näher. „Du siehst wirklich gut aus für jemanden, der so alt ist."

„Ich glaube, dir sollte man mal den Hintern versohlen."

Ihre Augen wurden groß, und ihre Lippen öffneten sich leicht.

Knox unterdrückte ein Stöhnen. „Gefällt dir die Idee, Nola?"

„Ich glaube schon. Aber man hat mir noch nie den Hintern versohlt, daher kann ich es nicht sicher sagen."

Knox streckte die Hand aus und spielte mit ihrem Haar. Es war tintenschwarz und seidig. Er mochte es, wie es sich in ihrem Nacken kräuselte. Plötzlich wollte er derjenige sein, der ihr die Freuden des Spankings zeigte. Er würde sie dazu bringen, das Klatschen seiner Handfläche auf ihrer weichen Haut zu lieben.

Seine Finger wanderten nach unten und berührten ihren Hals. „Dein Puls rast."

„Das weiß ich", meinte sie atemlos.

„Es ist lange her, seit eine Frau mich dazu gebracht hat, sie mitten in einer überfüllten Bar küssen zu wollen."

„Knox –", sie leckte sich die Lippen, „– ich würde nicht Nein sagen, wenn du es tust. Und das habe ich noch nie zu jemandem gesagt."

Er streckte die Hand aus und griff nach ihrem Glas. Dann stellte er es zusammen mit seinem Bier auf einem Tisch in der Nähe ab. Anschließend streichelte er ihre Wangen. Verdammt, ihre Haut war so weich.

Er senkte seinen Kopf und küsste sie.

Knox wollte es langsam angehen, daher ließ er seinen Mund zunächst sanft über ihren gleiten. Ihre Lippen waren prall und weich. Als sie sie öffnete, streckte sie ihm ihre Zunge entgegen.

Scheiße. Knox hatte das Gefühl, die Welt würde in Flammen aufgehen. Sie gab ein hungriges Geräusch von sich, und er bewegte sich und drückte sie mit dem Rücken gegen die Wand. Ihre Arme legten sich um ihn und zogen ihn näher zu sich. Er legte den Kopf schief und vertiefte den Kuss, hungrig nach ihrem Geschmack.

Seine Elfe erwiderte den Kuss begierig, und ihre Zunge tanzte mit seiner. Dabei gab sie kleine Laute von sich, die ihn in den Wahnsinn trieben.

Jemand ging vorbei und stieß gegen seinen Rücken. Als er den Kopf hob, wurde ihm ein wenig schwindelig.

Nola keuchte. „*Wow.*"

Wow war nicht ansatzweise gut genug.

Er ließ seine Hand in ihr Haar gleiten. „Nola –"

Dann blickte sie über seine Schulter, und ihr Gesichtsausdruck veränderte sich. Ein riesiges Lächeln breitete sich auf den Lippen aus, die er gerade geküsst hatte. Sie zappelte ein wenig, und er wich zurück.

„Mein Bruder und seine Freunde sind gerade gekommen", erklärte sie. „Komm, ich stelle sie dir vor. Du wirst sie mögen."

Knox drehte den Kopf und schaute in die Richtung, in die sie blickte.

Sein Körper erstarrte. *Verdammt!* Sie sah seine Kollegen an.

BÜCHER VON ANNA

Der Bodyguard

Der Hacker

Der Drahtzieher

Der Detective

Der Lebensretter

Der Beschützer

ENGLISCH

Fury Brothers

Fury

Keep

Burn

Take

Claim

Also Available as Audiobooks!

Unbroken Heroes

The Hero She Needs

The Hero She Wants

The Hero She Craves

The Hero She Deserves

Also Available as Audiobooks!

Sentinel Security

Wolf

Hades

Striker

Steel

Excalibur

Hex

Also Available as Audiobooks!

Norcross Security

The Investigator

The Troubleshooter

The Specialist

The Bodyguard

The Hacker

The Powerbroker

The Detective

The Medic

The Protector

Also Available as Audiobooks!

Billionaire Heists

Stealing from Mr. Rich

Blackmailing Mr. Bossman

Hacking Mr. CEO

Also Available as Audiobooks!

Team 52

Mission: Her Protection

Mission: Her Rescue

Mission: Her Security

Mission: Her Defense

Mission: Her Safety

Mission: Her Freedom

Mission: Her Shield

Mission: Her Justice

Also Available as Audiobooks!

Treasure Hunter Security

Undiscovered

Uncharted

Unexplored

Unfathomed

Untraveled

Unmapped

Unidentified

Undetected

Also Available as Audiobooks!

Oronis Knights

Knightmaster

Knighthunter

Knightqueen

Also Available as Audiobooks!

Galactic Kings

Overlord

Emperor

Captain of the Guard

Conqueror

Also Available as Audiobooks!

Eon Warriors

Edge of Eon

Touch of Eon

Heart of Eon

Kiss of Eon

Mark of Eon

Claim of Eon

Storm of Eon

Soul of Eon

King of Eon

Also Available as Audiobooks!

Galactic Gladiators: House of Rone

Sentinel

Defender

Centurion

Paladin

Guard

Weapons Master

Also Available as Audiobooks!

Galactic Gladiators

Gladiator

Warrior

Hero

Protector

Champion

Barbarian

Beast

Rogue

Guardian

Cyborg

Imperator

Hunter

Also Available as Audiobooks!

Hell Squad

Marcus

Cruz

Gabe

Reed

Roth

Noah

Shaw

Holmes

Niko

Finn

Devlin

Theron

Hemi

Ash

Levi

Manu

Griff

Dom

Survivors

Tane

Also Available as Audiobooks!

The Anomaly Series

Time Thief

Mind Raider

Soul Stealer

Salvation

Anomaly Series Box Set

The Phoenix Adventures

Among Galactic Ruins

At Star's End

In the Devil's Nebula

On a Rogue Planet

Beneath a Trojan Moon

Beyond Galaxy's Edge

On a Cyborg Planet

Return to Dark Earth

On a Barbarian World

Lost in Barbarian Space

Through Uncharted Space

Crashed on an Ice World

Perma Series

Winter Fusion

A Galactic Holiday

Warriors of the Wind

Tempest

Storm & Seduction

Fury & Darkness

Standalone Titles

Savage Dragon

Hunter's Surrender

One Night with the Wolf

For more information visit www.annahackett.com

ÜBER DIE AUTORIN

Ich bin eine USA-Today-Bestsellerautorin für Liebesromane. Meine Leidenschaft sind Romane, in denen es an Action nicht mangelt, Science-Fiction Platz findet und auch die Liebe nicht zu kurz kommt. Ich liebe es, über Menschen zu schreiben, die entgegen allen Erwartungen die schwierigsten Situationen lösen und sich beim Erreichen ihrer Ziele selbst übertreffen.

Ich lebe mit meinem eigenen persönlichen Helden und zwei sehr aktiven Söhnen in Australien.

Für Erscheinungstermine, einen Blick hinter die Kulissen, kostenlose Bücher und andere tolle Goodies, melde dich hier an und verpasse nichts mehr: www.annahackett.com

www.ingramcontent.com/pod-product-compliance
Lightning Source LLC
Chambersburg PA
CBHW020253200626
46816CB00001BA/278